练习爱

夏果果 著

北京联合出版公司

一未文化　　非同凡响

北京一未文化传媒有限公司
www.bjyiwei.com
出品

目 录
Contents

第一章　一切都超出我的预期 / 1

第二章　所有人问所有人 / 25

第三章　女人都是洪水猛兽 / 45

第四章　我所拥有的世界 / 65

第五章　被骗还是恐惧 / 87

第六章　当蝴蝶飞过之后，一切都乱了 / 107

第七章　猝不及防的转身 / 127

第八章　有些事，我知道而你不知道 / 145

第九章　两个世界的齐头并进 / 165

第十章　当我愿意为你和全世界对抗 / 183

第十一章　在意，是不是个好东西 / 203

第十二章　请不要在我的爱情里说话 / 223

第十三章　糟糕，是心动的感觉 / 243

本书阅读 TIPS：

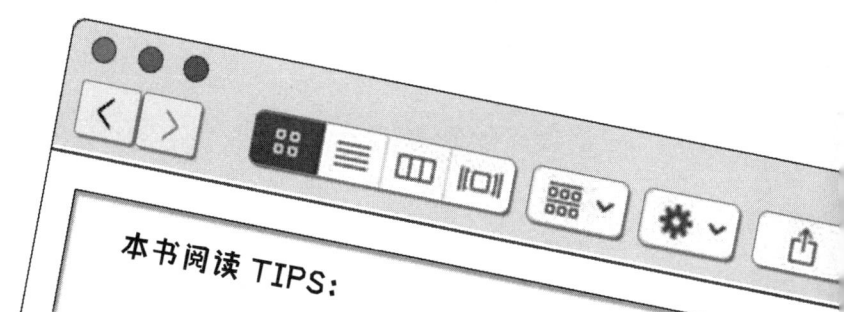

①若你不是一个擅长跳跃思维的人，可跳过每个章节前面的小札，此小札与正文故事没有必然联系。

②若你看了小札后有另一种认为和女主或者作者有关系的思考，恭喜你，你已得到高阶玩家装备，你所想所思有可能是对的，也有可能是错的，但是一定是有用的。

③这是一个有游戏专有名词、网络专有名词和作者臆想专有名词的故事，如果你看不明白那些名词呢，不用纠结，那个不重要。

④好了，希望你会喜欢这个故事，如果你不喜欢，那就多看几遍，如果多看几遍你还是不喜欢，那么，就冲你能多看几遍的行动力，你已经证明了，你喜欢我。那就够了。

引子　小札

1

有时候我会在梦里隐约听到有人说，陆子羽，我什么都敢，除了承认爱你。

佛格村起风的那天，男人们一早就动身了。

这一走，就是大半个春秋。

女人们齐齐守在牌坊前，东唠点家常，西嗑点八卦，晌午就这么一个又一个地过去了。

东头的苞米地，西屋的火炕头，一针一线缝缝补补，都是肚兜上的相思苦。

男人，终归是回不来了。

死寡还是活寡，谁也说不清楚。

只是男人们走了以后，这村里就再也起不了风，大旱多年，熬得人哪，泪腺都干枯了。

女人们倒也乐得称自己是寡妇。

这后半个春秋，佛格村的寡妇们，大约都是在无望地，等风来。

也就是在那天，陆子羽突然在群里说：我接下来可能是没有什么时间了，你们好好玩。

我笑,所以,我成了寡妇,是吧?
掌柜他们哈哈大笑,寡妇可还行哦。
我又笑,夫君啊,你可留下遗产给我继承?
……
群里诡异地沉默了。
陆子羽就这样,又消失了。

我是这样笑着给苏辞说的,嗐,我又为他守了一次活寡。

那些陌生的、熟悉的人会安慰我,陪我说话,陪我冒险,甚至想着给我介绍新的夫君。
这个世界上,还有什么比在人群中孤独更可怕的事情吗?
我明白,以后的世界我又是孤零零的了,这样的日子我太熟悉了,就在上一次你抛弃我的时候,在上一次你放任我自生自灭的时候,我就如一个遭人抛弃的囚徒。

2
跟自己的人生闹别扭,这才能让自己的人生活出温度,而不是泯然于人生,这便是我的乌托邦。
强制离婚奏效的那天晚上,我把名字改成了"飘然而去"。
停格私聊我,哎哟,离婚了,改名了,这是要重新开始了。
我一边退着各种团本群、公会群,一边给盾墙、矮子他们发去了一句:后会无期。
刚好这一句发到了停格这里,就多发了一句,嗯,不玩了。
你什么情况?不玩了还花钱离婚,花钱改名,这波操作牛啊。
因为曼曼是专属风哥的啊,等不来风了,曼曼也就不能存在了。

风那么快,你总"慢慢",肯定赶不上了。

卸载游戏前的最后一个纪念就是停格这句话,我想,这也是一种预示吧。

一切都停格在停格的这句玩笑实则也是真相的话里。

是啊,陆子羽,你永远来去匆匆如风,我慢吞吞的步伐是永远赶不上你的。

那么,这江湖,当初无你时,我是一个人飘然而至,如今,我仍单身飘然而去吧。

3

写这个故事的时候,我给自己彻底改了一个名字:陆子曼。

有人问起取这个名字的缘由,我笑着说:并没有什么,只是觉得好听而已。

因为没有人知道,风哥的真名是陆子羽。

风哥是我在游戏里的夫君,都说人与人的缘分最多不过三生,我心想,若是如此,我和陆子羽的缘分彻底尽了吧。

第一生,他是狂暴的风,我是温柔的曼,他送了昂贵的聘礼,娶了我,我们两人每日里如影随形,成为最佳游戏情侣。

第二生,他叫羽十,我叫一曼,他随手示爱,我习惯接受。最终连个聘书也没有。

第三生,他叫风哥,我是风嫂,婚戒是我买的,就连那纸婚书也是我追着要来的。

"温柔只对一人,众生只有狂暴。"

然而,在没有陆子羽的最初,我一直都是骄傲的曼曼大人。

曼曼大人的故事里，有些人是假的，有些人是真的，有些人是半真半假的，有些人是走错系统的NPC[1]。

嗨，你好，我是白湛蓝，一起玩游戏吗？

---

[1] 非玩家角色的简称，泛指游戏中一切不受玩家控制的角色。

第一章
一切都超出我的预期

心动到底是什么感觉？也许很多人都说不清楚，就误把冲动当成了心动。只能说冲动是心动的一种，但绝不是天长地久的类型，更多的是见色起意。

到底心动与否，实际上只有自己心知肚明。它该来的时候如暴风骤雨一样地猛烈，像怀才和怀孕，别人也许看不出，自己却明明白白。对有些人来说，从未体会过心动的滋味，这会随着年龄的增长而惶恐，觉得自己的感情好像会走得特别安详。

如果你觉得这现实太过笨重无力，不妨去感受一次虚拟的世界。也许，你会听到不一样的声音。

——题记

1

　　下午的杨梅竹餐厅，人很少也很安静，仅有的几桌也不是在吃饭，都是在看书或者抱着电脑工作。不过也能理解，毕竟这家餐厅的厨师几乎很少在太阳没落山的时候上班。

　　开门但不营业，渐渐地就成了一些老顾客的下午茶场所，当然，茶自备。

　　比如号称要冲击诺贝尔文学奖的陆子曼——曼曼大人，就经常在这里寻找灵感。

　　只是大多数时候，她的灵感找着找着，就先把灵感工具找丢了。

　　比如今天，她到了餐厅才发现包里只有手机，笔记本不翼而飞。

　　于是她决定玩一把游戏让心情变好。这个方法经过她大半年的实验，屡试不爽，毕竟在游戏里，她可是个王者，砍谁谁也不敢动。

　　一开始，曼曼也不能理解为什么那么多人迷恋游戏，没想到后来的自己也成了一个靠游戏治愈生活的人。

　　这个事怎么说呢？非常微妙。它就像是两个位面的自己突然对视，然后并肩作战，最终突破重围，在虚拟和现实中自由切换互补心情，成就快乐巅峰。

　　曼曼在挑选游戏时，大多选择角色扮演类，这就好像进入了另一个世界。在那个世界里的自己好像是自己，又好像不是自己。她更喜欢让自己以一个观察者的身份去沉浸，这样有局外人的问题，也有局中人的心思。

　　一上线，她都怀疑自己的手机屏幕坏了，满屏的玫瑰花闪啊闪的，吓了她一大跳。她赶紧在世界频道发了一条语音："一上线就闪瞎眼睛，什么情况？"

　　"月涵大佬在求婚啊，据说明天要举办最豪华婚礼啊。人民币小十万呢。"

　　"你俩要奔现的节奏？"曼曼一看，居然是自己的师父在一掷千金。

这么阔气，绝对是个天大的事啊。她赶紧私聊八卦。

"不啊，她现实有男朋友，我又不会做第三者。"师父倒是坦然。

"那你这么大阵仗干啥？"

"我现实中喜欢一个女孩子，但是我有些害怕被拒绝，就先在游戏里找找感觉实习一下。"

"土豪啊！就为了寻找求婚的感觉，你就在游戏里花十万人民币！师父，你把钱给我一半，我教你啊。"

原本除了6号桌一对男女窃窃私语，总的来说还算安静的空间，就这样被曼曼一句话穿透，空气里多了一些热气腾腾的嗡鸣声。

女人有些不悦地回头看了一眼这个噪声来源，结果就看见一个戴着大耳机的脑袋晃动着。她忍住去数落对方的心思，看着自己对面那个帅气但面瘫的年轻面孔说："我今天贸然约你出来说拍摄进度的事，照理说是不太合规矩，可是你的经纪人出差，我这边又导演又催得急，也请你理解一下。"

他微微皱了一下眉头，似乎不吐不快。

女人紧接着又补了一句："我对你有信心，别让我失望。"

这时，她的电话响起，她对他做了一个"嘘"的表情，接起电话"喂"了一声后又看了他一眼，温柔但有力地对着电话说："我相信我的眼光，给他一点时间，他是可以的。女演员那边，还请您帮忙让她本分一些。陈导，我苏辞是什么人，您还不了解吗？"

挂了电话，女人对着对面的人笑了一下："给你争取了一个月时间。"

他咬了一下下唇，沉思了两秒，回了句："谢谢。"

女人又问："听说，你自己还有个游戏公司？"

他正准备回答，又被一声尖叫打断了。

"天哪，你还要继续刷啊。那你等等，我现在去附近的网吧。谁说手游就不能用电脑玩了？一游多玩，这才叫既方便又有体验感。你等我，十分钟我就到了。手机屏幕太小了，看着不过瘾。电脑看才有心动的感觉啊。人家说谈恋爱就像吃混合怪味豆，你永远不知道下一刻会发生什么化

3

学反应。我觉得啊,师父你这用网恋找真恋的感觉那才是真刺激,你这估计都不是化学反应而是物理反应了吧,哈哈哈。"

曼曼旁若无人地边说边从6号桌快步走过。

他望着曼曼的背影,突然如释重负般地笑了,对面的女人也突然露出一丝奇怪的笑容,两人同时说了一句话。

"我有一个想法。"

"我有一个想法。"

2

周周最近总是在肯定自己和否定自己之间辗转反复,犹如看上一个奢侈品的限量版,经过咬牙切齿的努力得到后,却又不知道是否物有所值。

当然,对她来说,这不是什么限量版的包,而是一个让她又爱又恨的男人——陆子羽。

别误会,她对陆子羽只有纯粹的感情。古人云,朋友有通财之义。周周想到陆子羽的时候,脑海中就会自动冒出带着特殊油墨清香的味道,那是小钱钱所独有的味道。

有小钱钱奠定的基础,周周一度认为,自己和陆子羽之间的友谊绝对可以牢不可破,万古长青。

事实上作为陆子羽的经纪人,周周和他有过很长一段美好的"蜜月期",并且这种甜蜜度完全来自陆子羽这个人本身。

不得不说,陆子羽是个非常幸运的人,他想做的事情总是能以奇怪的方式来实现。作为一个话语不多的工科男,陆子羽看起来略有些木讷,且什么事情都不大放在心上的样子,后来,网友管这种木讷叫高冷!

周周不止一次地吐槽,什么叫粉丝滤镜?好看的傻子可以叫呆萌,长相平凡你敢卖萌那叫作妖。

在这个群情"荡漾",所有人巴不得更早、更多地拥有异性缘的时代,按理说陆子羽应该是传说中的沉默宅男、异性绝缘体、漫长时间的他人狗粮喂食者、想起爱情就绝望的工科单身狗。

事实上，他虽然的确没有爱情经历和撩妹的经验，却有着丰富的被撩的经验和待遇。

现实总是这么魔幻，一切就因为他长了一副非常符合当代审美的皮相。尤其是他专注于做自己事情的时候，那种专注的劲头和希腊雕塑般的五官交相辉映，能让女人直犯花痴。虽然他总是看起来很冷酷，脸上也罕有什么表情，但在笑起来的时候，清澈的眼神就犹如一束阳光，照亮山河万里，有着让所有人都觉得心里爽朗、开阔的感觉，电压绝对超过十万伏。

对陆子羽来说，他似乎从来没有意识到这点，可是女人们看他的眼神都给出了"姿色可人"的坚固标签。

虽然不乏投石问路、飞蛾扑火一样的追求，结果却总是因为陆子羽的不解风情而变成"我本将心向明月，奈何明月不懂我"。

陆子羽在某些事情上依旧有着工科宅男根深蒂固的"恶习"，比如不懂得和异性相处，不愿意在一群能记住百十种口红色号，却对自己的编程专业一无所知、没有共同语言的女人身上花费时间。

他坚定地认为，自己是个事业型的男人，有着"匈奴未灭，何以家为"的情怀，实际上他内心里也渴望能够得到一份情感，无奈和很多追求自己的女生并不来电。可能这就是俗称的外表冷酷、内心闷骚吧。

另外，陆子羽对游戏的痴狂程度也令人咋舌。一天24个小时，他的大脑有25个小时都在游戏里。嗯，多出来的那一个小时是他开了倍速思考。他不只是爱玩游戏，用他的话说就是，换成了另外一种更加胸怀大志、深沉有加的爱。在其他理工宅男同学喝着肥宅快乐水、没黑没白地沉溺于游戏当中的时候，他考虑的是国产游戏为什么总有这么多只以氪金[1]、爆肝[2]为

---

1 游戏术语，原词为"课金"，特指在网络游戏中的充值行为。中国玩家通常用氪（课）金来调侃网络游戏坑钱之意。
2 游戏玩家常用语，指需要耗费大量的时间和精力的（特别是晚上熬夜进行的）事情。由于长期熬夜容易伤肝，所以该行为被称为爆肝。

主粗制滥造的渣渣，所以，从大学时代开始，他就有着通盘的计划，一点点地积蓄实力，凭借自己的技术和创意，拿到了第一笔投资。大学毕业，当同学们告别浪掷时间的奢靡生活，开始四处奔波寻找一份能养活自己的工作时，陆子羽已经悄然打造了一个属于自己的游戏公司，并荣膺公司大权独握的总裁。

虽然听上去就像是小说里霸道总裁模板的复刻，其实背地里陆子羽也承受着别人所不知的压力。对于一些游戏企业来说，根本不需要什么良心创作，谁红抄谁，略做修改，上线吸金才是王道。这和陆子羽想做出一款良心的、持久风靡的游戏目标显然背道而驰，所以他选择了明知生存险恶，但不愿意弯腰屈膝。

大量的小钱钱作为维持公司前期运营的资金投入了进去，距离盈利仍然遥遥无期。

人生就像一条平静的大河，日夜涌动着流向既定的目标。现实就像并不按照大河想法来的河道，不经意中就让人生这条河转了个弯，收获一些意料之外的事情，或是惊喜，或是惊吓。

陆子羽这条河的弯转得让老司机们都猝不及防。是弯道超车的运气，还是剑走偏锋的策略，很长一段时间里，连他自己都无法解释。

这就不得不提及陆子羽的另一重身份：一个出于爱好以及以缓解公司运营带来的一些压力为目的、纯玩票性质的游戏主播。

是的，陆子羽从来没有想过借此成为网红，或者把直播当成赚钱的一种方式。有意思的是，哭着喊着想要一夜成名的诸多主播不能得偿所愿，陆子羽这样的票友却一夜成名。只能说，在能打的颜值面前，一切理论都是浮云。这个年头，长得好看就是硬道理。

陆子羽直播的时候，对于露脸实际上是有些不适的。所以他选择用口罩遮住自己的下半张脸，在直播中使用的名字就是想给自己的身份——丑男。

虽然技术不算一流，但难得在游戏直播的时候认真专注，不像其他游戏主播那样，以吸引流量为目的而哗众取宠，只把游戏当成一种手段。这种一股浊流中的小清新做派竟然吸引了不少网友的关注，久而久之，也积累了一批粉丝。

当人气上来之后，后面的一切顺理成章。在一次直播当中，陆子羽因过于专注游戏的战绩，而没有注意到口罩脱落了下来。丑男的名字和逆天的颜值形成了强烈的反差，被拉低期望值的网友们忽然发现，这竟然是一个罕见的英俊男人。于是，在病毒式传播的威力下，陆子羽的直播间形成了一股热带风暴一般的浪潮。大量的花痴少女涌入，开始有人张嘴闭嘴地在公屏上刷三个字——我老公！

周周在后来一段时间追问过陆子羽，他是不是早就有所预谋，口罩和粉丝都是事先计划好的。

陆子羽淡淡地看了她一眼说："一个字，滚……蛋。"

周周翻着白眼嘀咕：明明是两个字。好吧好吧，就你这个智商，怕也是想不出来这么天时地利人和的营销策略。

在这个流量为王的时代，拥有可观私域流量的陆子羽瞬间就变得备受青睐，像一朵有着浓郁味道的鲜花一样，招惹来了不少狂蜂浪蝶。很多持币而来的金主，挥舞着合同和支票，给出不同的合作条款，要让陆子羽为自己所用。除了直播公司外，甚至一些影视传媒公司也开始闻风而动。

显然，对于一些文娱产业来说，已经走上了一条邪路——只要能聚焦眼球，演技之类的并不特别重要。那些超级流量小生口念数字，连台词功底都不过关，不照样粉丝拥趸无数，和收视与票房画上了等号？

就这样，游戏公司老板陆子羽因为玩票和意外掉落口罩变成了网红，网红陆子羽因为文娱圈的"邪路"挺身进入娱乐圈，变成了最值得期待的新星之一。

陆子羽的曲线救国程序就此误打误撞，启动成功。

周周和陆子羽的缘分是从陆子羽走红网络后不久开始的,她是看好这个潜力股从而毅然决然地以个人名义找上门来自荐的。

作为一个在娱乐圈里打拼了几年,却没有带过任何知名艺人的边缘经纪人,她认为这和她的个人能力没有什么太大的关系,而是论资排辈的娱乐公司根本没有给她太多的机会。毕竟,新人等同菜鸟,菜鸟就要做菜鸟的事情,这几乎是国内各个行业的共识。但是,周周的破釜沉舟以及冷静的大局观得到了陆子羽的认可。当陆子羽在网红圈几乎成为人人研究的对象时,周周告诉陆子羽不要耽于眼前,过多过急地从直播当中变现。

她觉得文娱产业才是他更稳固地发展和突破的战场,陆子羽应该变成一颗熠熠生辉的恒星,而不是在网上火爆一段时间的流星。

在陆子羽看来,周周够独立,有想法,而且有一股自己最欣赏的、不达目的绝不罢休的狠劲。为了自己这样一个前途不明的新人,周周毅然先辞职再来和自己接触,纠缠不休地展示她对自己的规划,这是其他挥舞着钞票的人所做不到,也不愿意去做的。

于是周周走马上任,成为陆子羽的经纪人。当然如果深究的话,陆子羽实际上是懒,他不愿意把太多精力用在应付各种邀请和诱惑上。他需要一个精明强干、精力充沛同时又很单纯的人来帮自己梳理这些琐事,而他,则能暗戳戳地去研究自己的游戏公司如何发展。

后来知道真相的周周捶胸顿足地仰天大哭:"陆子羽,我一直以为你是看中了我的深谋远虑,再不行咱俩也是王八看绿豆,没想到你居然是觉得我傻白甜好哄骗。我一心想着把你打造成巨星,你居然还停留在玩票上。"

陆子羽玩着游戏处变不惊,面无表情地说:"游戏公司给你原始股份。"

周周愣了一秒,立马换上一副公事公办、善解人意的嘴脸:"哥,其实我从来不认为艺人就不能做别的事业。你看哪,这游戏产业也属于文娱产业不是,以后咱们看到好的故事,也可以改编成游戏,对不对?或者咱们公司有好的游戏设定,也可以改编成影视。不过呢,哥,就算是玩票,也要有职业素养,那个啥,下周的表演课还是要认真上的,你可不能只做个花瓶。"

陆子羽依然面瘫，四平八稳地回了她两个字：成交。

周周却从这两个字里品读出了26摄氏度的舒适。最初的合作很美好，做了一些创意短视频，参加了一些综艺节目，慢慢地有了影视剧的出演经验。

在主动出击下，周周为陆子羽拿下了一位很有名气的导演精心雕琢了几年的剧本的电视剧男一。这意味着只要这部剧播出，陆子羽就能从潜力新星变成站稳圈中的准一线甚至一线偶像。

万万没想到，陆子羽出了岔子。

3

化妆间内，陆子羽拒绝了化妆师的盛意。他腻烦一个男人在脸上涂脂抹粉，被精心打扮的感觉。除了上镜时的刚需之外，对这件事的态度就是敬谢不敏。马上要登台和导演一起接受媒体记者的采访了，陆子羽的固执让化妆师脸色发黑，最终干脆摔门而去。可怜的门被化妆师当成了发泄郁闷情绪的道具。如果这种力道宣泄在陆子羽身上，他一定会鼻青脸肿，倒地哀号。

周周很焦灼，细细的两道眉毛几乎拧在了一起，虽心有不满，但仍耐着性子劝陆子羽："你要配合，今天是你的大日子。"

陆子羽面无表情地看了周周一眼："我不觉得这和平常有什么区别。"

"可是我很慌！"周周干脆把自己内心的压力发泄了出来，"这是娱乐圈啊，只争朝夕，你懂不懂？这个机会多难得，你懂不懂？你一旦砸锅，我们不但失去了一个最好的机会，关键是还有谁敢用你？"周周有些气愤地用纤细的手指指向陆子羽那张平静得没有任何波澜的脸。

陆子羽眉毛挑了一下："嗯？"

周周连忙把手指收了回来，唯恐陆子羽因此生气，做出什么自己不可控的事情来。

另一边儿，化完妆的顾天蓝一只手陶醉地抚摩着自己精致的小脸，从化妆镜里窥视着平静的陆子羽和激动的周周，心里忍不住地冷笑，嘴角也开始挂上得意的笑容。

在顾天蓝看来，陆子羽完完全全就是个傻瓜，彻头彻尾的傻瓜。拥有着无与伦比的条件，挟走红网络的势头杀入娱乐圈来，应该是马上就能够顺势而起的黑马。但不知道为何，他表现出了一种对一切都不太热衷的劲头。这种行为简直就是一种不懂得借力的暴殄天物。

如果可能，顾天蓝愿意把陆子羽的一切都安排到自己的身上。作为一个一心想出人头地、锦衣玉食又野心勃勃的女人，她对于借力有着超出一般人的领悟。出生在一座小城市的顾天蓝原本说不上其貌不扬，实际上长得也是泯然众人，扔到人堆里，如果没有出挑甚至出格的行为，绝不会吸引别人的眼球。但她是个有着特别强烈企图心的女人，而且坚定地认为只要自己豁得出去，就能成为征服者，得到自己想要的一切。在初中学业结束后，她就开始了自己的整容之旅，这种爱好一直贯穿她从初中学业结束到现在的人生阶段。

女人的容貌和身材是利器，顾天蓝对此深信不疑。所以，她一直致力于让自己变成一个外在的万人迷。好在凭借不断调整的容貌，她也吸引了不少男人的眼球。多年来的磨炼，让她特别懂得应该如何跟形形色色的异性周旋，保持着一种若即若离、既开放又保守的暧昧关系。

她一直觉得，自己也算是生不逢时。倘若放在过去风云际会的上海滩时代，自己至少也是一代闻名全国的交际花，甚至更上层楼，成为让全国男人神魂颠倒的名媛也不在话下。

这种信心，在她从两个男人那里得到进入娱乐圈的机会后，更是膨胀到了极点。因为以她的条件，能够进入天然美女或整容美女云集的娱乐圈，并且迅速从开始的龙套到有台词的演员，甚至走入很多导演的视线，实在是一件并不容易的事情。毕竟，在各大影视基地、电影制片厂门口蹲着等龙套，每天吃盒饭的人群当中，外在条件不次于她的人并不罕见。

对自己有利，能帮自己更上层楼的事，都是顾天蓝的兴趣所在。这几年来，除了在娱乐圈打拼之外，她还对圈里的一些所谓的传闻和潜规则进行了多个角度的分析，并阅读了很多心理学的书籍。

顾天蓝很清楚地认识到，自己外在虽然看起来风光，实际上处于一个危险的瓶颈。如果说男人在娱乐圈里还有不少中年成名的例子，对女人来说，年龄就是个冷酷的杀手。如果不能及早地更上层楼，变成家喻户晓的超级明星，那么在三十岁这道分水岭上，所剩余的选择就是黯然退场，成为大部分导演避而不见的边缘人物。毕竟，青春不再，容貌也不讨喜，对观众来说，这简直就变成了鸡肋，只是觉得索然无味。

如今在顾天蓝心里，陆子羽就是一个可供自己当梯子的选择项之一。虽然出道更晚，也没有什么真正的代表作，可一切都抵不过有人关注和喜欢。顾天蓝在拿到和陆子羽搭戏的角色后，就研究过这个忽然冒出、风头正劲的男人。她知道如果运作得好的话，自己能一战定鼎，奠定自己更上层楼的地位，也会成为大家热议并广为人知的风云人物。而被更多人议论和知晓，在娱乐圈就意味着地位，也是前途的保障。并且，顾天蓝已经为此下了一步自己觉得很绝妙的棋，认为能够一箭双雕，达到自己的目的。

陆子羽一定想不到，同在化妆间的顾天蓝内心里对自己有着如此复杂的思考。他看着不断站起又坐下，最后开始不安地在化妆间里踱步的周周，心里想着自己必须要做点什么。

周周从包里掏出了一块波板糖，剥开糖纸把糖放进了嘴里。安静下来的化妆间里响起了轻微的咬碎糖果的声音。陆子羽知道，这是周周在压力最大的时候惯用的减压方法。最早的时候是抓到什么是什么，放在嘴里咬来咬去。后来陆子羽觉得她这种习惯特别不好，不但损伤牙齿，而且容易病从口入，于是送了周周两大盒的波板糖，让她当成减压的工具。

陆子羽能理解周周所面对的那种压力，而且他清楚地知道这种压力来自自己的表现，绝不是刚才拒绝化妆师让对方不快的小麻烦。那只是让周周内心有些崩溃的最后一根稻草。真正让周周不安的，是在发布会之前导演组织的试拍。对这部《我的奇怪女友》，导演是下足了功夫，并且给予厚望的。光是剧本的打磨，就翻来覆去做了三年，不断对角色和故事进行调整。导演在和每个演职人员见面的时候都会再三表示，这将是自己的扛鼎之作，会是自己职业生涯当中的里程碑和新起点。

所以，这个组并没有按照惯例，演员试戏合格拿到角色后就等着开机报道，开始磨合，而是进行了一次为期十天的试拍。导演要用这十天来发现问题，解决问题，让整个团队处于最好的状态。

当导演的吼声不断响起，变得声嘶力竭，每天喝着胖大海、大把嚼着金嗓子喉宝到几乎发不出声音的时候，整个剧组里最拉胯的人出现了——那就是陆子羽。

4

按照顾天蓝的衡量标准，陆子羽能够拿到这部戏的男一纯属幸运。一是靠长相，二是靠人气。这部戏的导演脾气暴躁得像是看到了红布的西班牙公牛，剧组里每个人都被直接撑得要死要活，根本不留一点情面。

唯独陆子羽，似乎根本没有被导演当成开火的目标。对这个年轻人，导演似乎格外有耐心。

顾天蓝至今还记得那场吻戏，两句台词和一个长镜推进到特写的镜头。按说即便是素人，这种简单的镜头最多三遍也就能过去，可这个吻戏足足拍摄了十天。

"咔！陆子羽，你多给些情绪。"

"咔！陆子羽，这场戏是这样，两个人解除了之前所有的误会，发现了对对方的感情和依赖，唯恐再伤害和错过对方，所以需要你投入，投入，投入！懂吗！"

"咔！陆子羽，你是不是没有谈过恋爱？好好好，没恋爱过，那你有没有暗恋过的人?我允许你闭上眼,把对方当成你暗恋很久却得不到的人。"

"咔!陆子羽,老子……老子说,道可道,非常道。这戏我跟你没法说了,你下去跟顾天蓝多练练吧。下一场演员准备!"

顾天蓝问过陆子羽是不是特讨厌她,说这话的时候眼角眉梢带着三分委屈、七分幽怨。

尽管一遍遍地练习,陆子羽还是表现得像个木头。最大的诚意就是睁着眼睛盯着顾天蓝看,那种直视让顾天蓝觉得他是在看一个陌生人,甚至一个有怨气的仇家。至于拥抱,是更让人情绪崩溃。陆子羽的双手像是要去触碰什么沾则即死的毒药似的,根本不敢实实在在地碰触到她的身体。顾天蓝无奈地主动过,干脆一把抱住陆子羽,把他往自己怀里用力拉。陆子羽却下意识地举高双手,全身僵硬,像一根枯死的大树杈一样,令顾天蓝崩溃。

陆子羽对顾天蓝总是三个字:对不起,再试试,对不起,我的错。

这让顾天蓝在休息的时候没少腹诽和猜测,陆子羽到底是带资进组,靠上了哪个大投资商,才让导演面对他的时候偃旗息鼓,还是导演有不为人知的爱好,陆子羽恰恰能满足导演的需求?

虽然导演不对陆子羽开火,但组里像顾天蓝这样对陆子羽有诸多猜测的人并不少见。人的怒火是一件特别奇妙的东西,一旦产生总是要宣泄出去的,否则自己难以平息。导演把对陆子羽的怒气都分散到了其他人的身上,所以陆子羽在大家看来就成了殃及池鱼的失火城门。

于是四五天后,陆子羽成了大家私下集火的对象。各种臆断和猜测最终演变成谣言,四下流传。跟着陆子羽的周周没少听到类似的话,每一个都让她内心发慌。当连负责发盒饭的制片都开始阴阳怪气地说组里有些人只配吃米饭不配吃菜和鸡腿的时候,周周简直惶恐到头皮发麻。

终于,还是有出头鸟在导演对着自己飙脏话的时候实在忍不住询问导演,为什么陆子羽表现得那么差,你根本没有对他发过脾气,这算不算是特别的双标。

导演解释，第一，子羽是新人，传帮带还是要的，跟你们这些老油条不能按照一个标准对待。第二，他比你们都更用心，因为我看到你们都休息后，他一个人对着镜子还在刻苦地练习。

只要过程，没有结果。导演的话并不让人信服，甚至开始有人为这部戏唱衰，觉得陆子羽绝对是害群之马，是粥里那颗醒目的老鼠屎。

导演没多说什么，他的反击就是依然带着陆子羽出席开机的发布会，并且把答记者问的机会让给了他，让他多说话，踊跃地回答。

对此，顾天蓝是委屈的，觉得这种场面如果导演想偷懒，那么最吸引眼球的人应该是自己。同时她又是冷静的，她看到了陆子羽强大的人气为他带来的特权。她在试拍最后解散的晚上趁夜去了导演的房间。当然，顾天蓝只是表现了出于对作品的担心，探讨解决的办法。

顾天蓝向导演建议，让陆子羽跟自己在生活中有更多的接触，从而熟悉和深入地建立起一段关系，这将在未来的拍摄当中让陆子羽发生改变，游刃有余。

在导演意味深长的眼神当中，她甚至表示："为了作品，我愿意付出。最好我们能有一段时间同居。当然，是合租那样的同居。"

导演叼着烟斗喷云吐雾，很长时间没有说话。在顾天蓝想再说些什么为自己加磅的时候，导演才慢条斯理地说："你让我想想吧！"

对于这一切，周周一无所知。她焦灼的是以后的工作怎么开展，导演会不会在拍摄的时候真的失去耐心，从而让自己的努力化为泡影。当周周得知，不知道剧组里什么人故意透露，又或者是有狗仔神通广大，得到了试拍时候陆子羽表现不给力的消息，并会在新闻发布会上发问刁难陆子羽的时候，周周发现一向睡眠还算良好，和床以及温暖的被窝有着深刻交情的自己彻底地失眠了。

她没把这一切告诉陆子羽，害怕陆子羽因为这种消息而变得不够冷静，只是装模作样地强烈要求自己扮记者，想跟陆子羽来一次模拟的问答，以便夹带私货，把那个让自己担忧的问题放在其中，看看陆子羽如何应对。

陆子羽并没有给周周这个面子，他只是挥挥手说了两个字"无聊"，让周周不要耽误他研究游戏的时间，他似乎对于开机的新闻发布会没有丝毫担心。

5

有些人似乎天生就是为大场面而生的，比如陆子羽。实际上所谓的大场面，大心脏，都来自一个词——冷静。这是陆子羽身上最强悍的地方，起码他自己是这么认为的。在他心里，冷静不等于理智，但冷静能留下理智存在的空间。

陆子羽站起身，抱了抱正在对付波板糖的周周。动作很自然，周周一下就安静下来，甚至停止了咀嚼的动作，手里拿着波板糖，像一只捧着松子的呆萌松鼠一样。

"放心，我有办法，我不会让你失望的。"陆子羽低声在她耳边说，说话带出的气息像羽毛一样轻柔地在周周的耳边撩拨，有魔力似的让周周一下平静了许多。

虽然只是一个浅浅的拥抱，但对化妆间里本来想看好戏的顾天蓝来说，这是一种对自己的无视和挑衅。她至今仍对陆子羽没办法对自己完成这么自然的一个拥抱而耿耿于怀，这简直是对自己容貌和魅力最恶意的贬低。

顾天蓝站起身，摇曳生姿地走过来，恨不得扭成麻花样，带着一种自认魅惑的姿态，走到了陆子羽身边。她伸手想去牵住陆子羽的手，嘴里带着娇滴滴的声音催促着："走吧，该我们的男主角登场了，外面的记者一定等急了。"

陆子羽赶忙向边上一闪，躲过了顾天蓝的手。他对周周笑了笑说："在这儿等着我，发布会结束我有事情跟你商量。"说完，也不等顾天蓝，径直向化妆间外走去。

顾天蓝看着陆子羽的背影，眼神里闪过一丝阴霾和恨意。不过她很快就调整了状态，拎着自己的礼服裙，快步跟了出去，嘴里还喊着："哎呀，子羽，你走那么快干吗？按规矩我们是要一起登台才对呀。"

不知道为什么，周周看着顾天蓝匆忙的背影，眉头皱了皱，内心里忽然对顾天蓝起了一些反感，涌现出一种不知是反感还是警惕的情绪，总觉得这个捏腔拿调的女人好像有什么其他的想法，或者说是阴谋。

她缓缓地从包里又掏出一块波板糖，低声自言自语："陆子羽不会脑残到喜欢上这样一个浑身上下都假得不能再假的女人吧？"

周周在认真地思考顾天蓝这个女人到底想干什么的时候，顾天蓝在思考到底如何能够更加彻底地让陆子羽和自己来一场绯闻，甚至已经动了假戏真做，哪怕牺牲自己的身体也要为这个绯闻加磅的念头。

顾天蓝像一个傀儡一样，带着得体的微笑站在陆子羽的右侧，眼神的余光看着意气风发、拿着麦克风一个接一个回答记者问题的陆子羽。陆子羽虽然在和异性相处上，情商会直接掉落三分之二，但只要不是和异性相处，不但智商在线，情商也在线。那个关于他没有演技，连一场吻戏都演不好的传闻的问题，被他简单直接地用一句"我长这么大，还没有谈过一次恋爱。所以我这些天一直在从小说和影视剧里寻找恋爱的感觉，但这里面关于恋爱的模式实在太多，导致我脑子像运行了很多任务的老式处理器一样经常死机"搪塞了过去。

当那个不怀好意的记者问他现在有没有找到时，陆子羽笑了笑，这笑容让新闻发布会现场以及直播间的大多数人怦然心动，就连男人都不得不承认，这家伙笑得真好看。

陆子羽轻咳了一声，回答道："找到没有，这是个秘密哦。大家可以多关注我们的剧，秘密揭开的时候，我一定会给大家一个惊喜的！"

导演对陆子羽的回答非常满意，不断地抚摸着自己不长的胡子。这是他开心时候的标志性动作，代表他有着前所未有的好心情。

　　发布会在陆子羽觉得自己口干舌燥，甚至觉得这种活动有些让人生无可恋的时候终于结束。导演带队往回走的时候，满意地拍了拍陆子羽的肩膀。一副"小子，我很看好你"的老怀甚慰的样子。他说："我估计明天网络上最多的就是你笑的照片，恐怕这个风头要压过我们整个剧组，大家关心你要比关心这个剧本身还多喽！"

　　导演没回休息室，也没去化妆间，而是用出去抽烟的拙劣名头，拉着陆子羽离了队。顾天蓝嘴角闪现出一丝笑意，她知道甭管导演怎么说，心里一定还是想解决陆子羽身上存在的问题的。那么最好的办法就是像自己之前埋下的伏笔一样，让陆子羽和自己这个女主角进入同居状态，培养现实中的感情，熟悉和自己的相处，那么很多事情就顺理成章了。以自己认识许多没有三观和节操的狗仔的储备，绝对能展开一场具备时效又爆点不断的炒作，一举让自己和陆子羽一起走上风口浪尖，为自己获取关注、收割人气带来巨大的帮助。

　　顾天蓝觉得自己应该找个时间，好好跟陆子羽那个叫周周的经纪人谈谈，摸摸陆子羽的底子，比如他喜欢什么，厌恶什么，喜欢什么类型的女生。在这件事上，顾天蓝认定自己是手拿把掐，能够成功。毕竟经纪人不管脾气、性格如何，最大的心愿就是自己的艺人能红，能具备更大的影响力，这样才能让她在经纪人这个圈子里水涨船高，获取更多的利益，以后也能轻易地签下更多的潜力艺人。

　　有这个基础在，那么周周天然就应该是自己的盟友。毕竟，她和陆子羽一荣俱荣，一损俱损。何况一想到那个小经纪人啃波板糖的样子，顾天蓝就想笑，觉得那个叫周周的丫头就是个没什么心计的小傻瓜。

6

　　导演预料得没错，发布会成了相关娱乐网站的头条。好多粉丝和路人在对陆子羽的笑容犯花痴，连带着关注了《我的奇怪女友》这部剧。很多人在讨论着电视剧本身的真真假假，讨论着陆子羽，深扒着顾天蓝等其他演员。

这个时候，陆子羽正在自己家里的沙发上，对着没打开的电视做思考状。周周抱着一个靠枕，一脸的犹豫。

最终，周周还是勉强地开口问："陆子羽，我这儿有个计划，你要不要听下？"

"什么计划？"陆子羽奇怪地看了下周周，"导演只给了我两个月的时间去想办法，还说这两个月已经是极限，是磨刀不误砍柴工。我没时间再去做别的。"

"昨天顾天蓝找了我。"周周没直接回答陆子羽的问题，她相信陆子羽能够明白自己的意思。

可陆子羽让她失望了。

他向后半躺下来，枕着自己的双臂，缓缓开口："我不喜欢顾天蓝，我也没心思知道她跟你说了什么。不过，我想了很久，觉我应该有段恋爱体验了！"

陆子羽猛地坐起来，直视周周，和她靠得很近。周周恍惚了下，看着很认真看着自己的陆子羽，不知道为什么心忽然慌乱起来，心跳直接实现了读秒提速，感觉整个心脏就要跳出胸腔一样。

"你脸红什么呀？"陆子羽认真地说，"我想过，现实里让我这么急迫地去体验一下恋爱的感觉，我实在是做不到，和女生相处会很不自然，到头来只是白白地浪费时间。"

他的话让周周不自觉地长舒了一口气，不知道是放松还是失望。

陆子羽挥挥手："所以，哥们儿，我决定去游戏里寻找一下心动的感觉，那种自然的、水到渠成的心动。因为我喜欢游戏，并且游戏里有很多人也让我觉得喜欢。我觉得这样把握会更大。我不是真的要找个女朋友，只是想抓住那种感觉，牢牢地抓住它！"

周周摇摇头，又茫然地点点头。像一只憨态可掬的招财猫一样，她的动作并没有表达出任何个人态度。

陆子羽站起来，激动地在屋里转起了圈子："对，游戏，就是游戏。在游戏里，我可以有队友，有兄弟，为什么不能有心动和爱情呢？"

周周翻了个白眼，摆出一副无奈的姿态，忍不住吐槽："你在游戏里心动了，难道还能真的拥抱对方，能接吻，能完全找到享受恋爱的感觉？"

"为什么不能呢？周周，我看你也是个恋爱白痴，是不是也没谈过恋爱？"

"可现在说的是你的事情。我不觉得你这个想法真的靠谱。"周周气得腮帮子都鼓了起来，像一只生气的花栗鼠，"我觉得还是顾天蓝的想法靠谱。"

"这跟她有什么关系？"

"她说想跟你同居，培养下……"

"同居，开什么玩笑？"陆子羽惊讶地打断了周周，走过去把手放在她的额头上感受了下，"你也没发烧啊？"

周周心有点慌乱，胡乱打开陆子羽的手，努力做出一副公事公办、严肃认真的样子对陆子羽说："我不管了！但我只能给你一个月的时间，在这一个月里，你必须让我看到你的进步。不然，不然……"

"不然你就让我跟顾天蓝同居，对不对？"陆子羽耸耸肩膀，"那是不可能的，我宁愿和你同居也不会跟她。"

周周微张着嘴，有些羞涩地说："你在乱说什么？我们在谈你的工作和发展。"

陆子羽摇摇头："别想那么多，冷静，冷静，我知道，我一定能在游戏里找到我想要的东西。我敢跟你保证！"

开荒 小札

1

那天晚上,我做了一个很深很深的梦,梦里我眼睁睁看着陆子羽在我面前被黑龙的摆尾一招打成了残血。而我既不能给他治疗,也不能提醒他躲避黑龙的大招。我能清晰地看到黑龙要对付他的技能陷阱,我拼命地大喊:风哥,快躲。风哥,翻滚。风哥,三连跳……

我的声音回荡在空谷里,魂能已经消耗殆尽,给他的治疗似乎被一种无形的力量硬生生隔断。

这样的无能为力,上一次是什么时候?

看到陆子羽倒下的那一刻,我仿佛看到黑龙转身对我诡异地一笑:人类啊,你们注定输在自己心里。

当梦境绝断,我也苏醒之后,终于清醒:在他离开那个充斥着虚妄和荣光的世界时,在我开始日复一日的单调生活时,在我们所遗弃的狂想之废墟中,扫梦人正在其间滋生并阔步穿越。

2

那个拿着修罗斧跳来跳去插指挥旗的人叫盾墙。

他每天都在做一件事,那就是骂人。而他,也是唯一在幼儿园里因为骂人而被大家喜欢的特例。

幼儿园是一个游戏帮会,盾墙是这个帮会的指挥官。

盾墙对人的屠戮就是疯狂跳脚。

子羽有一次说：你觉不觉得，盾墙的咆哮澎湃如禁锢在一枚贝壳中的大海？

我笑：或许是因为盾墙本就是水手吧。嗯，盾墙在现实世界里是一个经常出海的水手，幼儿园是他在这个虚拟世界里的另一片海。

可我们都是叛逆的桅杆。嗯，因为幼稚，所以天真。

尽管如此，我们依然会因为盾墙而紧密团结在一起，每场战斗都不会落下任何一个人。毕竟，不是谁都有资格能进入被他骂的那二十人队伍里的。

开荒者，意味着先驱者。

我们管那支队伍叫开荒团，顾名思义，就是去开垦荒地的一个冒险民工团。

月亮从无尽之海的另一边升起，巨大、沉重，泛着琥珀色的光芒。我们脚下的土地深处同时也升起了一阵呱呱的低沉共鸣。

盾墙说：下周，我们就要迎来黑龙的重生了。

我喜欢他每次这样说话的样子，那种骄傲，意味着我们这群人在一起的荣耀。

因为他每一次都会说：曼曼，你家风哥呢？

我就笑：我去喊他。

离开燕山古墓以后，我和陆子羽最好的交集大约就是这一刻，他又会像以前那样冲我说：你最优秀。

盾墙据说是开荒团目前最厉害的，当然，你也可以理解为：因为别人都不愿意得罪人。毕竟开荒这种事，成则是团队强大，败则是指挥不力。

盾墙总说自己是一个美少年，不过我们都在公开或不公开场合喊他丑盾，偶尔会喊傻盾。但，盾墙确实是一个认真的指挥。很多时候，我们没办法要求一个认真的人还要时时温和。或许某些时刻，简单粗暴不失为另一种直接有效的方法。

每一次开荒都会耗掉我们一周的时间，可当解决之后，就瞬间成了便当副本。

可能这就是真正的前人披荆斩棘，后人信步拈花吧。

3

盾墙一会儿扔个绿色的菱形旗，一会儿扔个紫色的大饼旗，一会儿撒一片银色的星星，一会儿在自己脑袋上顶个月亮。他每次在那里大喊：看见我没有？曼曼你等下就待在这里。

好。我每次都马上回应，紧接着问一句，你在哪里啊？

他就没好气地回我一句：你……哎，我在这里，你看到一跳一跳的月亮没？

我赶紧赔笑脸：看见了，知道了。

他紧跟着补了一句：加多宝宝，你等下和曼曼站一起。

等不及宝宝回音，就会马上听到盾墙气急败坏到可以把怪兽耳膜震坏的声音：加多宝宝，你特么赶紧给我死，快点，死死死。

这样，我就放心了，锅，总归是要有人背的，那个人，一定不会是我。

傻盾从来不敢骂我，因为我脾气比他还暴躁，也有可能是因为我是风嫂吧。

关于风嫂的地位，我以后再说。我们先说说宝宝。

有时候，也会觉得傻盾是不是过分了些，总拿宝宝开火，担心宝宝会绷不住。只是，一直到我离开，我也没有等到这样一天。

4

我曾问过傻盾，为何如此嫌弃宝宝，又永远容许这样的一个他存在于这样一个团体里。

宝宝有个外号叫"地板王"，意思就是开局就躺，并且坚决不被允许复活，所以他常年睡在地上给我们助威加油。

傻盾说：每次团灭我也很焦躁，总需要一个宣泄点，发泄一下情绪，然后才能冷静地解决问题。放眼望去，最积极、最菜、脾气最好的人只有宝宝。每次骂完他，我的内心就再无波澜，重整旗鼓，再次出去。

我说：你就不担心他会掉毛？

盾墙说：从未想过，凭感觉吧。其实有时候也是有内疚的，所以这也是开荒团里他永远都会存在的原因。我想，他现实中肯定也是个没脾气的乐天派吧。

嗯，加多宝宝就是这样一个神奇不可替代的存在，我们管他叫盾墙的出气筒。

所以，加多宝宝真的是一个没有情绪的老实人吗？

当我离开幼儿园后，我去问他。

他的一番话让我在那一刻怀疑了我们所有人的智商，也在那一刻似是而非地明白什么叫大智若愚，什么叫知足常乐。

他说：有时候我也恨盾墙，咬牙切齿地恨。特别是开始的时候，那时我是霜火，全世界都知道不是我的问题，是职业问题。是的，那时开始，我就成了地板王。可是我要生存，他是指挥，不管怎样，打不出伤害这是事实，骂我我也只能忍着。不是没有想过改变，我当时霜火也是排行榜的前三，我放弃了我的理想，都说火法伤害高，我就去转了火法。结果，我刚转的第二天，策划就把火法送入了下水道。我能如何？我虽然不是人民币玩家，也有一颗跻身第一梯队的心啊，我不要落后。如果受点骂就能待在开荒队伍里，相比荣耀，一切都不重要。所以永不缺席，就算进不了本我也随时替补待命。如果我不能成为那个最优秀的，那我就要成为你们习惯一转身就看到的存在。

因了这番话，宝宝便成为我在离开幼儿园后，唯一游戏里没有太多交流却在游戏外相谈甚欢的朋友。

大概是因为那句"如果我不能成为那个最优秀的，那我就要成为你们习惯一转身就看到的存在"。

陆子羽。你于她而言，又何尝不是这样一种希望。

那天，她说：曼曼你好，我更希望你记得我也是白湛蓝。

这不是一个秘密，却是被所有人遗忘的存在。

第二章
所有人问所有人

大部分人有个习惯，那就是喜欢给自己寻找一个目标、方向、安慰、答案。倘若能有个人给予自己这些东西，就会被视为人生导师。

只不过，活在这个世界上，谁都会有困惑、烦恼、茫然与不解，而认真去看、去想的话，每个人都有可取之处，也能从他们身上得到启迪。关键要看你怎么去看、怎么去想。

——题记

1

《临时客栈》是陆子羽为突破自己的情感空白特意选择的一款游戏。因为这款游戏主打的体验是游戏和社交。在他看来，游戏本身就具备一定的社交功能，尤其是在游戏中长期组队或者加入同一帮会的伙伴，虽然未必见面，但在游戏中培养出的感情并不比现实中差，甚至会比现实生活中长期相处的朋友感情更为深厚。

如果人与人之间有共同的爱好，有共同的目标，是会不由自主地去欣赏、包容对方的。这种纯粹的关系背后，写着"牢固"两个字。

而听风公司新出的游戏《临时客栈》将社交功能作为核心，在关系这一格表现得淋漓尽致。与其他的游戏不同，《临时客栈》注册账号时所填写的资料至关重要。

陆子羽进入游戏中时，遭遇的先是十个与自己相关的问题。对别人来说，或许是心血来潮，随便一填；对他来说，这不是随随便便的事，而是被他当成了一个事业，这是他对游戏的一种尊重，或者说是虔诚。或许很多人不能理解这种情绪，但陆子羽觉得，这特别重要。作为一个游戏达人、玩家，其实真正的分级不是所谓的氪金与否，爆肝不爆肝，是青铜还是王者，而是在玩游戏时的投入程度。

"想过在游戏里恋爱或结婚吗？"屏幕上弹出这样一条问题。

"想过，但不准备这么干。"陆子羽回答完问题后，下意识地摸了摸鼻子。

"为什么？因为有太多的女装大佬？"

"我的三观和性取向都一样正常。"

"你最喜欢什么？"

"你。"

屏幕上弹出一句后台恶搞的话："对不起，我不搞基。"

陆子羽笑了："我喜欢你只因为你是一款有趣的游戏。"

在问题回答上披荆斩棘的陆子羽终于完成了问答。他长舒了一口气，开始浏览游戏的界面。

游戏的设计别出心裁，每个登录的玩家既是玩家，也同时充当NPC，很有黑心老板雇用一名员工并把他掰成几份，同时做几份工作的架势。这让陆子羽有了一种新奇的体验。他知道，这也是为玩家提供更大的社交空间。毕竟，当玩家开始跟NPC接触，并触发任务，进行交流的话，等于两个玩家开始了一场有趣的读心游戏。在这个过程中，游戏开发商完美地避开了NPC不够智能化、人性化的短板。不是通过技术，而是通过设置。同时在问答对话当中，完美地促进了两个玩家之间彼此的了解。找到同好的时候，两个人就能在游戏中开始一段情感上的交流，或是朋友，或是老铁，或是情侣。

《临时客栈》因为玩家的重度参与，拥有了极高的可玩性和无限的可能性。悲哀的是，太多人把它当成一个实现不良企图的平台。

陆子羽对此是不屑一顾的。他只是认定，游戏是无辜的，不仅仅是这款游戏，而是所有的游戏。毕竟，在游戏上发生的问题，不是因为游戏控制了人，而是因为有人总是控制不住自己。所有对游戏的差评和非议，不过是拿游戏当了替罪羊，欲加之罪，何患无辞罢了。

陆子羽操控着人物，在游戏当中走走停停。他的目标是身边所有的异性NPC和角色。

"小哥哥，约吗？"一个名叫"快车美女老司机"的NPC变换着动作，摆出一副诱惑的姿势对陆子羽说。

陆子羽冷淡地走过去，直奔下一个目标。

"你有房吗？多大，车呢？"

下一个NPC直截了当的提问让屏幕前的陆子羽翻了个白眼，在游戏中忽然有了在现实里从未有过的相亲的感觉。

"我只是想看看你这里有什么任务没有。"陆子羽头上的对话框里出现了他的心声。

"我的任务只给两种人，一种是长得帅的人，一种是长得帅还有钱的人。如果你不是，我连提问你的兴趣都没有。"

完全没心情了，陆子羽有点失落。难道说游戏也被现实中的某些观念影响颇深了吗？

幸亏有个叫"爱情别烦我"的女性 NPC 让陆子羽有了继续的念头。这位话不多，直接拉出了游戏问答模式。

问题 1：如果你的男 / 女朋友不让你玩游戏，你会怎么做？
两个人异常同步，选择了"让他 / 她见鬼去吧"。
问题 2：你常吃的美食是什么？

陆子羽琢磨了下，当然是泡面。泡面不是美食，但对于游戏党来说才是王道，毕竟作为速食，它充分实现了它的功能性。外卖虽然可以上门，但毕竟要等。哪个真正的游戏党不是到了实在忍不住，发现自己已经前胸贴后背之后才风风火火地想办法哄一哄肚子。

陆子羽敲出了答案，对方的答案却是冷馒头。

瞬间游戏中时空变幻，屏幕报警说有小 BOSS 正在靠近。

又是一个有意思的设计，陆子羽想。当两个人面对问题，回答一致的时候，就会完美升级。如果回答有不符合的地方，那么就要完成打怪，获取升级的经验值。

但这个"爱情别烦我"挺有意思，竟然比自己还狠，玩游戏的时候只吃拿来就能果腹的冷馒头。

要不，继续接触下看看？陆子羽脑子里刚冒出这个念头，随即就被掐灭了。他一边操控人物与 BOSS 激烈对战，一边告诉自己，人家都明确说爱情别烦我了，我还能期待点什么呢？

2

如果可能的话，每个人用第三视角看下别人的人生，就会发现自己原来没有想象的这么苦。很多人都会怀念童年的日子，年龄越大，涉世越深，就会越发觉得孩提时代是那么轻松快乐。

事实上并非如此。人这一辈子，大概每个阶段都有自己的压力和烦恼，都会觉得焦躁，会发脾气，不高兴。无非是前后对比，会觉得过去的坎儿不算坎儿，所以有几分怀念罢了。

如果问大多数人，什么时候最煎熬、最难过、最焦虑，答案大抵会是在当下，因为当下最有令人才皱眉头又添堵心头的即时效应。

曼曼的眉头皱得能夹死一只苍蝇，瘦削的她穿着一件得体的开衫，坐在宽大的桌子后面。开衫是绿色的，她并不喜欢这个颜色，之所以这么穿全是因为她强势的妈妈的要求。作为一名心理咨询师，曼曼的妈妈偏执地认为绿色有让人心里安宁放松的效果，一如她在曼曼26年多的时光里，最喜欢带曼曼去看林海，看草原，看一切满眼青翠的地方。

骨子里，曼曼是个不愿意被拘束、想过闲散生活的女人。她虽然不算绝对漂亮，但是那种恬淡气质颇让人欣赏。对于一个每个细胞里都向往自由的家伙来说，她所拥有的一切技能和证书，都是为了能够让自己更加自由，不用朝九晚五，可以宅在家里赚钱。比如说教师资格证、心理咨询师证。这些在曼曼看来，都是可以给自己的宅梦想添光加彩、维持生计的资本。毕竟，教师是可以在家里上网课的，心理咨询师也是可以在家里通过连线去解决别人心结的。

至于正职，曼曼觉得那就是作家。不管是过去所谓的传统作家，还是现在自己网络小说作家身份。这个身份无比美妙，既可以宅在家里八风不动，也可以在想要出去走走玩玩的时候，给出一个堂而皇之的理由——

采风。

  无奈,妈妈是曼曼人生中无法抗拒的"破坏者"。她总是要求曼曼继承自己的衣钵,成为一名优秀而出色的心理咨询师。她不断给曼曼灌输一些自己内心的想法和愿景。在她看来,这个行业才是有前景的,一定会在未来大放光彩。毕竟随着社会的变迁,每个人都承受着不断加大的心理压力。连专门以打砸为核心业务的发泄门店都能风靡起来,可见每个人心里都有沉甸甸的部分。而处于长期的重压之下,人的内心会变得更加脆弱,出现各种各样的问题。现在在学生时代,选择自杀跳楼的案例并不少见。而青年时期因为爱情和婚姻闹得自己精神崩溃、要死要活的,更是不在少数。

  她刚从业的时候,顾客寥寥。从大多数人视去做心理咨询为承认自己变态,精神有病,而不得不讳疾忌医,到现在更多人愿意去找心理咨询师倾诉以得到重新面对问题的力量,也不过短短几年。这个时代变了,行业前景也随之变了。一个小时3000元起步,没有体力劳动,只是运用自己的知识和技能为别人指点迷津,唤回生活的信心,并且职业越来越受到人们的重视,社会地位比一些过去的铁饭碗一点不差。从事这样一份事业,还有自己能够伸手扶持,对女儿来说,难道还有比这个更让人满意的吗?

  不领情的曼曼抵抗过,但不激烈。作为一个幼时父母离异、单亲家庭长大的姑娘,她内心是特别在意妈妈的感受的,只敢想办法迂回地表示拒绝。一旦妈妈认真起来,她又会及时地"从心",怂得一塌糊涂。

  看到她并不心甘情愿被安排得明明白白,曼曼的妈妈干脆图穷匕见,直接把女儿按在自己的心理咨询室里,帮助自己来应对顾客的咨询。至于理由则五花八门,比如说自己有个重要的行业会议,上门顾客过多,需要曼曼帮助。到了后来越来越随便,甚至连自己要去美容院做保养都成了理由。曼曼就像个工具人一样,不得不坐在妈妈的咨询室里,面对自己不愿意面对的事情。

这天，曼曼刚送走了一个顾客，一个总是焦虑自己女友会出轨的男人。显然，头上变成呼伦贝尔草原的威胁让他焦虑到了精神分裂，一边认为自己魅力无限，女友会被自己的魅力磁场吸引，一边又疑神疑鬼，觉得隔壁住满了老王，而女友公司的异性像潜伏的色狼一样，随时都对女友充满了捕猎的欲望。他嘴上一边说着相信女友，一边悄悄地在女友车上和家里安装了无数摄像头，一边开导自己，男女之间也会有正常的交流，一边发现女友和异性多说了两句话，哪怕只说了一句"你好"，就觉得一定是发生了特别不好的事情。

曼曼端起带自己可爱卡通头像的大水杯喝了口水润润喉，精致的小脸几乎全被杯子遮住。她甚至想在喝水的时候吐几个泡泡来缓解下自己郁闷的心情。毕竟，自己凭什么去开导别人呢？自己也是个爱情失败的人呢！

她摇摇头，按下了铃，通知前台让下一个预约的咨询者进来。毕竟，做一天和尚撞一天钟，谁让这是自己亲妈的生意呢？

3

下一个更是令曼曼头大。眼前哭哭啼啼的女人，脸上的妆花得惨不忍睹，贴的睫毛已经掉落了一半，粉底被眼泪冲刷出几道痕迹，使肤色显得格外不均匀。

她进来后几乎没说一句话，看到曼曼就像受了委屈后看到爹娘的亲人，眼泪吧嗒吧嗒地流了下来，整个人处于一种情绪彻底失控的状态。

"失恋了？"曼曼缓声提问。这个女人让她想起了早些时候刚失恋时的自己。

曾经，自己每天的生活枯燥无味而乐在其中。在网上挖坑，写字，偶尔和前男友马豆豆约会。那个时候她觉得，男友马豆豆甚至都是可有可无的，只是彼此看着顺眼，是自己生活中的调剂和写作中的灵感来源。即便这个男人不能和自己走到最后，自己也会淡然一笑，觉得不过如此。

当马豆豆没说分手,却逐渐疏远,单方面宣布和那个他刷了无数劳斯莱斯打赏的锥子脸女主播结婚的时候,她的心在瞬间支离破碎。生活变成了挖坑、写稿,不自觉地哭一会儿,然后没完没了地打电话质问马豆豆,到最后发展成咒骂马豆豆。她以为自己没有投入过,却在潜移默化的相处中投入了太多,只是自己当时并没有发现。她觉得自己对马豆豆并不在乎,可是在失去的时候忽然发现有所不适,总会不自觉地想起和马豆豆在一起的日子。

男人是靠不住的,那段感情让曼曼萌生了这样的念头。这种想法和她记忆中模模糊糊的父亲和母亲的离婚相互勾连,隐约记得自己那个不负责的爹,也是因为一个外面的女人,就选择了抛家舍业,甚至没多看女儿一眼就毅然决然地奔向了所谓婚后才找到的真爱。

本来曼曼是不常想起那个记忆里模糊的男人的,却在自己被抛弃后,把马豆豆和自己亲爹的影子在心里慢慢地重合起来,并逐渐演化成了一个字——渣!这两件事碰撞出的化学反应融合成了一种蚀骨的毒,让曼曼质疑,在那么多现实的爱情中,有多少人是真情实意,又有多少人是全靠演技,有多少所谓的情谊在身材和姿色面前只是个屁。

马豆豆结婚的时候,曼曼还是去了。她并没有得到请柬,而是从两个人共同朋友那里得到的信息。她原本想在婚礼上质问马豆豆为什么这么对自己。可是远远地看着婚礼上的马豆豆,她忽然觉得索然无味,放弃了这个念头。

当天曼曼一直在想,那个锥子脸、尖下巴的女主播在整容上到底花了多少钱,才能有如此流俗的一张脸?和一干人工后天养成的网红脸聚会的时候,又会和多少人撞脸?马豆豆会不会根本认不出自己的老婆?她会不会在婚礼上含羞低头的时候,被自己的下巴扎得胸口发疼?会不会不小心戳死自己?

经过了这一遭后,曼曼终于释然了。她给自己做了大量的心理建设和铺垫。自己之所以难过、失控、哭泣,跟马豆豆闹,并不是因为舍不得这样一个男人，只是不想自己的付出就此化为泡影，曼曼将之称为"惧损效应"。如果再跟马豆豆在一起一段时间，遭遇被抛弃，就会更加怒不可遏。

咨询室里的氛围很怪，顾客哭得涕泪横流，不时擤一把鼻涕。曼曼在问完"失恋了"三个字后，便进入了神游状态，回顾着自己的不幸。不过，看起来好像是她胸有成竹地在等着对方的倾诉。

"我……我……"女人抽泣着开了腔，"凭什么他这么对我？凭什么？"

所有的故事或事故，就变成了一句问题。曼曼在心里默默吐槽：你又没说，我怎么知道发生了什么？怎么知道凭什么？

"别急，告诉我你到底发生了什么，好吗？我会尽力来帮助你的。"

女顾客听到这句话，看了看曼曼脸上的微笑，打了个嗝，然后又抽抽搭搭，没完没了地哭了起来。

曼曼把桌子上的纸巾盒推过去，感觉到太阳穴有些发胀。按照这种情况，是根本不给自己走流程的机会，这女人丝毫不按套路出牌啊。难道你不该边哭边咒骂地说出你的故事吗？难道你来心理咨询，还要玩一下"我有故事，你有酒吗"之类的哏？

曼曼的手机适时响了起来。她拿起了套着兔子形状手机壳的手机看了一眼，是一条微信信息，发信息的人是自己最要好的闺密思琪。她扫了一眼还在哭泣不止、自怨自艾的女人，很有职业精神地放下了手机，心里却祈祷着女人能够赶紧进入角色，配合自己完成这次咨询。毕竟，在失去了马豆豆，不，即便马豆豆还在自己身边的时候，这个闺密也是自己内心里最为在意的心理寄托啊，自己还从未出现过收到她的信息不及时回复的状况呢。

4

世上的事永远会在你觉得已经掌握了节奏的时候，忽然来一波突如其来的变化，让人应接不暇。

在曼曼心里开始焦躁，并觉得自己面对这位女顾客无能为力，有淡淡失落的时候，女顾客的手机响了起来。欢快的《桥边姑娘》响起的那一刻，她擦了把眼泪，看了眼屏幕，然后接起了电话。

交流不过三秒，她霍地站起来，情绪激动又欢快地说："太好了，太好了，你确定？"

曼曼看着这位似乎完全忘掉自己之前情绪的顾客，一时有些无语。这种情绪切换之快速，像极了那些获得奥斯卡最佳演员奖的大牛。那一刻曼曼甚至觉得，这是不是精心策划的一场大戏，是对手为了干扰自己妈妈的生意而刻意安排的，就是要趁她代班的时候，来刁难一下，然后制造解决无能的舆论？无论如何曼曼都认为，这位顾客一定看过那本被周星星推崇备至的《演员的自我修养》。

看到对方挂掉电话，从包里掏出东西，拿着化妆镜开始忘我地补妆时，曼曼实在忍不住开口了："你好像很开心？（你不是精神分裂了吧？）"

"快看看，我哪儿应该补下妆？"女顾客一边盯着镜子里的自己，一边随口搭讪说。

"这是有什么重要的事情或者等下要参加活动吗？"曼曼做出了自己的猜测，"你的状态切换得简直无缝衔接，真是拥有强大的内心呢。"

女顾客没再接茬儿，而是认真地完成了自己的妆容，然后把化妆包重新塞回皮包里，接着拿出手机，熟练地操作，转账。曼曼听到了6000元到账的声音。

"不好意思，耽误了你一个多小时。"女顾客面露愧色，"我就按照两个小时付费好了。我对你的咨询特别满意，感觉整个人都好多了。如果将来有什么问题的话，想不开的时候我还是会来找你的。"

"我好像没干什么。"曼曼有些迟疑地说出了真相,心说:你进来就哭,什么事也不说,难道是哭一场就完全抛开了心里的郁闷?还是说这个人真的受到了太大的打击,已经完全精神分裂了?

按照这节奏,这一波不亏啊。自己什么也没做,陪着发呆,就拿到了两个小时的咨询费。如果人人都能这么自我宣泄、缓解和疗愈的话,那么心理咨询师行业发展得该是多么蓬勃兴旺啊,想想还真是有点小激动呢。

女顾客没再跟曼曼说话,站起身风风火火地向外走去。当她走到门边的时候,曼曼还是忍不住叫对方留步。

女顾客回身看向曼曼,一脸疑惑地问道:"怎么?还有事?"

曼曼从桌子上拿起了一张表格扬了扬:"请你在咨询的报告上签个字,我们是要留档的。"

"你替我签一个吧,我赶时间。"

"能不能特别简短地告诉我,你到底遇到了什么事,会想要来咨询?又发生了什么事,让你整个人好像都发生了彻底变化?不然我这个报告没法填写。"

女顾客看着曼曼,随手拉开门:"我失恋了,被人甩了。他找了我最好的一个闺密。两个人滚了床单。所以我同时失去了友情和爱情,遭遇了背叛。我本来不想活了,心里一直有个声音问我,你怎么不去死?你已经一无所有了。这事就发生在三天前。刚才我接到了另外一个闺密的电话,她说过去我一直爱着的一个对我不屑一顾的男人,答应了和我相处的要求。也就是说,我爱的人开始爱我了,我必须赶过去扑倒在他温暖的怀抱里。"

说完,女人摇曳着身姿,把自己走出一股《葫芦兄弟》里的蛇精范儿。门外传来了高跟鞋敲地板的清脆声音。曼曼揉了下自己的脸,企图从女顾客最后一段话里理出个头绪。

她最爱的男人在她分手后答应和她相处,那就是说,她其实根本不爱之前的男友。那么她被闺密绿就是属于被人抢了备胎。分手后三天,得到了男神召唤的消息,她就想飞扑到男神的怀抱里,说明她对之前的感情并不看重。这难道就是传说中的感情破裂,悲愤欲死,时间一天一天地过去,到了第三天,又重新爱上了其他男人?那么,如果之前她最爱的男神在她跟男友如胶似漆的时候出现勾勾手,是不是背叛的人就会变成她,而哭诉的那个就会变成现在抛弃她、和她闺密不可描述的前男友?

"男人渣,女人也渣!"曼曼做出了自己的判定,脑子里迅速开始琢磨怎么把这种变成自己小说里的情节和资粮。她扫了一眼桌面,看到了被自己扔在一边的手机,猛地拍了一下大腿,然后疼得"嗞"了一声。

哎呀,净自己脑补了,差点忘记回复思琪的微信。

5

思琪是来报喜的,微信的内容迅速涤荡了曼曼之前因为代班和遭遇女顾客所带来的内心那一点点愤懑和胡思乱想的状态。曼曼正在网上连载的都市情感小说《我男朋友的女朋友们》被给了个小封推,和前几本靠老书友维持、基本算扑街的作品不同,这本终于有了热度。

大概是因为当下网络小说里主流总是热血爽文、玄幻仙侠,没完没了地涌现各种悲惨少年穿越仙侠、玄幻世界,无敌后归来都市,开启一段逆袭之旅。

曼曼这本情感主线的小清新轻小说终于熬出了头,竟然被许多大V进行了转发。

思琪在微信里告诉曼曼,想要一书封神,除了埋头写,还要维持粉丝的热度,进行各种互动式宣传,趁热打铁,看能不能让这小说入榜,获取更多的推荐位。

一向从善如流的曼曼一边给思琪回了一个OK的表情,一边打开美团给自己点了一份喜欢的慕斯蛋糕,作为小小的庆祝,同时进入书友群,开始和书友们互动。

她的书友群也是和其他大神的书友群不同的。别人的书友群里，大多是角色征集，发布一些小说里人物图片，又或者大佬偶然出现，水一波互动，装模作样地跟书友讨论一下小说的情节，带一带节奏，保持小说的黏性。而曼曼别出心裁，并不太愿意在群里和书友们就某个人物和情节做讨论。她在创作上有着自己的固执，那就是维持自己的大纲和想法。哪怕别人威胁寄刀片，她也不想妥协。钱这东西，不用太多，够花就可以了。曼曼更看重自己的想法的追求。

因为有心理咨询师的证书，写的又是情感小说，所以曼曼在书友群里出现，基本上就是靠自己的能力，帮助一些存在情感困惑的书友来解决困惑。她的底线是尽力而为，如果对方走不出来，或者找不到解脱感，那么自己也无能为力。

思琪是曼曼书友群的管理员，她在曼曼出现之前已经做了铺垫。一波表情包和两个群红包，群里顿时热闹起来。

曼曼还没来得及跟大家问好，一个她有印象的群友就直截了当地发出了一条消息，提出了自己想问的问题。

我就是彩虹：这些天我一直被一个问题折磨，也没办法问身边的亲戚和朋友。我谈过两场恋爱，结果都不怎么好。现在我喜欢上了一个男人，他也同样喜欢我。可我还是有些困惑，喜欢同性到底是先天的，还是后天的？男男之间才是真爱，到底是段子，还是实话？

曼曼：？？

我就是彩虹：能不能加下微信？私聊。

群里顿时开始刷屏，什么样的说法都有：

"膜拜大佬。"

"@我就是彩虹，你就是一个硬币，你懂得。"

"这是居心叵测啊，就是为了加作者大佬的微信，谁都知道作者大佬是个美女。"

"这种事你应该问我啊，兄DEI，哥有丰富的真爱经验。[陶醉.JPG]"

曼曼：负责地说，你这个问题我现在回答不了啊。我没有类似的人生体验。就算加微信私聊，也会让你失望。不如给我一段时间，我去了解下，然后给你答案，一定会给你答案。如何？

我就是彩虹：这样的吗？那么需要多久呢？我怕我还没有答案就会沦陷。

曼曼：如果你真的抵御不住，大概就算遇到了真爱吧。

曼曼把手机拿开，关了群消息。她转过身，背对办公桌，看着玻璃幕墙外的街景。

玻璃幕墙外的天空蓝得鲜活。曼曼双手交叉，陷入了思考中。她在想，自己怎样才能去体验下男男之间到底会不会有真的感情？难道要自己变身男人，去寻找一段恋爱的体会？

思琪的电话追了过来。她知道曼曼在群里不再说话，肯定是又开始较真了。这让她对曼曼的做法格外不满，毕竟来群里互动，核心的事情曼曼还没有做，没有掀起热度，号召书友去帮小说做传播。

"你有点过分了啊。"思琪脆的声音传了过来。

"我这也是为了小说着想啊，"曼曼知道自己是在找借口，"'我就是彩虹'可是小说的黄金盟，我如果表现出对书友的重视和热情，会有更多人愿意变成盟主的。"

"我信你才怪，算了，怕了你了。我是不是上辈子欠你的，怎么净给你擦……"

"别说脏话啊，矜持，矜持点。"

"你随便吧，我先应付群里的书友去。"

"收到！晚点我请你吃饭，地方你随便挑。"

6

可怜的思琪"体贴"地找了一家顶级的海鲜自助餐厅，准备报被曼曼放鸽子的一箭之仇。

但这顿让她咬牙切齿的晚餐最终还是没吃上，于是更让她咬牙切齿，因为曼曼手机竟然关机了。这可是前所未有的事情。

在思琪徘徊在海鲜自助餐厅门口，最终决定自己去找家小店打打牙祭，并准备多加上一些餐费，让曼曼替自己报销的时候，根本不知道自己的另一部手机已经因为没电而自动关机的曼曼，正沉溺在《临时客栈》的游戏当中。

曼曼在这款游戏里的名字叫"小蔓延要攻楼"，在性别设置里是男，但是她做了隐藏。

没错，在遍地女装大佬出没，一群老爷们儿靠女号找人带、要资源的情况盛行的当下，她反其道而行之，为的就是在游戏世界里验证一下，男人和男人之间，除了友情，会不会有特别的暧昧和爱情出现。

作为一名玩其他游戏无数，而在《临时客栈》里还是萌新的游戏玩家，曼曼已经通过了注册，并且和很多NPC产生了交集。无奈真的不来电，那些级别高的人对于小蔓延要攻楼要么不屑一顾，要么就是直截了当地问是男是女，能不能加个微信发张照片，被拒绝后不愿意在游戏的时候带上一个拖油瓶。另外一些萌新虽然表现出热情，但话里话外还是套着她的话，看有没有什么攻略和技巧。

甚至小蔓延要攻楼还遇到了几个女装大佬。这种人在她眼里目的简直昭然若揭，没有丝毫秘密。有个女装大佬直接给她发来私信，说加微信可给照片，有福利的哟，一副胜券在握、想骗点装备的做派。

小蔓延要攻楼遇到的第一个让她觉得感兴趣的NPC头顶两个大字——丑男。当她过去想要交流的时候，发现根本无法触发交流和任务。这个玩家NPC似乎不在线，或者说根本不愿意说话。

公屏上有人开始刷屏，在打赌这个叫丑男的玩家到底能够在"心魔幻境"中挺上多久，会不会熬到爆肝。

"心魔幻境"是《临时客栈》另外一个出色的机制设计。当玩家和其他 NPC 共同回答问题，如果说出违心的话，和自己之前填写的注册资料中有误差的时候，就会被送入心魔幻境。

在那里，玩家会遭遇到源源不断的攻击，类似红名状态。如果没有其他玩家对他进行救援，那么就会永远地沉沦在那个场景当中，无法脱身。无论你级别多高、装备多好，都不可能靠自己打破心魔幻境。

如果在游戏里没有靠谱的朋友，那么唯一的结果就是弃游，开一个小号重新来过。

这样的设计起到了两个作用，一是让玩家在填写资料的时候慎重，在游戏里和其他玩家展开社交的时候更加真实；二是逼迫玩家在游戏里进行社交，多交朋友，否则的话，陷入心魔幻境中就等于前功尽弃，一切重来。

曼曼看着这个叫"丑男"的玩家，点开了他的资料：男，级别很高，在开服不久的《临时客栈》里算得上顶级大佬。他对自己的资料没有设置太多的保密，所以在朋友的选项里是一片空白。

综合来判断，曼曼觉得首先这个"丑男"是个资深的游戏玩家，不然级别不会升得这么快。其次是不善交际，毕竟玩游戏找朋友并不难，除非是玩家不想。再次可能真的丑，没有谈过恋爱。毕竟，现在恋爱里的男女一起玩游戏的并不罕见，如果正在恋爱状态，像《临时客栈》这样男女都适合的游戏，女友即便不热衷，也可以注册进来，在里面和他成为好友，在达到一定级别后还能结婚。

这是个自己想要的目标，曼曼满意地点了点头，立刻在脑子里制定出一套方案：先在他陷入心魔幻境的绝境时去拯救他，然后以让大佬带着自己组队玩游戏的策略和他在游戏里相处。等到关系更密切的时候，看是否能够产生比较暧昧的关系，然后把这段关系作为回答书友问题的依据。

"完美！"曼曼抬起拿着鼠标的手，打了个响指，然后双手在键盘上飞快地输入，申请好友："大佬，组队吗？带我！"

陆子羽心情这会儿有些不爽。他没想到自己会陷入心魔幻境当中。作为一个游戏控，他已经过了每玩一个新游戏就去搜索攻略，详细了解游戏介绍的阶段。在他看来，游戏的魅力就在于通过自己的探索，发现不同的惊喜，这是一个享受的过程。

当然，陆子羽觉得任何游戏都不会有绝对无解的困难。比如说，这个浪费了自己两天时间，做出各种尝试都以失败告终的心魔幻境。屏幕上已经出现了多次提示，需要朋友义不容辞地前来拯救才能脱身，可陆子羽在这个游戏里并没有朋友。

他的脑子迅速给出了解决方案，那就是让周周注册游戏，哪怕是个一级的小白，然后加自己好友去拯救自己。他尝试过，在心魔幻境里，自己无法在公屏说话，但好友可以添加，应该也可以跟好友私聊。

但陆子羽放弃了这个方案，他想知道这个困境还有没有其他的隐藏攻略。这种坚持让他为此熬得满眼血丝，才有些颓然地发现，似乎有人加自己好友，然后提供帮助是唯一解决问题的道路。

所以，那句"大佬，组队吗？带我！"的好友申请发过来的时候，陆子羽内心里有一种释然的感觉，觉得这个叫小蔓延要攻楼的玩家简直就是自己的幸运天使。

他马上点击"接受"，然后小蔓延要攻楼出现在了心魔幻境中。

小蔓延要攻楼出现后，冒出来的第一句话让陆子羽有些惊讶了。这个玩家看了下周围的环境，操控着人物尝试着走了几圈，然后说："这就是心魔幻境吗？设计得真丑！"

"女玩家！"陆子羽心里快速地给出了这个自己游戏里第一个也是唯一的好友的性别判断。正常的男玩家不是应该先来跟自己交流，或者说了解一下这里有什么任务或者危险吗？

陆子羽想到这里，忽然对这个明显刚入游戏不久的小萌新产生了浓厚的兴趣。他抬手在键盘上输入。

丑男：为什么你要加我好友呢？是不是因为我丑？

小蔓延要攻楼：呵呵，我说对你有特别的感觉，你信不信？

丑男：你难道要说是特别的缘分吗？

小蔓延要攻楼（发送了一个特别萌蠢的表情）：缘分？大佬，我只是看你的级别高，有利于我的游戏体验罢了。你，想多了！

青梅　小札

生怕他归时不识自己，她固执地不肯长大。

有人惊羡，有人不解。

她说：第一眼与最后一眼，他面前的我，都是个孩子啊。

被定格的岁月，就这样，一年一年，都与她无关。

人们说，这是朵永远娇艳的花哦，不败不衰。也有人说，怕是以假乱真的塑料花吧。

她不悲不喜，任潮起潮落，自顾自地梳洗打扮，描眉点唇。

终于，他归期将至。

一夜间，她却白了发。

风一吹，花谢了一地。

听说哦，携了美娇娘的他，老当益壮。

那些年，滋养心的回忆毒，早已浸透脉络肌理。

无药可救。

我站在襄阳城的屋顶上，看着这一切，风吹过脸颊，我想起那句似是而非的凄凉言语：你看那个人，好像一只狗哦。

是突然便生出的罅隙，而种子，习惯了长期陪伴里的温柔。

这突如其来的念头，一瞬爆发，使得他转了性子般，让人错愕。

她说，这仿若是种豆得瓜，你以为是个闹剧，岂不知，这生活啊，早就是农家人嫁接育苗的日常，食之知味早已经成为想象。

那一天，日头死了命地招摇，凉意却不顾一切地冲袭。

没了章法的，不守规则的，还有那二八月的棉衣，入了秋的白肉，以及步履蹒跚的、正值壮年的他。

那就这样吧。

谁让，是她爱了整一个四季的他呢？

陆子羽，我见过你爱一个人的样子，所以，我也能看出你不爱一个人的样子。

第三章
女人都是洪水猛兽

不是所有的主动,都能令人感动。不恰当的主动只能让对方唯恐避之不及。因为,世上任何事情都是有理由,或者说有因果的。如果这个理由不足以让人相信,那么主动就会成为殷勤。而无事献殷勤,除非对方有低幼中二的心智,认为世上再无自己这般人之外,就只会产生警惕和怀疑。于是主动得越猛烈,主动的人就越会被视为洪水猛兽。

——题记

1

"人真是社交动物。"陆子羽一边吃着早餐，一边含混不清地对周周说。

他刚刮完胡子的脸显得格外干净利落，整个人处于一种有些微妙亢奋的状态。

周周没有形象地摊在沙发上。这是几天来她第一次到陆子羽这里来。在陆子羽号称要在游戏里体验感情后，进入游戏状态的陆子羽让周周一直觉得自己是不是犯了个错。

陆子羽自从登录游戏后，基本上已经忘却了周周的存在。他乐此不疲，而且还有一个是为工作付出的正当理由。

那天，周周刷了两个小时的抖音，又刷了两个小时的淘宝，给陆子羽冲了两次咖啡，围着他转了无数个圈，唯一的一次交流是陆子羽伸了个懒腰，动了一下脖子，发出一声不适的"嗯"。她迅速过去给他捏了一下肩膀，得到他一声满意的"嗯"。

发现自己的存在完全是多余的以后，周周选择了在陆子羽的手机里传来游戏玩家一声"妈妈死到哪里去了"的咆哮中蹑手蹑脚地离开。

差不多有十天的时间了吧，周周度日如年地在等陆子羽联系自己，告诉自己他的进度，可是并没有。于是周周惴惴不安地猜测，他可能已经把最初的目的抛到了九霄云外。她是个很聪明的姑娘，知道男人对一款游戏狂热的初期是黏性最强的蜜月期，如果自己去打扰的话，可能会让陆子羽视自己为仇敌。她决定给自己放几天假，等陆子羽这种玩游戏狂热的劲头过去，再去打探一下动向。

今天，她只是怕这个游戏狂饿死在家里，本着扶危济困的心态来填冰箱的，没想到一进门就听到陆子羽主动和自己打招呼。

"你终于发现，游戏并不能代替现实生活中的一切了。"周周开心得笑起来，随手就把手里的大包小包扔在一边，纵身跳到沙发上，跷着二郎腿摊躺着，快速刷着手机备忘录，眼睛变成了两道弯月，好像空气里都是人民币的味道，"那我们是不是可以利用这个时间，商量下接下来的事情？"

"我的意思是，我现在的感觉前所未有地好。"陆子羽喝完牛奶，放下玻璃杯，站起身来活动了两下颈椎，发出咯吱咯吱的声音，"你不用牵挂我，你现在把空间和时间留给我自己就是最好的选择。"

周周嗖的一下坐直了身体，带着难以置信的表情，等到消化了陆子羽的一番话后，缓缓从包里掏出一块波板糖，在嘴里嚼得粉碎，有一股咬牙切齿发狠的劲头。她内心不断诅咒着，同时暗恨自己看错了陆子羽，明明是自己还想玩游戏，还说什么人终究是社交动物之类的鬼话。

陆子羽看了眼周周，摇摇头："别不开心，你知道我从来不拿工作开玩笑。我能做到的，现在我越来越有信心。这样，我给你放一段时间的假，放心大胆地去玩吧，购物，短途游，随便做什么都可以。等你回来后就会发现一个完全不同的我，一个已经恋爱过的我。"

"这么快就在游戏里有目标了？你就不怕对方是个女装大佬？游戏里可是出了名地人妖出没呢。"

"我相信我的直觉，更相信我的智商和判断。"陆子羽头也不抬，抱着手机向书房走去。

"您可得了吧，您一个遇到女人就湿疹复发的奇怪生物，还对恋爱有判断了？那地球早八百年前就灭亡了。"

"这可是你说的，这一次我可没说你不是女人啊。"陆子羽转过身，抬头坏笑着看了一眼周周。

"算了算了，不跟你说那么多了。"周周恼羞成怒，恨不得咬掉自己的舌头。她踢了一下脚边那些她来了以后还没来得及打开的大包小包的储备食物，翻着白眼，拎着包起身："这些东西你自己整到冰箱里吧，我刚好要去呼吸自由的空气了。就算是女装大佬、人妖号也不重要。反正你要的只是在游戏里的爱情体验，或者，你现实里被掰弯了跟我有什么关系？你能演出那种深情对我来说就足够了。"

夹枪带棒地说完这番话，周周的心情顿时愉悦起来，似乎找回了因被催促离开而产生的恶劣心情。她哼着歌走了出去，还随手关上了门。

"挺有阿Q精神嘛，这丫头！"陆子羽用像个慈祥长辈的口吻吐槽了一句，坐在电脑前，熟练地登录了自己的游戏账号——丑男。

如果周周知道陆子羽居然还在用这个马甲，她一定会气急败坏地说："你当初就是丑男出道的，你现在这样会被人认出来的。"如果周周知道真的有人不知道丑男就是陆子羽的话，她一定又会很懊恼地说："你看看，你还需要继续努力啊，还是不够红。要是有人玩游戏还不知道你，那一定是个菜鸡。"

很不幸，曼曼就是那个周周口中知道陆子羽偏偏不知道他就是丑男的小菜鸡。

游戏里和"小蔓延要攻楼"的组队和配合已经算是渐入佳境了。这个玩家对于游戏有着敏感的理解度和阅读能力，这让陆子羽变得特别轻松，不用付出太多的努力。

这期间，在小蔓延要攻楼的建议下，陆子羽也考虑过和其他过来想蹭高级别Wi-Fi的游戏玩家一起组队打副本。不过那些人和小蔓延要攻楼一点也不同，一旦加了好友入队之后，就频繁地提出要求，比如自己有什么任务还没有完成，希望大佬带队帮刷，又或者在队伍里分配掉落装备的时候你推我让，实则明争暗斗地引发一波内讧。

小蔓延要攻楼和这些人相比，是安静的，无欲无求。似乎没有什么太大的追求，只是为了玩玩游戏，来保持自己良好的心情，在这点上，她和陆子羽不谋而合。陆子羽心里大呼，小蔓延要攻楼懂我，懂我，懂我！

游戏只是一个取悦自己的手段，不必过多地从其中寻找现实里可能没有的号召力和存在感。所有不明白这个道理的玩家在陆子羽看来都是邪教，根本没有领会玩游戏的真谛。于是，铁打的队伍，流水的队友。失望的人来来去去，好友名单里人数寥寥，一直在一起的还是只有小蔓延要攻楼一个人。

陆子羽已经在游戏里着手准备建立公会了，目的是聚集更多的资源，满足自己发展的要求。至于公会要不要去帮战，去称霸全服，那都是浮云，稳健的丑男并不想以此为目标。他要的只是享受过程。

丑男登录，才发现小蔓延要攻楼果然在。身后还站着剩余的队友，小猫大猫三两只。这是昨天下线前约好的事，那就是上线后去完成获取公会建设令牌的任务。

《临时客栈》的公会建设令并不好获取，起码目前在游戏内还没有队伍完成，就连一些氪金的玩家也没有获得这样的成就。难点就在于要获取令牌，必须消灭前期的终极 BOSS——地狱魔龙。可是这个大家伙实在不太好对付。

在游戏宣传片里，这货级别高，血厚，有单体，有群攻，出场还能召唤小弟给自己随时随地奶一口。基本上玩家组队攻击力不足，或者缺乏强力控制的话，它就总处于一种无伤的状态。也就是说要对付它，对玩家的装备等级和团队的配合要求都很高，毕竟要占山为王，元老团的实力必须要能镇得住啊。

在没有研究出攻略之前，大家都不敢贸然挑战。当然，也有想扬名立万的英雄。有个开服出场自带 BGM 的氪金玩家——"绝对王者全都跪"，认为一切副本在人民币面前都是渣渣，不以为意地拉着自己的氪金小分队去完成任务。结果磨了大概三个小时，最后全队回城，各种氪金合成的装备掉落了一地，让一些新手捡了不少便宜。

陆子羽之所以敢打地狱魔龙的主意，是因为他在看了绝对王者全都跪组队刷怪的上传视频后，发现这个 BOSS 有个不认真反复研究发现不了的漏洞，那就是它的攻击是有规律可循的。找出这种规律，掐点的话，能够避免硬碰硬的冲突，避免队伍的人员被迫回城，进入死亡保护的机制。

陆子羽的级别、装备和氪金大佬们相比其实并不弱，小蔓延要攻楼又专门点满了控制技能。有两个人当箭头和拉怪[1]，加上其他一些队员的帮助，陆子羽对成功基本上有70%的把握。

游戏也不像做菜，不能等料齐了才下锅，超过一半的胜率就可以尝试一下。失败了无非是掉装备、掉级罢了，又不是没有重新来过的机会，万一要成功了呢？

2

陆子羽觉得，假如顾天蓝现在能出现在自己眼前，自己一定会用键盘跟她的身体来一次接触，从而扩大键盘侠们的实际战斗操作能力。

此时的顾天蓝，正穿着得体又精神的吊带热裤，戴着硕大的墨镜，坐在杨梅竹餐厅的隔断座位里。那种已经成为习惯的、貌似优雅的姿态，恰到好处地显示出她身材的性感，这就是传说中所谓的心机坐。

发布会后，顾天蓝过得并不平静。对于自己剧中的角色，她觉得靠自己的演技自然是手到擒来，于是关注的重点就从剧本身转移到她看中并看好的搭档陆子羽身上。

顾天蓝给了陆子羽24小时的时间，她觉得或许24小时都不用。毕竟，自己都跟导演主动请求了，而且也是为了剧更好，导演不可能不去考虑。而导演去向陆子羽提起让他和自己同居，破冰，找到默契，培养情感的事，陆子羽一定会重视。虽然他有名气，毕竟导演的分量更重，而这部

---

[1] 游戏术语，使怪物的第一仇恨目标是你，就是只攻击你一个人，让后面火力能够输出。

剧又是他担纲主角的头一脚,必须走出个名堂。

当然,还有自己身上的魅力。顾天蓝相信,每个男人都有自己喜欢的那款女生,但女人当中也有能够吸引大多数男人,不,甚至所有男人的类型。比如自己,就是后面那款。别看陆子羽之前看上去那么高冷,在顾天蓝眼中,这都是装,内心里还不知道是什么想法,说不定就是个闻了腥却欲擒故纵的猫儿呢。

即便不是,顾天蓝也相信,只要陆子羽答应和自己同居的计划,靠自己的手段也能让他乖乖拜倒在自己的石榴裙下。至于最后真的有了感情怎么办,她没想过,她觉得自己无非就是想利用陆子羽炒作。这个潜力股可以拉个长线,如果这部剧播出后他发展得更好,那么顺水推舟,水到渠成,两个人真的变成情侣甚至结婚也不是不可以。如果剧播出后反应平平,大不了就是自己站出来辟谣,否定和陆子羽的关系。反正自己留了一手,导演明白自己和陆子羽同居只是为了培养默契,到时候一个背刺,自己成功脱身。至于陆子羽,就应该自觉地功成身退,变成一级供自己上位的台阶。

为了能够吸引陆子羽,顾天蓝这几天下了不少功夫。她看了陆子羽网上的一些短视频,甚至根据他的百科资料,托人找到了他过去的一些同学来了解情况。不喜欢和女人交流,不太爱说话,喜欢游戏,一个理工男的形象迅速变得立体起来。

顾天蓝根据经验判断,这种理工男不是不需要爱,而是极度渴望爱,又羞于表达,不敢表白。他们喜欢温柔的,更照顾他们面子的女性;不会和女性交流,需要更多的包容;有些观念陈旧,喜欢女性贤惠而且必须会做家务。对此,顾天蓝给自己做了个完美的人设:温柔,可人,清纯,懵懂。要在同居后时常给陆子羽一些崇拜,并展现自己特别会照顾人的一面。

万事俱备,东风却没来。陆子羽根本没跟自己联系,似乎忘掉了自己这个搭档。就连陆子羽的经纪人,那个新闻发布会上表现出特别忧虑的女孩也没有丁点的动静。

顾天蓝旁敲侧击地给导演去了电话，关心地询问陆子羽准备得如何，说自己很担心陆子羽在开拍前不能找到状态。

导演的话让顾天蓝蒙掉了，导演说："哎呀，我忘记了这件事，没跟陆子羽提。"

平静下心情，顾天蓝只能问导演，介意不介意自己跟陆子羽提这件事。

导演含含糊糊地说："哎呀，小顾啊，我呢，只是个导演，不想也不能干涉别人的生活。我只关心拍摄的时候每个演员都应该处于良好的状态，现场指导我还行，至于这私下的事情，我也不好插手啊。"

"我明白，导演，我也是希望能拿出最好的状态来拍摄……"

"嗯嗯，我很看好你的，小顾。最近多看看剧本，多琢磨人物。先这样吧，我还要开会，有事回头再说。"不等顾天蓝把话说完，导演就打着哈哈挂断了电话。

这让顾天蓝认为，导演是有苦衷而无奈的。她猜测陆子羽肯定是有什么背景，才能让导演在他试戏这么糟糕的情况下，还能不发怒，继续给他时间去适应角色。

她在自己心里的计划里又添了一条，那就是尽量在和陆子羽相处中，摸清楚他的背景，是不是也是个隐藏的豪门二代。顾天蓝在对导演似是而非、含含糊糊的话进行分析后，擅自得出结论：导演并不反感自己这么去做。

作为一个老江湖，导演不可能不知道自己想靠陆子羽拉一波人气；但作为老江湖，导演又不想去强行要求陆子羽接受顾天蓝的计划，免得伤了和气。作为老江湖，导演已经话里有话地点了顾天蓝，他想要陆子羽在正式开拍时的状态在线。那么，总结起来就一个中心思想，那就是你随便去做，我只要陆子羽拍戏时在状态。如果你们发生矛盾，那么你自己去处理，去背锅，这一切跟我无关。

这点上，顾天蓝觉得自己可以拿捏得特别到位。毕竟和导演掰手腕这件事自己不敢，要考虑后果，可是摆平陆子羽应该不存在太大的问题。

没拿到鸡毛、自己创造鸡毛也要当令箭的顾天蓝做出决定，给陆子羽去了电话，告诉他自己在杨梅竹餐厅等他见面，因为导演有重要的事情要她转达给陆子羽。她听出了陆子羽的漠然，追问自己有什么事情。她坚持说关系到接下来的拍摄，必须实地见面才能说得明白。

坐等的顾天蓝小姐大概还不知道，陆子羽这会儿虽然已经在赶来的路上，但内心着实憋了一股怨气无处发泄。

游戏里击杀地狱魔龙的任务已经到了尾声，再有个把小时左右就能得到公会建设的令牌。就在这个节骨眼儿上，自己不得不因为拍摄问题而出去一趟，暂时缺席接下来的攻击。

这就意味着会发生不可控的变数，缺少了攻击力最强的箭头，不仅是让BOSS被击杀时间延长的问题，而且还可能出现更多其他意外，比如没有被牵制很紧的怪物会召唤出治疗系的小弟，小弟如果不能第一时间被击杀，就能改变大哥的状态。这样一来，好的结果是等自己回去，魔龙越打越精神，甚至回到出场状态，又要重新来过。差的结果就是小队因为缺少自己团灭，全队掉级和装备掉落。

游戏里是有不少有心人会录屏的，这次如果错过，可能会让别人发现自己的战术。那时候综合实力更强的氪金队伍就会拿到首个令牌，并且得到第一次击杀前期终极BOSS的大奖。

不过陆子羽还是以工作为重的人，只能交代小蔓延要攻楼带领大家尽量拖住BOSS，宁可重来也不要团灭。小蔓延要攻楼私下里虽然没有询问陆子羽要去做什么，但还是发了句牢骚："你答应过我，这次一定能行的。这是我们的约定。"

这话让陆子羽心情更加沉闷，沉甸甸的，压得他难受。

他自己大概都没意识到，什么时候别人的一句话，能够左右他的心情了。

3

杨梅竹餐厅是这个城市著名的深夜食堂。总有夜归的动物，在加班或者娱乐到凌晨的时候，喜欢到这里给自己补充一点能量。顾天蓝之所以选择在这里和陆子羽见面，看重的就是这个微妙的时间点。试想深夜，一男一女见面，总会令人产生很多遐想。

在顾天蓝读过不多书的脑子里，也曾记得有人写过——在深夜的时候，因为生物钟的惯性，人总是容易比平时更加意志薄弱。也许这种薄弱和迷糊看似不起眼，却在某些时候会让人更草率，更轻易地做出一个决定。

陆子羽脚步匆忙地走进餐厅，扫视了一下就发现了深夜里还打扮精致并且神采奕奕的顾天蓝。她也看到了陆子羽，扬起纤细的手招呼了下。

在顾天蓝的对面坐下，陆子羽最先看到的是顾天蓝让人发腻的笑容，眼神里带着几分诱惑，又有几分期待。他瞬间觉得手心有点发痒，不自觉地用左手指背在右手心蹭了蹭。

这个细微的动作被顾天蓝看到，她内心窃喜，认为这是陆子羽紧张的表现，紧张就意味着她能得手。

"我还在忙，有什么事非要见面才能说？"陆子羽控制了下情绪，不想因为自己的态度导致和顾天蓝发生矛盾，从而产生过多纠缠，占用自己更多的时间。

顾天蓝并没有受影响，换了个更加暧昧的姿势递过菜单，贴心地说："忙到现在，你吃点什么？我不知道你的口味，所以没点。"

对顾天蓝这种答非所问的做法，陆子羽皱了皱眉头，内心有些不满。这个在娱乐圈摸爬滚打的女人，不应该看不出自己的态度，现在这样显然是在打着什么小九九。

"我不饿。"陆子羽直截了当地做出表示，想要快刀斩乱麻。

"可是我等了你好久，我饿了。"顾天蓝嗔怪道，顺便噘了噘嘴，然后把带着一点儿玩笑意味却又能让人感觉到她的责备的眼神递了过来。

陆子羽举手招呼老板。在柜台后忙碌的老板陈靖远看到后,慢吞吞地走了过来。

"吃点什么?"陈靖远看了看陆子羽,又看了眼顾天蓝。

陆子羽语气坚决地说:"我不吃。老板,你这里有什么比较快的菜,随便来两个就行。"

"哦!"陈靖远疑惑地看了看陆子羽,心里觉得有些奇怪。这个时间,这对男女看起来像是约会的情侣。这个小伙子表现得未免有些太过直男了。

"老板,别听他的。"顾天蓝像个不满的小女孩一样,不依不饶地对陆子羽说:"喂,你搞清楚,我是为了你的事帮导演来跟你谈的。你就这么对待一个半夜还要出来的女孩子?我可不是你的传声筒。"

陈靖远有些好奇地看看陆子羽,陆子羽绷着脸不再说话。

顾天蓝有些得意,抢过陆子羽面前的菜单,纤细的手指在菜单上滑过,做思考状,似乎点什么吃的需要长时间的斟酌。

"你这样我走了啊,我累了。"陆子羽发出了催促的声音。

"我想要一份桃胶炖银耳,一份片皮的烤鸭。"顾天蓝头也不抬,对陈靖远说。

"对不起,这两个真没有。"

"这不是你们的推荐菜吗?"顾天蓝抬起头,看了眼陈靖远。

"但这也是要预约的菜。"陈靖远赶紧解释,"桃胶光泡发就需要很久,就算再快,我用开水泡到炖好也要起码两个小时。另外,本店为了保持口感,烤鸭也是需要现烤的。不是那种预先买来,有人要就用微波炉热一下的快餐。"陈靖远边说边看了眼顾天蓝,心里有些微微地发虚。因为桃胶银耳汤其实还有,就放在炉上小火保着温。不过那是他留给自己熟络的老顾客曼曼的,根本不想卖给别人。

"就按刚才我说的来吧。"陆子羽有些霸道地做出了决定,"毕竟,我们来不是为了吃饭,也没时间吃得那么滋润。"

陈靖远伸手抽走了菜单,转身去厨房做准备。顾天蓝一脸不开心,看着陆子羽:"没看出来啊,弟弟你还是个霸道总裁范儿的男人。"

陆子羽身体向后,靠在卡座的皮质靠背上,尽量拉开和顾天蓝的距离:"之前我听周周说,你为了演好戏,想跟我同居培养一下情绪和默契?"

"怎么?你知道这事还这么久都没动静,难道姐姐我是洪水猛兽?"

"谢谢你的好意,我只是觉得没必要而已。"

"呦,弟弟你信心挺足啊。导演今天给我打电话,就是问这件事。他的意思也是让你跟我快点熟悉起来呢。都是为了工作,你说是不是?"

陆子羽笑笑,处于脸上笑嘻嘻、内心骂骂咧咧的状态。他对顾天蓝的了解不多,但观感不好。

试拍的时候,顾天蓝的所作所为就让他有些反感。组里的每个人,根据其在组里的角色,顾天蓝在心里都做了不同位置的划分。有些人,顾天蓝动辄呵斥,没有好脸色,还总是站在我经验丰富、说你是为你好的道德制高点上。但面对导演、资深的编剧以及来试拍现场的投资人的时候,顾天蓝就会变成一个萌蠢、娇弱、完全没有下限的傻白甜形象,除了捧,就是舔。

他很清楚地记得自己无意中看到的一幕。一个在剧组跟投的小老板到试拍现场闲逛,了无兴趣之后,就去了后面的休息间。而顾天蓝悄悄地跟过去,在休息间门口跟对方寒暄,并且敏锐地发现对方穿的皮鞋上有了一层浮灰。她就那么弯着腰,用自己的袖子帮对方擦去了浮灰,整个一截白花花的腰部就露在对方眼皮下面,并且嘴里说着试拍场地环境不好,作为一个传奇的成功人士,可要时刻注意自己的形象之类的奉承话。

因为这事,陆子羽问过周周了解不了解顾天蓝。周周的原话是,那是个很拼但又很有心机的女人。可能是为了陆子羽和顾天蓝不至于在合作中产生什么冲突,周周赶紧解释说,娱乐圈就是这样,每个人都有自己的生存之道。你觉得她可恨，实际上她也是个想做得更好的可怜人。

这样一个女人，冠冕堂皇地打着为剧组好的名义要求和自己同居，陆子羽总觉得这一幕似曾相识，就像有人挥舞着道德的大棒，来挟持自己必须去做些什么。这种感觉特别令人不爽。

陆子羽几乎可以想象，顾天蓝一定是有计划和想法的，八成是想跟自己炒作CP来搏流量。至于顾天蓝的底线在哪里他不敢确定，但可以肯定这就是一个坑，自己一旦跳进去，就会麻烦缠身，甚至对自己产生深远的影响。

顾天蓝见陆子羽不再说话，也觉得有些无趣。不过想让她放弃自己的计划是不可能的，她顾天蓝想要得到的，费尽心思也要得到。她一向信奉一句话，人生有无数条路可以选择，有的路好，有的路坏。最终能够成功的人，不因选择了哪条路而成功，而是在选择后能坚定不移地走下去。

4

狗哥很焦躁，带着他的助理也焦躁起来。作为一名靠偷拍为生的狗仔，狗哥早就把节操抛到了九霄云外。所谓的节操是什么？能换钱吗？能养家吗？能在北京买房子、买车吗？显然不能。而把节操丢开，反而更容易得到想要的一切。

过去狗哥不叫狗哥，他的收入来源很单一。作为一名都市报娱乐版块的记者，兢兢业业地邀约，采访，为明星们做着正面的形象宣传，可除了微薄的底薪和奖金之外，他没有其他任何收入。北漂十年，住的还是地下室，每个月基本上月光就是最稳的节奏，常态是会透支大量的信用卡额度。

当一次有人约他吃饭后，为他亲手打开了一扇通往新世界的财富之门。

靠对明星们熟悉的优势，狗哥在钞票的诱惑下从报社辞职，成了一名让明星又爱又怕的狗仔。他的收入来源从此层次丰富起来：偷拍、跟拍明星成为最大的收入来源。图片有人花大价钱收购。和明星的工作室合作，制造一些话题或者绯闻，获取不菲的报酬。狗哥也开始学习业内前辈的经验，准备以偷拍的关键素材和当事明星做交易。这是一笔想象不到的暴利收入，按照明星的级别，拿到的可能是六位甚至八位数。

这次顾天蓝找到狗哥，愿意用三万块钱的劳务，雇用他完成一次偷拍。地点就在杨梅竹餐厅，对象是顾天蓝和陆子羽。

狗哥知道，顾天蓝这完全就是霸王硬上弓的节奏。只要有亲密一些的照片在手，那就是顾天蓝将来拉人气、传绯闻的利器。这些照片在会玩的人手里，会起到难以估量的作用。

这活儿其实很简单，假装路人，带偷拍设备，时间地点固定，没有任何挑战性。但现在，狗哥觉得自己把这活儿想得过于轻松了。起码到现在为止，顾天蓝要的那些亲密的画面还没有出现。

觉得自己不能再等下去的狗哥终于要向自己的助理下手了。他恶狠狠地拍了一下助理的头，故意大声骂骂咧咧地说："这活儿没法干了，照你这样，估计天亮了也没戏！"

顾天蓝听到狗哥对助理的呵斥，知道不能继续沉默下去，必须要和陆子羽摊牌了。

"其实，我不光想和你同居，还想和你恋爱。"顾天蓝伸出舌尖，舔了下嘴唇，拿出了最诱惑的姿态，"别问我为什么，说白了，你长得很符合我的审美，而且有很高的人气。娱乐圈嘛，就是个名利圈，既然想好了要在这名利场上打滚，很多东西并不那么重要。"

陆子羽皱皱眉头，没说话，他有点意外。如果说顾天蓝遮遮掩掩，想方设法地说服自己，那么自己还有无数个借口可以拿来用。最怕这种直接摊牌，掀桌子问你玩不玩的，这个做法等于把你逼到了死角，让你必须做出一个选择。

"别想太多，恋爱又不等于一直恋爱，更不等于结婚，大家各取所需而已。你能从这里找到感觉,保证我们的戏完成得完美一些,而我则能占你一些便宜,人气上得到提升。毕竟,姐姐我已经老了,很可能再过两年就面临无戏可接的困境。唉,做女人难,想做一个独立又出名的女人,那年龄和名气就是煎熬。"

说着顾天蓝眼圈有些发红,她站起来,走到陆子羽那边,挨着陆子羽坐下。陆子羽身体僵硬了下,有些不知所措,手心越来越痒,他只能暗戳戳地和自己的手较劲。

他暂时还不想,或者说不能和顾天蓝闹得太僵,这样恐怕会让电视剧拍摄中的合作无法进行。而帮自己拿到这个主角,陆子羽知道周周费了多少功夫,又有多少期待。陆子羽并没有把周周当成纯粹的经纪人看待,他个人不喜欢那种利益维系的合作关系。虽然利益之交可能在处理某些事情上能够更加果断,但这不是他想要的。选择任何一个人在自己身边,陆子羽的考量首先是能不能合拍,是不是可以成为自己的朋友。对于朋友,他总是愿意给予最大的善意和维护,不想让朋友因为自己而伤心。

顾天蓝的身体慢慢靠了过来,陆子羽几乎能感受到她身上的温度。一股还算好闻的幽香让陆子羽有了片刻恍惚。

"你可能不了解我,小时候我日子过得挺苦的。家里穷,我上初中之前,基本上没有穿过新衣服,也没走出过我们的县城。每次看到家里条件好的同学能有一双新鞋,我都会难过半天……"顾天蓝看陆子羽并没有推开自己,心里有些自得,知道卖惨的时候到了。她认定陆子羽这样的人,可能未必会在自己的诱惑下做出违心的选择,但苦肉计可能很有效果。

"这菜鸡水平,你玩什么游戏!"就在顾天蓝酝酿好感情,眼泪准备夺眶而出的时候,不远处一对看似情侣的年轻人那里,女孩狠狠地骂了一句,不满地把手机摔在了桌子上。

顾天蓝有些恼火,恶狠狠地投了一个眼神过去。

陆子羽似乎得到了解脱,微不可闻地长舒了一口气,忽然问顾天蓝:"你好像很不喜欢游戏?"

顾天蓝愣了下,不知道话题怎么切换到了这个上面。她点点头,迅速厘清思路,想知道陆子羽到底什么意思。

陆子羽:"理由呢?"

顾天蓝短暂地思考了下:"我觉得游戏是现实当中一些毫无作为又不知道上进的人,无奈之下才去满足自己欲望的地方。说白了,游戏更像是一个人生失败者的自慰工具。"

陆子羽呵呵笑了下:"那我好像更不能跟你恋爱了。"

顾天蓝不解:"你这是在拒绝我?理由呢?"

陆子羽解释道:"因为我就是你嘴里的失败者,一个需要,不,沉迷于游戏这个自慰工具的失败者啊。"

顾天蓝不再说话,回了下神,忽然盯着陆子羽,笑容有些惨淡:"我懂了,那么我能抱抱你吗?"

这个突如其来的要求让陆子羽不知该怎么回答,大脑有些宕机。

顾天蓝顺势紧紧地抱住陆子羽,把头埋在他的胸前。

陆子羽一动不敢动地呆坐着,想着顾天蓝也许是放弃了她的计划,那么自己让她抱下也无妨。毕竟,将来拍戏的时候,两个人之间的拥抱甚至吻戏都不会少。

顾天蓝似乎在这个拥抱里痴迷了,她盯着陆子羽的眼睛,然后脸慢慢地贴向了陆子羽的脸。陆子羽被这个突如其来的动作搞得更加手足无措,呼吸也急促起来。忽然,顾天蓝在陆子羽脸上吻了下来,柔软温润的嘴唇落在陆子羽的脸上。陆子羽浑身起了一层鸡皮疙瘩,等回过神来,忍无可忍地推开了她。

手机这个时候振动起来,这给了陆子羽一个很好的理由。他拿出手机,盯着屏幕,不再去看顾天蓝。

是小蔓延要攻楼发来的微信,很简短:速回,我发现了BOSS的漏洞,你回来我们就成功了。

陆子羽霍地起身:"我家里出了点事,我要赶紧回去。"

顾天蓝没有挽留，只是说："路上当心。今天以后，我也会去玩游戏的，我还是想跟你谈一次恋爱。"

对此置若罔闻的陆子羽大步向外走去，很快消失在了门外。顾天蓝看到狗哥起身，对自己比了一个OK的手势。

陈靖远把菜送了上来，顾天蓝坐下来开始吃饭，眼睛里闪烁着一抹明亮的光彩。

曼 小札

1

那天的风,很大。

连惯于成群的那几只蜘蛛都懒得出门,那条废弃的铁轨一尘不染,干净得就好像刚被谁擦拭过。

苏辞说:曼曼,你老实交代,你是不是泪洗荒野了?

我一边扯着纸巾一边打字:笑话,我是谁!怎么可能!

苏辞一反常态地没有继续撑我,秒离线。

就在这个岔路口,我站了很久,很久。

天空一直飘着一行字,是陆子羽的队伍刚刚突破难关上排行榜的贺喜。

嗯,没有我。

半个小时前,我喊他组队,他说:困了。

嗯。

以我博览群书的智商,我想:困了,大约就是倦了;倦了,或许就是厌了;厌了,当然就累了;累了,无非就习惯淡了。

我还记得他说要陪我去日落荒漠最高的山顶触摸那片金色的希望。

可是,他好像忘了。

2

一开始，会觉得固定队挺好的吧。

只是各人的时间各有不同，一喊二、二带三、三等四地久了，反而觉得有了束缚或者浪费时间。

人的本性，毕竟都是为了自由和方便。

倘若一个人可以更速效，另一个人的存在就成了负担。

只是碍于情面，又或者是索性懒得交代。

心意相通有时候也会出现一种情况，你也不说，我也不问，就那么走散了。

后来的故事，就是各自的迷宫。

3

近来的日子并不太平，我越发地不安，大把的时间都被用来失眠。

常有幻想，伴着头疼。

阿远就好像彻底消失了一样，而陆子羽，存在的时间也越来越短。

我问苏辞：这发条，我可是拧过了头？

苏辞答非所问：听说，光明使者也不错。

呵。

我和苏辞最大的和谐就是她永远不在一个频道和我对话，却永远能解决我最大的心结。

4

陆子羽的队伍里有个女人，我不认识。

霜月图书馆的冰火像是生生不息的仇恨种子，一波又一波地吞噬着自以为是的我们。

指挥是没有错的，打法也是没有错的，参与战斗的人也个个都是久经沙场的精英。

盾盾百思不得其解，我们的焦虑或者敷衍也是各式各样。

许是离开的人带走了心，又许是留下的人本就无心。

只有仓库里太多太多的波波鱼片还在忍受着我们的怠慢。可是，再也没有爱的战斗力如何敌得过那以命相搏、守护爱情的影风霜火？

我们说，先打死男人吧，这样女人就可以很快被秒。

然而，我们低估了被迫分开的男女。

他们，生生不息的仇恨，一次一次让我们团灭。

那天，我在无人注意的角落，偷走过一本书。

5

偷书的人是我，但我不是曼曼，我是被遗忘的风嫂。

第四章
我所拥有的世界

如果说，你也拥有一个世界，你是否相信？

这不是妄想，对任何人来说都是真实的。这个属于个人的世界，没有别人的窥探，也关闭着层层的门户。除非你愿意让别人进入，否则这就是自己的私密禁区。

当一个人的世界愿意对另外一个人洞开，那就证明了他对另外一个人的接受。这种关系可能发展成至深的友情，也可能发展成甜蜜的爱情，更可能的是，当进入世界的那个人，成了你世界里的秘密，从而变得纠结，而不知所措。

——题记

1

拿到了公会建设令牌后，丑男和小蔓延要攻楼的公会终于成立了。

作为全服第一个公会，在所有玩家都认为他们会抢占先机，大肆招徕公会成员，以图先人一步，抢占牢固的榜首位置时，这个以"临时客栈，苟到稳健"为原则的公会展现出让所有玩家大跌眼镜的骚操作。

陆子羽很佛系，给了小蔓延要攻楼一个长老位置后，就再也没有什么动静了。曼曼更佛系，连招人的全屏公告都懒得发。一些跟着他们组队打BOSS的玩家对此颇有意见，私下提出了不少建议。但丑男和小蔓延要攻楼的态度是积极听取，坚决不改，最后妥协，让这些人出去随意做拉新和发展，他们并不愿意出头。

曼曼有些头疼的是，在打BOSS那晚，陆子羽回来完成任务后，她的一句玩笑话让自己多了个不付费的客户。

小蔓延要攻楼：你大半夜出去干什么？是不是和女朋友闹别扭，出去求和？还是异地恋女友突如其来要约会？

丑男：有一个没什么关系的女人非要和我同居，被我拒绝了。

这段对话让曼曼产生了好奇。如果对方不丑的话，在这个睡睡就睡睡，同床社交随处可见的年代，能拒绝这种不用负太多责任的天降福利，是不是说明丑男的性取向有很大问题，正是自己寻找的目标？

而陆子羽则有一种给家属汇报行踪的心理，说不说都觉得哪里不太舒服，索性就说了吧，反正都是虚拟的，聊聊天也让自己学会和"女人"沟通。

从那以后，两位公会领导在游戏里做任务的时间都少了，常在游戏公会的内屏里聊天。

曼曼问陆子羽有没有和女生谈过恋爱。一向不愿意和别人多说隐私的陆子羽也越来越奇怪自己为什么会有特别想对她倾诉的欲望。

没错，陆子羽没和女生恋爱过，但他确定自己拥有江湖上流传的恋爱脑。

这种确定是陆子羽在他的中学时代发现的。那个时候年少无知、荷尔蒙冲动频繁的陆子羽，曾经暗恋过一个学校里并不出色的女生。

丑男：她弱弱小小的，长得也不是特别漂亮。话不多，和同学的交流也很少。但你很难理解那种感觉，就是报到的时候第一眼看到她，就觉得自己和她一定一定会发生一些什么故事。

很少打这么长的话出来，这种倾诉的感觉让陆子羽觉得身心特别舒畅。

小蔓延要攻楼忙问："你们之间发生了什么吗？"

"什么也没发生。"陆子羽坐在电脑前，摸摸鼻子略带遗憾地说，"那可能是我的直觉第一次出错。一直到毕业，我和她基本上没有过任何交流。可是她让我困惑过。我会暗中观察她的一举一动，心里会想着她今天穿得很漂亮，课间她出去我就会想她去做了什么。放学后会猜测她回家后是什么样子。有次她因病请了三天假，我感觉整个世界都是空的，不想学习，不想听课，满脑子里塞的都是她到底怎么了，她什么时候会来。直到她再次出现的时候，我的心才落到了实地。"

"那你现在还没真的恋爱过，是忘不掉她吗？"

"记忆罢了，谁知道会不会再碰到。这个地球上有60亿人，人一生会和2897万个人擦肩，和99%的人都是在一段时间内交错而过，这一辈子再也没有重逢的机会。我之所以没恋爱，完全是因为我知道我是恋爱脑，一旦真的对一个人产生感情，就会心无旁骛，耽误自己其他所有的事情。我现在还有梦想，我想大概以后会恋爱，和一个中意的女孩，又或者一直不会。"

"其实，我也暗恋过的啊。一个很出色的人。"曼曼看着"丑男"的故事突然想起了自己，叹息一声，"我终于还是没敢表白，怕被别人非议，觉得自己特别卑微。"

"那后来呢？"

"有过一次恋爱，不想提了。我想问你，你接下来就没遇到过让你再心动的女生吗？"

"没有，我觉得女生特别吵，又肤浅，跟她们在一起简直无法交流，完全不如我自己独处，或者和一些有共同话题的男生在一起那么开心。"

"你想过自己其实潜意识里是喜欢男生的吗？"小蔓延要攻楼忽然抛出了一个让陆子羽猝不及防的问题。

"开什么玩笑，哈哈哈，不说了，我们去做任务吧。完成任务后我急着下线有事呢。"

陆子羽心里有些不快和慌乱，急忙终结了这个话题。在接下来的游戏任务表现里，丑男的状态和之前截然不同，草草应付完任务下线。

陆子羽关掉电脑，坐在黑暗里发呆。我，陆子羽，可能潜意识里喜欢男生？怎么会？怎么可能？但，小蔓延要攻楼说得好像有点道理啊，为什么我不觉得对那个暗恋过的女生念念不忘，却总觉得除了她之外，其他女生就像无知的鸭子一样吵闹呢？而且好像那些女的一靠近自己，自己手上就莫名会湿疹发作一样地痒。

陆子羽想起了自己的大学时代，在毕业前一段时间，无论是室友还是辅导员，都觉得自己在大学没有恋爱过是个遗憾。为了弥补这个遗憾，他们费劲巴拉地介绍了不少女生和自己见面，以饭局、派对等各种形式撮合自己和某些出色女孩的姻缘。自己的表现却总是过于冷淡，以至于寝室里跟自己关系最好的老大也同样质疑过：陆子羽，你是不是不太正常？

说这话的时候，老大故作警惕的眼神、双手抱在胸前的动作让人捧腹大笑。现在想起来，怎么自己也觉得有些怪怪的呢？

2

游戏中网恋大业未办而中道崩殂，这让陆子羽头疼不已。尤其是为了捍卫自己的性取向问题，他觉得必须要尽量加快步伐，完成之前预定的目标。

在被小蔓延要攻楼的问题闹得几天没有特别好的睡眠之后，陆子羽忽然做出了一个拯救自我的决定，那就是他决定把小蔓延要攻楼圈定成自己的追求目标。

毕竟，这个玩家让他感觉到在交流当中非常舒服，而且很难得是个女的！

陆子羽相信，即便是这种交流从游戏中到线下，他还是愿意跟对方相处，并且能够相处得很好。

有了目标的陆子羽行动起来雷厉风行，在网上搜索了各种所谓的攻略和土味情话。于是，在小蔓延要攻楼再次上线之后，迎接她的就是一场游戏中盛大的烟花秀。烟花在屏幕上绽放，飘落下来的时候变成了一朵朵娇艳欲滴的玫瑰。

这对曼曼来说，可谓是正中下怀，当初自己隐藏性别资料入游戏的决定让她庆幸无比。曼曼决定借此顺水推舟，表达出隐晦的接受意向，以及给丑男以各种关切和照顾。她计划在两个人进入每天难离的暧昧阶段时，再想办法公布自己的性别，看看丑男做怎样的选择，从而分析是不是同性之间才是真爱，丑男是不是天生有喜欢同性的基因。

都说男追女隔座山，女追男隔层纱。实际上在这个时代，女追男男追女都不容易。最容易的情况就是像丑男和小蔓延要攻楼这种状态，都想和对方发生一段关系，来完成自己的计划。所以两个人之间天然就能够形成一种不用沟通而默契的配合，每个人都尽力地想要被对方接受。

公会里其他的玩家完全成了这一对秀恩爱的背景板，在游戏里随时能够猝不及防地被塞满嘴的狗粮。

"大神，你这么优秀不怕太孤单吗？"

"有你一起，就不孤单。"

共同做任务的时候，丑男总是要挡在小蔓延要攻楼身前，出现错误操作而被击杀。小蔓延要攻楼经常会因为表现对丑男的爱意，不站在后面的位置控制，而是冲上去贴脸送。

气急败坏的同队玩家在公会的聊天框里不止一次地刷屏：丑男，你在搞什么？一个20级的小怪，你站着让它杀都要半天。你为什么不带装备，残血要送？

可这两人就当没有看见，副本打到一半，站在安全区开始聊天。"吃了没？晚上要注意吃饭啊，不然对身体不好。""你也是啊，别睡太晚。游戏不重要，你难受的话，我也会跟着不开心。"诸如此类的话，让公会里的玩家瞠目结舌。甚至有些新进的玩家，深度怀疑自己玩了个虚假的游戏。

事实证明，虽然这种恩爱秀得比较虚假，可是在两个互相具备吸引点的人身上，它是卓有成效的。陆子羽觉得自己和小蔓延要攻楼的关系突飞猛进。尤其是在聊天中，小蔓延要攻楼有些时候的话，让他产生了想和对方拥抱一下的冲动。

陆子羽觉得，火候差不多了，继续在游戏里无限地秀下去，可能关系只能到这个地步。他冒出了一个念头，想真的听听对方的声音，甚至和对方见上一面。虽然说这种想法有完成计划的需要，但更多的是好奇。他想知道，现实里的小蔓延要攻楼是什么样子，会是怎样的人，会不会在接触的时候让自己感到讨厌。

于是，在一个夜里，刚刚退出游戏的曼曼接到了一个微信的视频通话请求。微信名正是丑男。

曼曼皱了皱眉头，语音和视频她是绝对拒绝的。对方一旦发现她其实是个女生，那么她的计划就会毁于一旦。

曼曼把手机调成静音，扔在了一边。手机在床上振动了好久，传递着丑男的不甘。最终，世界终于重新安静下来。曼曼叹了口气，心里觉得对丑男有那么一点亏欠。她轻轻地说了声："对不起。"

同样下了游戏的陆子羽很失落，期待一点点凝固起来，让心里变得沉甸甸的。他不明白，为什么相洽甚欢的小蔓延要攻楼会无视自己的视频请求。哪怕是游戏中的朋友，也不该这么冷淡吧？

这种失落的感觉，陆子羽已经好久没有体验过了，有些新鲜，也有些不适。他拿着手机，在内心里安慰着自己——一定是玩太晚，对方下了游戏就睡了，一定是。他脑子里甚至出现了一个女孩毫无形象地躺在床上呼呼大睡，身边手机不断振动的场面。

这一夜陆子羽都没有睡好，翻来覆去，脑子里乱成一团。他不时摸起手机看下，是不是有了小蔓延要攻楼的回复；疑神疑鬼地打开设置，把信息提示音量调到最大；一会儿又担心是自己的手机欠费了，莫名其妙地交了一千块话费。躺床上盯着手机看半天，陆子羽突然一跃身跑过去把路由器关掉又重新启动，生怕家里网络出了问题而错过信息。

一直折腾到窗帘外的天空有蒙蒙的光亮，陆子羽才眼皮发沉地合上了眼。他可能根本没想到，自己的表现和心态，真的像是一场爱情的前奏。

3

小蔓延要攻楼的头像是灰色的，奇怪地没有登录游戏。

这段时间两个人约定俗成地养成了习惯，无论谁先上线谁后上线，一定每天都会到游戏里会合。

这件出乎意料的事情，让陆子羽有些乱了方寸。他怀疑问题出自昨天下游戏后自己发出的那个视频通话邀请。好像在这个时候，陆子羽才领悟到自己的做法有些冒失。感情这件事不能一蹴而就，也不像自己在玩游戏和做直播那样能够直截了当地披荆斩棘，直指目标。

陆子羽第一次没有了玩游戏的兴趣，无聊地回复了几个公会成员的问候，私下和早期一起组队，和他与小蔓延要攻楼关系还算熟络的成员私聊,询问小蔓延要攻楼是不是来过,是不是有什么急事退出了游戏,得到的答案都是没有见到。

陆子羽想让他们谁给小蔓延要攻楼发微信询问下为何不在,可是成员们表示根本没有对方的微信。

有人酸酸地说:"她的微信应该是只给了你一个人吧,说不定我们在她眼里都是无足轻重的路人甲呢。"

私聊这件事在游戏里的保密程度不高,总有好事的人愿意传递一些八卦。很快,公会里大部分成员知道,丑男老大在找小蔓延要攻楼这个长老。于是各种猜测形成了刷屏,有人询问是不是丑男在现实里惹恼了小蔓延要攻楼,所以这段感情要分崩离析了。

在密密麻麻的各路八卦中,陆子羽更加没有了玩游戏的心情。好在还是有玩家体贴地冒出了一句:"别担心,小两口谁还不拌嘴呢?小蔓延要攻楼只把微信给了你一个人,说明你是与众不同,她其实还是在乎你的,估计是生活中遇到什么事了,来不及联系你。"

这句话让陆子羽的心情明媚了一些,他躺在沙发上发呆,犹豫着要不要装出若无其事的样子给小蔓延要攻楼再发一条微信,试探下对方的反应。倘若是周周在,一定会发现陆子羽这个时候的异常,虽然不能说真的动了情,起码看到他对一个人真的上心了。

陆子羽脑子里各种念头化成了角力的小人,在没完没了地争斗。有的说万一是人家有事呢,这么着急,不行明天再看看。有的说还是发条微信询问下吧,这情况有点不正常啊。就怕人家遇到了麻烦,或者干脆以后不再来这个游戏了。

他素来遇到事情,都是先想最坏的结果,再做最好的努力。可这个时候,想到最坏的结果是小蔓延要攻楼弃游。这个结果让陆子羽觉得有些无法接受。像百万只蚂蚁在身体里窜来窜去,你却无能为力地发疯,因为你找不到缺口,也找不到病因。

某个时刻,陆子羽忽然警觉,我这是怎么了?怎么感觉好像恋爱脑要发作的样子?

随即他又安慰自己:淡定,淡定,我只是为了工作而已,不想多浪费时间。

陆子羽实在不知道该做些什么,决定去泡个热水澡,恢复一下冷静的头脑,重新打起精神来,把现在感觉索然无味的游戏继续玩下去。他走到浴室,在浴缸里放满了水,把自己沉浸到浴缸中。

水的温度让陆子羽感到舒适,没睡好的后遗症即刻发作。他觉得自己昏昏沉沉的,眼睛酸涩得厉害,闭上眼睛,一会儿就进入了一种蒙蒙眬眬的状态,处于半睡半醒中。

恍惚中,陆子羽好像回到了自己的中学时代,重新看到了那个栀子花一样淡雅的女孩,总是游离在同学之外,默默地做着自己的事情。他盯着她,有尝试着去表白的冲动,可是无论如何都抬不起脚来,向着她的方向走去。就这样,陆子羽看着那个暗恋的女孩转身,柔柔弱弱地向着远处走去,整个人的身影似乎要消失在一片朦胧的烟雾当中。

他迫切地想要叫她的名字,让她停下来,可是挣扎着却发不出任何声音。那片烟雾弥漫开来,逐渐模糊了整片视线。陆子羽发现,校园里熟悉的一切一点点地被吞噬,其他的同学也陆续不见了。他恢复了行动的能力,向前快速跑去,一边跑一边喊着对方的名字,但是除了自己的呼喊在空间里回荡外,得不到任何回应。

陆子羽徒劳地伸出手,似乎想要抓住那个消失的身影,却无能为力。

烟雾散开,陆子羽发现眼前的景色变成了游戏里的心魔幻境。自己在幻境里呆呆地站着,像是失去了全身的力气。

一道明媚的阳光驱散了周围的阴暗,把眼前的一切镀上了一层金边。陆子羽耳边忽然响起了一个清脆的声音:大佬,组队吗?带我!

之前消失的背影若隐若现,像是飘浮在空中一样,重新出现。

陆子羽心中涌现出了一阵惊喜,似乎一切都回到了原点,让他产生了强烈的期待。那个身影头上慢慢出现了一行文字,赫然就是"小蔓延要攻楼"的名字。

紧接着,身影和名字渐渐地融化在虚空中。

好累。这是陆子羽唯一的感觉,就想好好地睡一觉,睡下去,睡到地老天荒,睡到能够忘记一切。

4

同一时刻,曼曼正坐在杨梅竹餐厅她固定的位置上和陈靖远聊天。

杨梅竹餐厅就在曼曼住的小区楼下。因为自己要在家创作,喜欢静谧环境,她在大学毕业后,就和妈妈商量自己搬了出去独住。她是不会承认自己内心里是拒绝和妈妈住在一起的。

在家里,她就像一个必须服从管教的孩子,这和她追求的生活完全不符。自由,才是曼曼最迫切需要的东西。她在位于朝阳区边沿的地带选择了这个新建不久的小区。楼间距大,小区绿化空间好,入住率却并不高。毕竟,有条件的人会尽量选择在四环之内租住个小窝,这样无论去哪里都比较方便。尤其对于年轻的上班族来说,省去了早起赶地铁的拥挤,还能够多睡上一段时间。而条件一般或节省度日的人则喜欢再远一些,住到通州或者燕郊。核心的优势就是价格便宜,有比较好的居住环境。

曼曼住的是一间 80 平方米左右的精装复式,懒于家务的她一般每周会固定请小时工来帮助自己做打扫。

至于吃饭问题,实在不想出门的时候就叫外卖解决,更多的时候就是下楼走上几百米距离,来到杨梅竹餐厅。

对曼曼来说,这里就是她固定的食堂。

杨梅竹餐厅的老板陈靖远是个非典型的摩羯座。相比于工作上进积极的其他摩羯座,陈靖远的人生信条就是安静地待着,没有太多的计划和要求。尽管餐厅所在的位置不差,又有着附近多个小区的客源,他还是秉承着一定要睡到自然醒的原则,严格执行着美国的作息时间。他的定位就是做深夜食堂，到他一天内最为精神的晚上9点才开门营业。

由于餐厅装修得颇有特色，陈靖远又煲得一手好汤，所以尽管只做夜宵，生意还算是不错。

唯一能够让陈靖远例外的人就是曼曼。

陈靖远觉得自己很了解熟悉这个女孩，一直把她和自己心目中最喜欢的《红楼梦》中病态美的林妹妹重合起来。

几年的接触里，陈靖远几乎知道曼曼的所有故事和过往。他对她来自单亲家庭，被妈妈严格管束，又极有韧性地追求自由特别欣赏，以至于这份欣赏变成了一种内心里被触动的特殊感情。

在曼曼和前男友马豆豆认识并确定关系时，陈靖远曾和曼曼发生过争执。他觉得以自己的人生阅历和经验，看得出来马豆豆并不是一个很好的恋爱对象。

虽然马豆豆处处服从曼曼的指令，每一字每一句都表现出了温柔、体贴，但那只是刻意做出来的外在。这种男人都是用嘴巴谈恋爱的，内心充满了卑劣的想法，也精通各种哄骗女孩的伎俩。

曼曼这种看上去张牙舞爪其实天真稚气如孩童的纸老虎，对于马豆豆这种男人来说，连备胎都算不上，顶多就是个千斤顶。

当时曼曼被马豆豆迷惑，就是因为马豆豆对她所有的想法都会给予口头上的支持。只要不让马豆豆花钱，这种惠而不费的支持是他乐在其中的。

曼曼以为自己找到了一个知己，认识马豆豆以后便深陷其中，每天十句话里面有九句半都是马豆豆，剩下半句是"我要去看看男人喜欢什么样的女人"。

陈靖远则认为自己旁观者清，不愿意看着她硬生生跳入火坑，就每次在曼曼吃饭的时候碎碎念马豆豆的不好。

曼曼一开始还和陈靖远辩解男人和女人看人眼光不同，最后忍无可忍，冲陈靖远吼了一句："陈靖远，你家住大海啊，马豆豆不好也是让我快乐让我爱的人，你要是我朋友就应该祝福我，而不是一门心思想着拆散我的幸福。"

"陆子曼！只有男人才能看懂男人，我都是为了你好。"陈靖远也有点上火。

"我谢谢您啊，我不需要。"

自那之后，曼曼虽然还会来餐厅，每天都会来喝陈靖远特地为她留下的各种汤水，但两个人再也不能像过去那样敞开心扉地交流。

从熟悉的朋友过渡到了几乎只是开店与用餐关系的陌生人，这让陈靖远很恼火，私下喝了几顿酒，想借酒来驱散自己的不开心。

陈靖远也想过，是不是自己做得太过糟糕，认识这么久，也没有让曼曼看出自己内心对她的感情。

他想过直接跟曼曼说，你忽略了一个人，这个人对你才是全心全意的，跟你有灵魂共鸣的，能够并且也愿意照顾你的。有些时候事情就是这样，人常常会放眼整个世界，唯独习惯了忽略自己的身边。

后来，陈靖远终于还是没有鼓足勇气，他有些恨自己的怯懦，却又被这种怯懦牢牢地控制。

他觉得自己承担不了直接挑明一切的后果，假如这个女孩因为自己的挑明和表白，最后放弃了到自己这里来用餐，甚至搬出这个小区，那么对于自己来说，那是巨大的恐惧和煎熬。陪伴有很多种，陪伴者也有很多身份。只要能够陪着看着，对陈靖远来说也是幸福。他说服自己，别奢望，奢望太多，连现在有的也会失去。

马豆豆和曼曼分手后，曼曼整个人的情绪更加低落。因为有倾诉的需求，所以陈靖远和她之间的关系重新缓和起来。

这就像一个矛盾并且无解的问题，当时间推移，制造问题的人自行被解决，问题不在，两个人自然回到了从前。可这种稳定融洽的关系没有持续多久，陈靖远发现曼曼来喝汤的时间越来越不固定，过去每天都来，现在已经有段时间没有出现了。

他唯恐这个女孩情绪上有所反复，心疼之下犹豫好久，终于决定还是主动找曼曼问个清楚。

于是在曼曼没有接"丑男"视频请求后的第二个清晨，她接到了陈靖远的电话。

"陆子曼，起床了起床了，我有个朋友想向你咨询点事，而且，我今天可是难得起大早给你准备了新汤品。速来。"

"啊，哦，好的。"

迷迷糊糊的曼曼牙没刷脸没洗，套了件宽大的毛衣就匆忙下了楼。她心里对当初和陈靖远的冲突还是有一点点亏欠感的。马豆豆的背叛让她退去了当初的激情，重新审视了陈靖远对自己的劝阻，觉得他还真是出于对自己好的目的，而非想干扰自己的感情生活。

人就是这样，良药苦口的道理都懂，只是深陷其中的时候不愿接受。很多人总是说如果当时怎样，其实，就算再回到过去，依然改变不了当时的选择，毕竟当时的你只有当时的思维。没有亲自摔过的跟头，都不会知道坑多深伤多痛。

带着这点亏欠感，曼曼觉得自己应该给陈靖远一些弥补。不是当面的道歉，道歉会让两个人之间变得比较生分，而是找一个合适的时机，只是随意地聊天，让关系进一步得到缓和。

陈靖远这个电话，就像是她正打瞌睡，他随手递上一个枕头一样及时，她简直用了上学时候百米跑的速度冲到了杨梅竹餐厅。

毕竟，陈靖远人很好，煲的汤更好。

曼曼在他那里能够找到一种安心的、类似家的感觉。这种感觉一度失去过，曼曼不想再尝试失去它的滋味。

人生，唯有真心和美食不可辜负。对于这句话，曼曼是相当认可，并想要认真执行的。

同样，也正是这样的阴差阳错，曼曼没有登录游戏，造成了陆子羽的胡思乱想和误会。

即便知道了陆子羽的心思，估计现在的曼曼也不在乎。毕竟，在她心里，"丑男"只是个虚拟游戏中认识的朋友，确切地说，是实验的对象。和陈靖远比起来，还是后者更为重要。

5

陆子羽发烧了，因为在浴缸里睡了过去，醒来的时候浴缸里的水早就凉透了，这就像是在冷水里做了个泡浴，好死不死地，他还没有关上浴室的窗。

于是，醒来的陆子羽嗓子像着火一样痛，整个人浑身无力。这让他吓了一跳，因为他记得如果人泡在浴缸里，随着水温变冷，时间足够长的话，那么很可能因为体温不断下降而危及生命。

昏昏沉沉的陆子羽脚步虚浮地走到卧室，对于身体一向很好且自诩年轻的他来说，家里是没有什么常备药的。

无奈的陆子羽给周周打了个电话，让她帮自己捎带一些药过来，并对干扰到她的假期表示了歉意。

没多久，就在陆子羽躺在床上裹着被子半梦半醒的时候，周周风风火火地杀了进来。

烧好了开水，周周让陆子羽吃了药，给他熬了一碗热的姜汤。

周周又是担心又是迷惑："你怎么把自己搞成这个鬼样子？是玩游戏时间太长没有注意休息吗？"

陆子羽咧咧嘴，笑得牵强而难看："心情不好，状态不好，想泡个热水澡，没想到睡着了，结果受了凉。"

"心情不好，是因为在游戏里还没找到人恋爱吗？"周周把体温计递给陆子羽，皱着眉头，"我觉得你的计划根本不靠谱，你还不如琢磨下，是不是从了顾天蓝算了。你放心,我和你一起跟她去同住。"

病中的陆子羽有些反常,故作惊讶地瞪着周周:"不会吧,难道除了顾天蓝,你也馋我的身子?"

周周像看到了外星人一样瞪大眼睛,看着陆子羽:"我怎么觉得你怪怪的,是不是烧坏了脑子?"

陆子羽闭上眼,不再说话。

他隐约想起了浴缸里自己迷迷糊糊的那个梦,内心开始打鼓。为什么自己会把当年暗恋的那个女孩和"小蔓延要攻楼"重合?难道自己假戏真做,在游戏里的追求太过逼真,让自己真的出现了什么特殊的想法?

他想起了自己当时的在意和感受,似乎真的是好多年没有出现过的那种特别的在乎。每天都想看到她亮起的头像,哪怕不说话,只是两个人挂着死机在野外刷怪,也是一种满足。每次上线看到她的头像是灰色的,就觉得内心空荡荡的。帮会里的人说他经常上上下下是不是网络不好,其实他是怕小蔓延要攻楼上线的时候看不到他。可是她不在线自己在线又很无聊,所以就时不时上线看她来没来。

除了懵懂的中学时代,自己什么时候还出现过现在这样胡思乱想,难以决断的状态?

不对劲,太不对劲了。

"我是不是真的对小蔓延要攻楼有了感觉呢?"陆子羽觉得自己脑子好乱,好像千头万绪怎么都理不清。

周周在床边拉过一张椅子坐下,看着陆子羽貌似闭眼休息,但面部表情不断变换,周周突然就有些许脸红。

对周周来说,她对陆子羽是有好感的。如果我来跟陆子羽产生一段感情怎么样?效果比顾天蓝更好吧?呸,周周,别胡思乱想。这是你的艺人,你要有职业操守。

卧室里重新安静下来,药力让陆子羽陷入了沉睡。周周轻手轻脚地把体温计从他腋下拿了出来,对着光看了下陆子羽的体温,坐在椅子上,静静地看着陆子羽。

阳光温暖,周周也萌生了睡意。

曼曼在杨梅竹餐厅心满意足地吃完午饭,带着打包的北虫草老鸡汤回到了家。

想起丑男那个未接的通话视频,又发现他没有再给自己发消息,还是带着轻微的小失落登录了游戏。

看到小蔓延要攻楼终于出现,公会里顿时又乱了起来。聊天屏上,不断有人刷丑男看到小蔓延要攻楼不在线时的反常表现,甚至有人跑到世界频道起哄,小蔓延要攻楼是丑男内心唯一的珍宝。

曼曼气得用了大喇叭的道具,高喊:造谣一时爽,全家火葬场!

她有些好奇,她不在的时候到底发生了什么。看了一下丑男还在线,她就发了句:我不在的时候你干啥了?

等了足足五分钟,却没有得到回应。这在她看来的确反常,毕竟,通常只要发私信过去,丑男马上会有反应给过来。

看着公会里越来越多的人开始打听她和丑男之间到底发生了什么事情,曼曼也有点坚持不住,只能拿起手机,给丑男发了一条质问的微信:"大哥,你到底在干什么?!"

陆子羽的手机微信提示音隐隐从书房传到了卧室。

趴在床边上的周周揉了揉眼,又揉了揉自己差点废了的颈椎,嘴里嘟囔着:哥的备用手机居然还有人找,真是稀罕。

周周站起身开始寻找。她走出房间,在客厅找了一圈后,进入了书房。看到陆子羽的手机就放在电脑旁边,周周动了动鼠标,想把电脑关机,游戏界面却出现在她的眼前,恰巧公会的屏幕上出现了集体的刷屏:蔓延不在,丑男相思成灾!

"丑男不是陆子羽网上常用的账号吗?"周周自言自语。

她拿起陆子羽的手机。自从合作之后，陆子羽的手机对周周几乎是不设防的。

映入眼帘的是刚接收到的微信，名称是小蔓。

"陆子羽真的在游戏里恋爱了？"周周觉得这让自己难以置信。她忽然想，是不是从来没有恋爱过的陆子羽，真的在游戏里喜欢上了一个人，两个人发生了矛盾，因而陆子羽特别煎熬，以至于生了病？

联系到刚才陆子羽跟自己说的那句平常他根本不会说出来的话，周周心里已经有了八九分确定。周周想了想，重新把手机放回了原来的位置。虽然陆子羽可能醒来后不介意自己看了他的手机，但周周觉得有些事还是需要避嫌的。

不光周周有些蒙，曼曼也觉得有些奇怪。微信发出去以后没有得到回复，游戏里也没有任何回音。她不由得在内心里做出了揣测，应该是昨天自己拒绝接通视频，让丑男生气了的缘故。

曼曼皱皱眉头，难道丑男也是一个靠游戏来寻找艳遇的人？一旦要求得不到满足，就会干脆放弃目标。如果这样的话，他连自己的性别都不知道，为什么会选择自己呢？再说，如果丑男这个没谈过恋爱、觉得女生烦的人不再理会自己，还怎么去完成自己的测试呢？

曼曼拿起手机，边想边发信息给丑男："我病了，所以昨天没看到信息。今天也起晚了，你别生气好不好？你生气我也会很难过呢！"

茶　小札

1

一个人和另一个人，这样轮流交替着，在暗夜走失，黎明归途。

很多人把生活当成了游戏，却在游戏里投入真情。

你呢？

你是谁？

2

　　我说：我不喜欢熟茶的原因是每一口熟茶都会让我陷入慵懒，只想在阳光下睡去。而生茶不同，我经常会喝着喝着落泪，陷入很深的思考中，即便那一刻我甚至不知道自己在想什么，我也能感受到一种深邃的力量。

　　茶娘说：真是个多愁善感的姑娘，不过这种落泪的感觉我也会有。

　　我莞尔，我不过是个神经病。

　　就着彼此对生茶的热爱，两个人聊了整整一个下午，也因了这番曼式生茶论，引得队伍里另一个一直沉默的姑娘讲了她的故事。

　　她说，爱上的那个男人已婚，为了她下海经商。

　　那人说，我给不了你婚姻，但别的女人有的我都会让你拥有。

　　二十几岁的姑娘辞掉工作，离乡背井疗伤，一走就是三年，每日里靠打游戏转移心思。

她说，我们不再联系，却都会在朋友圈给对方点个赞。

她说，我和他都不曾亲吻，我却因为他再也爱不上任何人了。

她说，他看着我走马灯似的换男朋友一声不吭，只是每年我生日的时候他会醉酒痛哭。

她说，我已经习惯了在游戏里看来来往往的故事，我也不知道我到底还爱不爱他，我甚至不知道我们之间算不算爱。

我问她，为什么会和我说这些。

她说，从你在队伍里说的第一句话，我就知道，你也是个有故事的女人。

后来，直到再遇到陆子羽，又到他弃游。

我终于明白，这一切都是注定的吧。

我对苏辞说：你知道吗？当时我自以为高明地给了那个女孩一顿劝导。

这世上，有一种爱，没有肌肤之亲，却有切肤之痛。

只是这爱对于别人是故事，对于自己，是事故。

3

出师那天，她说：师父，你娶了我可好？

她已经想好了，如果被拒绝，她就一哭二闹三上吊。

不料，他只淡淡地回了一句：好。

再随后，她还来不及反应过来，他便下了聘礼。

第二日一早，她还睡得迷迷糊糊，就被他拽着拜了堂，可她连洞房的流程都还没有看明白。

礼成。

师徒就成了夫妻。

此后的日子,不是他拖着她的尸体在古墓待着,就是她拖着他的尸体在古墓里浪荡。

也不说话,就是谁也不离开谁。

有人问:你俩是打算在古墓定居吗?

那一瞬间,她想起,时常在忘忧谷打坐的那个自己。那个时候,她的梦想是:遇见一个人,在长白山没日没夜地燃起一堆又一堆篝火,饮酒作乐。

只可惜,要么是有火无酒,要么就是无酒无火。总之,转遍了地图,她依然是一个人骑着小黑马颠沛流离,偶尔杀个人,偶尔被人杀。

这个江湖于她,只有仗剑天涯,而她想要的是海角缠绵。

苏辞说:曼曼,你为何总是不开心?

她说:你知道吗?我总是担心当有人为我燃起一堆又一堆篝火时,我却因没酒而错过与他的狂欢。可是每一次我倾囊的女儿红都是一个人喝光的,这日日夜夜的买醉,喝得我心碎,也喝得我绝望。

苏辞又问:曼曼,你想要等的那个人如若并不喜酒呢?

她笑:怎么可能?江湖儿女,定当是快意江湖。

4

想来,当时说那样的话,原来是并未洞悉这江湖真正的儿女情长。

不然,你看现在,陆子羽大多数时候是具尸体,古墓里的怪啊,又丑又凶狠。围火而欢?对酒当歌?都是全然不可能的事情。

这古墓,既没有长白山的雪,也没有漠北草原的花,有的只是放眼望去让人心生厌恶的血浆,还有防不胜防、偶尔窜来放冷箭的无耻鼠辈小贼。

可是,她觉得心里很踏实。

那天,她在洛阳城发呆,有人喊:好美的烟花,曼曼,你老公大清早就开始撒豪华狗粮。

她一抬头,并没有看见什么。

直到苏辞唤她时,才看到他呆呆地在古墓里给她送惊喜,却不知道她刚才一个人跑出去了。

她在世界里刷了一条彩聊:最美的不只是水晶之恋的绚烂,而是古墓刷怪的日子,和你在一起也是美好的味道。

是啊,遇到了喜欢的人,一切就都是对的。

那么,在古墓定居也未尝不可。

苏辞说:所以,你喜欢他吗?

她说:我不知道,但我习惯他。

习惯,真是一件很可怕的事情。

5

我一直没搞清楚,为何入了江湖的自己,似乎总是迷迷糊糊。

苏辞说:你啊,就是宠坏了陆子羽。

我笑:我本是个暴脾气。

只是,我是我自己的狂暴,而曼曼是唯你的温柔。

这,就是我们的故事。

狂暴的风,温柔的曼。

结婚的第五十二天,我一个人去了一趟临安老家,在忘忧谷静坐了一天。

那天,我喝光了所有珍藏的女儿红。

所谓世人,不就是一个你吗?

第五章
被骗还是恐惧

  决定这件事,实际上未必需要多长时间,关键在于到底有多在意,就会有多迅捷。做出决定的人不一定经过了深思熟虑,更让人无从判断他的决定到底是出于什么考虑。

  如果单纯从一个决定去判断一个人的想法,十有八九是靠不住的。毕竟,他是他,而你是你。

——题记

1

随和的人各有随和的理由，固执的人往往出于先天性格的原因，具备相似的固执因子。譬如说，他们根本不管是不是撞到了南墙，都会选择继续撞下去，一直撞到头破血流。

周周彻底领教了陆子羽的固执，这让她颇为头疼。

她一直知道陆子羽是有些固执的，但这种固执战胜不了他的理智。没想到，理智这东西，如今根本不是固执的敌手。

现在她有些抓瞎。周周在很早之前就坚定地追逐梦想，要成为在娱乐圈里呼风唤雨、能够带出顶级明星的经纪人，她对于其他东西基本缺乏深入的了解。不是因为她不够聪明，而是她对于与追逐自己梦想无关的其他事情兴趣缺缺。

在这点上她是矛盾的，工作上勤快无比，从来不知道加班为何物的周周，在工作之外的事情上又格外懒惰。这点在她身上矛盾又统一，结果现在遇到了棘手的麻烦。

陆子羽家楼下便利店的波板糖估计又要脱销了，这是周周烦恼指数的晴雨表。

毕竟，你让一个仅仅知道游戏是什么，却从来没有玩过任何一款游戏，包括跑跑卡丁车、连连看这种小游戏都没有尝试过的人，非要去游戏里摸一个玩家的底，就像是让一个怕水的人必须到海里去摸珍珠一样荒谬。

陆子羽烧退了，一般来说身体条件良好的人不容易得病，偶尔感冒发烧吃点药就会有奇效。这是因为他身体里没有所谓的抗药性，只要给点助力，原本不差的免疫力就能立马让他生龙活虎起来。

小蔓延要攻楼的微信留言让陆子羽在精神上变得异常亢奋，似乎是给车加了最好的航空油一样。看到她不是因为自己之前视频通话的要求而生气，陆子羽莫名地产生了一种雨过天晴的感觉。

"你可能真的沦陷了。"周周在看到陆子羽咧着嘴、哼着歌,特别外露地表现出和平常淡定冷静的不同后,有些酸酸地给出结论。

陆子羽没有否定,但也没肯定。他对周周说:"确切地说,这不叫沦陷,只能叫略有好感。我觉得虽然没跟她见过面,但是在游戏里相处得特别舒服。一下子她打破常规没有在,我马上就觉得不习惯而已。"

死鸭子们的嘴未必硬,尤其是被做成烤鸭之后,可从来没有恋爱过的直男们的嘴一定够钢铁。他们习惯否定自己被吸引的事实,会下意识地维护自己其实并不重要的脸面。

"习惯就是爱的一种。"周周低声自言自语道,然后她的声音大了起来,"说说这个人吧,或者说说你们的相处。你有没有给她发过照片,或者告诉过她你是谁?"

这点在周周看来不得不防,再高冷的直男遇到心仪的人,哪怕对方并不怎么爱他,也会变身舔狗,有意无意中过多、过于主动地在不自觉间展示自己。而周周是知道陆子羽颜值的杀伤力的,并且起码陆子羽现在也算是一个进入娱乐圈的不大不小的名人。娱乐圈在很多女孩那里是有加成的。周周担心对方吊着陆子羽是一种战术,为的是最后的收割。

想到这里,周周觉得自己简直是一个苦闷的老阿姨形象,正不得不面对一个对于爱情无知的侄子操碎了心,关键是对方还未必配合和领情。

"别担心,一切都在我掌握之中。"陆子羽摆摆手,"我也没有那么傻,没到什么都不顾的地步。"

瞧瞧,这就是拥有恋爱脑的直男的表现。

嘴巴里说出来的话,和实际的行动完全是两个样子。周周不屑地撇撇嘴。能邀请别人视频,还说自己没那么傻。两个人如果真视频了,陆子羽的长相还能自动打码不成?毕竟爆红的陆子羽对于上网的人来说,职业和身份并不那么难以查到。

这让周周心里涌出了一份侥幸,有点感谢那个叫小蔓延要攻楼的玩家。

不管是不是想跟游戏里的人认真谈一段感情,还是想吊陆子羽胃口的手段,阴差阳错地让事情还不至于那么糟糕。

吃着早餐的陆子羽并没想到这么多,大概陷入爱情的人智商真的会莫名其妙地下降。

"我想知道她到底长什么样,过着什么生活,喜欢做什么,是学生还是工作了。"陆子羽对着周周说出了自己的想法,"虽然她说是因为睡着了错过了视频邀请,但别想用这种话就瞒过我。我想我继续要求视频的话,她一定还是会拒绝的。哎,周周,你说我说的有没有道理?"

"干吗口是心非说这样的话,明明心里就认定了对方是错过了视频邀请。想让我和你说反话,我就偏不。我觉得你说得特别有道理,人家就是不想和你有发展。"

"周周!你好好说话,我是认真地让你帮我分析的,你好歹也顶着一个女人的身份,好不好?"

周周猛吸了一口气,告诉自己不生气不生气,沉默是金,吃饭才是最重要的,其他的都听不见,无所谓。可是看着自己眼前的早餐,周周觉得最喜欢的牛油果沙拉都有些索然无味。她用自己手里的小叉子恶狠狠地戳着沙拉里的一颗圣女果,这样能够给她带来解气的快感。

陆子羽没有发现周周的异常,仍在自己的逻辑和想法里无法自拔。

"那么,我应该怎么去更深入了解她呢?毕竟真的了解之后,才能实现更进一步的关系。或者能从游戏里到线下的见面,培养一下感情,让我找到恋爱的情绪。"

够了,你不用找了。周周心里吐槽说,就你现在的状态,如果能把顾天蓝幻想成这个游戏玩家,你在拍摄的时候就不会表现出不自然,甚至会成恋爱戏大佬。

"你有没有想过,如果你们真的在现实里见面了,还像游戏里一样合得来,最后你要告诉对方这是你为了培养感觉的假恋爱,你觉得对方会怎么想?"周周扔出了一个犀利的问题,想遏制住陆子羽没完没了的幻想。

"呃——"陆子羽愣了一下神,周周的提醒他还真没想过。在这段时间里,他变成了单核的处理器,只想处理好眼前自己要做的任务。

最怕空气忽然安静。两个人对坐着,气氛尴尬起来。餐厅里只剩下周周戳圣女果的声音,陆子羽端起咖啡的动作定格了许久,变成了一个彻头彻尾的木头人。

"那就试试吧。饭是要一口一口吃的。"陆子羽回过了神,深吸一口气说,"这就跟玩游戏一样,眼前的关卡不过,没必要去想以后怎么通关。再说了,我们认识后,不就是朋友了吗?她应该能够理解,这属于帮朋友的忙呢。"

"可是,她如果也在你这里沦陷了呢?你告诉她一切,你们岂不是要变成仇人了?"

想想这个结果,陆子羽觉得自己一下就不开心了,甚至有点心痛。

他放下咖啡杯,摆了摆手说:"不要想太多,事情哪儿有那么复杂!不过周周,我觉得要了解小蔓延要攻楼,我自己不行,可能得要你助攻了。"

谈话到这里戛然而止,然后进入了任务模式。

陆子羽表示,只要周周帮助自己在游戏里拿到小蔓延要攻楼的资料,在和她见面后,就让周周去继续安度自己的假期。

经纪人嘛,本来一些难做的事情就是得由她出面去搞定。至于搞定的过程,并不重要。陆子羽从窗户看着闷闷不乐在小区里行走的周周想,反正自己就是想得到小蔓延要攻楼的所有资料。

2

公会里的人最近都不怎么在意游戏里有没有完成什么任务,分配了什么资源,又或者升了几级,得到了什么装备。是的,这些在大多数公会玩家那里变得没那么重要了。

能来玩《临时客栈》这个游戏的人可以分为几种:一种是尝鲜而来,

所以能留住的时间不长。毕竟从对抗性和可玩性上来说，这种以社交为主的游戏，比不上MOBA类游戏[1]来得爽快，也不容易成为一个令万人瞩目的英雄，存在感略显不足。另外一种则是为了打发无聊的时间，在现实里缺少陪伴，对找个人陪伴自己，以及喜欢八卦和热闹有着强烈需求的玩家。所以，这些人才是《临时客栈》游戏的主力玩家群体。相比于任务、资源、装备什么的，他们更喜欢丑男和小蔓延要攻楼在公会里接连不断上演的堪比狗血八点档的剧情。

丑男一上线就遭遇了小蔓延要攻楼的嘲讽。话锋如刀，直接询问他到底是不是个男人，为什么表现得这么小肚鸡肠。丑男被这迎头一棒打得有些意外，于是连忙解释是因为自己生病了，所以没有及时回复。

这种说法在很多人看来是在骗鬼，明明就是小心眼到了一定的地步，或者遭遇拒绝后，独自一个人躲起来舔舐伤口，到了自己能释然的时候才编个借口重新出现。

"发烧？你病了？干吗不直接挂机，好好休息一下呢？"小蔓延要攻楼马上话锋一转，在公屏上对丑男穷追猛打。

"我昏昏沉沉的，就忘了嘛。再说了，挂机还不是为了让你上线就能看到我在。"陆子羽敲字的时候，心里闪过一个念头，女人还真是像传说中那样不可理喻，这让他有些憋闷和委屈。

这情形大概等于，一对恋爱中的情侣发生了矛盾，结果无论男生怎么解释，女孩都揪着一个核心问题来进行降维打击，把一切归为"你不在乎我，你不爱我"。掏心掏肺的男生根本无法接受，没有比这个更大的暴击了。

"呦，丑男，你发没发现你的话前后矛盾呢？还挂机是为了让我上线就看到你在。拜托你弄清楚，我们就是游戏里的伙伴，没有其他关系。"

陆子羽人生当中首次感到自己的无力，这感觉就像是被狂暴雨连续

---

[1] 多人在线战术竞技游戏的简称，也可称为动作即时战略游戏。

击打而无力还手,就像是努力想为自己辩解,对方却拿出了"我不听我不听"的状态。

心里堵得厉害,灵光一闪的陆子羽觉得不能继续在公屏上讲下去了,这已经成为被对方两头堵的局面。或许私聊起来,还有个回转的空间。毕竟,在那么多人看着的情况下,大家还都是要顾及几分面子的。

"我说的都是实话,我从来不骗人,更不会骗你。"陆子羽私聊小蔓延要攻楼,"我真的是病了,我想大概是因为我在浴缸里睡着了受了凉。并且我还做了个梦,我发烧应该和这个梦有关。"

"什么梦有这么大威力,能直接让你发烧?"

陆子羽看到小蔓延要攻楼似乎有听自己说话的意思,马上原原本本地把自己的梦境讲给了对方听。

曼曼看着电脑屏幕,心里开始本能地做出判断。毕竟是个经常代班实战的心理咨询师,对于人心理的把握还是有敏锐度和分析能力的。

她在丑男不断打字发消息过来的同时,已经为对方做了一个心理学上的画像。

这是个有过暗恋却没有恋爱经历的人。性取向未知,可能存在很大的问题。从心理上来说,他清楚地知道自己存在恋爱脑,为了事业和梦想,一直在控制自己,刻意地躲避着可能到来的爱情。但压抑自己的需求这件事,在心理学上是不提倡的。现在的丑男,就像一个干涸、贫瘠的荒漠,缺少情感的滋润。在遇到觉得还行的人之后,他会不自知地表现出对感情的渴望来。

现在,这种渴望已经达到了一个峰值。

这让曼曼有些慌乱。之所以一开始用小蔓延要攻楼的小号,就是为了在游戏里进行一场测试的游戏,从而让自己能够去比较客观地回答书友的问题。但,人又基本上是不愿意伤害到在乎自己的人的,曼曼发现,有种愧疚在自己内心萌芽,舒张着叶片不断地长大。

"对不起,我刚才也不是怀疑你,而是我这两天心情不好。"鬼使神差地，曼曼觉得自己对丑男应该温柔一些，这样会让自己继续实行计划到最后而不那么心存亏欠。

"你遇到什么事情了吗？"

"情绪不好。我爱过的人前两天结婚了。我看到了朋友圈里秀恩爱的照片。"

话题就这么延续了下去。曼曼觉得很怪，可能是现实中不可能有交集的缘故，她没有丝毫隐瞒和倾诉自己心事的负担。

3

周周给陆子羽来了电话，经过几天的寻找，她终于以付出几顿美食的代价，搞定了陆子羽要求的第一步。

朋友的朋友为周周介绍了一名黑客，据说技术高超，是一个互联网江湖上的隐世高人。

她的计划可以分为几个步骤，先通过这个黑客混入游戏，在游戏里和小蔓延要攻楼成为好友。接下来就是利用丰富的经验，入侵小蔓延要攻楼的电脑，夺取远程控制的权限。

这名吃人嘴软的黑客朋友觉得，女孩对于自己用的电脑都基本是不设防的，最多有一层开机密码这种一戳就破的窗户纸。一旦获取权限，起码能从电脑里得到对方保存的照片、常去的网址，以及一些自媒体账号的信息。

而周周接下来的计划，是自己亲自出手，根据黑客得到的资料进行分析和整理。这样有八成把握拿到对方的住址，总结出对方的爱好和每天大概会做些什么。

在接下来的计划里，陆子羽和周周产生了分歧。陆子羽觉得自己只是想要了解，而周周则鼓动他在现实里去跟小蔓延要攻楼先来一次隐瞒游戏里丑男身份的邂逅。

陆子羽觉得，在自己知道小蔓延要攻楼的爱好后，通过游戏也能做到从线上到线下，成为极好的朋友。自己如果按照周周的想法去做的话，那就变成了欺骗。周周则觉得，陆子羽不要太沉迷和相信游戏里的人设，还是抓紧在现实里接触一下，看看对方值不值得陆子羽继续下去，从她这里寻找爱情的体验。如果人和游戏里表现的不符，那么陆子羽可以全身而退，谁也不知道他是游戏里的丑男。不一定非要一上来就死心眼地认准一个人破釜沉舟。如果现实里接触下，觉得还好，那么就顺其自然。哪怕到最后告诉对方自己就是丑男，那也是个惊喜。

陆子羽有些不开心。他告诉周周，《临时客栈》游戏里的玩家比其他游戏的更加真实。

对这种鬼话，周周是坚决不相信的。她觉得现在有太多人在虚拟世界和现实中都拥有精神分裂的本能。好多人都有玩着玩着人设，自己都相信了的本事，隐藏得太深太恐怖。

话题从分歧到了哲学层面的本我之争，就失去了聚焦点。

最后陆子羽拍板，必须按照自己的想法来做。他再三叮嘱周周，让她委托那位黑客朋友，不要什么资料都想要。毕竟作为女生来说，很可能电脑里会有一些属于自己的隐私。

黑客发动得很快，就在陆子羽和周周计划调整一致之后，就进入了游戏，登录后先是私聊了一下陆子羽，让他把自己拉入公会。

至此，"小蔓延要攻楼摸底计划"正式启动。

陆子羽的心情是复杂的，一边抱有期待，一边又有些担心。既想知道小蔓延要攻楼长什么样，过什么样的生活，又觉得有些对不起对方，好像自己的想法有些下作。

"大不了最后我跟她说明白，负荆请罪。她一定会原谅我的。"陆子羽最终不得不给自己鼓气，以免自己在黑客还没有完成任务前，就彻底打消了窥探小蔓延要攻楼的电脑的想法。

人啊，就是这么复杂，尤其是陷入或即将陷入一场感情中去的人。

陆子羽在感情上的稚嫩让他完全没有意识到，自己已经陷得太深，基本上已经在心中给小蔓延要攻楼一个特殊而又重要的位置，让这个游戏玩家慢慢地在自己的内心里变得重要起来。

曼曼这段时间上线的时间变得少了许多。究其原因是她也有了心事，不太想面对游戏里的丑男。

这种纠结在上次两个人私聊之后变得越来越清晰。她既想赶紧完成计划，得以回答书友那个刁钻的问题，又怕真的会给丑男带来什么摆脱不了的阴影和伤害。

她很清楚地知道，自己这种逃避是反常的，怀疑自己是否被游戏里的丑男攻略打动了。这情绪变成了附加的慌乱，而人处于这种情绪下，总是不太愿意主动面对，甚至会下意识地选择拖延的。

于是，曼曼到陈靖远的杨梅竹餐厅的时间越来越多。

这让陈靖远感到奇怪的同时，也滋生了一点点期待。有时候陈靖远会看着曼曼说话的样子发呆，脑子里根本不知道对方在说什么，而是在考虑自己的心事。

在他看来，曼曼这应该是在马豆豆那里受了打击，还没有完全走出来，所以格外需要别人的陪伴，之所以比较频繁地和自己来往，那是因为在她心里，自己是值得信任的、为数不多的、甚至唯一的异性朋友。

一切都卷入了一种古怪的状态。陆子羽觉得愧疚，曼曼也觉得愧疚。

愧疚的内容不同，但都在选择逃避。两个人又都没有发现对方的古怪。除了让陈靖远感到一丝机会之外，也让公会里的玩家感到枯燥且无味。之前丑男和小蔓延要攻楼这个看点似乎一下就变淡以至消散了。甚至有人议论，这两个人到底在玩什么，会不会因为两个人的别扭，公会就此沉寂或者解散。

曼曼从杨梅竹餐厅回来，登录了游戏，打算去找丑男，带着公会成员去完成一个早就计划了几天的任务。可是丑男意外地拒绝了这个任务，说自己有些事要做，等到忙完了会去喊她再去开启任务。

就在小蔓延要攻楼想要下线的时候，弹出了一个申请好友的弹窗。一个叫"大老黑真黑"的玩家开门见山地表示，求公会成员带他。

曼曼加了对方的好友，对方用迫不及待的语气请求她带着自己去做一个低级别玩家必做的任务。

大老黑真黑很委屈地说："我入会之后，想让会长带着我去做任务，可是发了私信他根本不理睬我。大佬，你能带带我这个萌新吗？"

？？

曼曼脑子里画了两个问号。

根据她的了解，丑男在游戏里还是愿意带其他的玩家的。哪怕有事要拒绝，也会说明原因，要么约个时间，要么介绍其他公会的高级玩家给对方。这种根本不回复，似乎不是他的作风。

小蔓延要攻楼只好回复道："会长这两天有事，忙工作。"

曼曼觉得，自己不能让这个新人失望，从而毁掉丑男的形象。反正是带个新人做个简单任务罢了，也算是自己帮一下丑男的忙。这会让自己将来面对丑男的时候少了很多的愧疚，就算预先的补偿吧。

曼曼和大老黑真黑组队，一段过场动画之后，出现了一个让曼曼根本提不起兴趣的BOSS。她私聊大老黑真黑，让他过去攻击，自己在后面控制加输出。

这种级别的怪她根本提不起兴趣，随便操作都能轻松地通关。就在曼曼漫不经心地随手操作，并且脑子里还想着丑男今天为什么表现得有点反常的时候，她的电脑屏幕上忽然闪起了红光，放在电脑边上的吾皇万岁的有源音箱里，响起了一串警告音。

这是曼曼安装的一款付费的国外防御软件，本来曼曼觉得现在免费的防毒和防御软件到处都是，没必要花钱去买这种服务。可是她的妈妈严厉要求她的电脑上必须装上。

因为有些时候曼曼会带着自己的电脑过去代班，她的电脑里偶尔会保存一些咨询客户的档案资料。替客户保密是心理咨询行业的一项底线性的要求。

虽然每个月都需要付费，可是曼曼从来没有遇到过被攻击的状况。她一直觉得，安装这款服务费不菲的软件纯粹是浪费钞票，没想到今天真的有了用武之处。

她不再在游戏里浪费时间，而是控制自己的人物，冲过去砍瓜切菜般放出一个技能，让怪物歇菜，随后连个招呼都没跟大老黑真黑打，就直接退出了游戏。

曼曼打开软件，设置了更强的防攻击机制，然后开始思索这到底是怎么回事。是有人盯上了自己还算不错的账号，准备黑过去然后转手出售牟利？可这不应该啊。《临时客栈》并不算大火的游戏，账号也并不算值钱。她打开网页搜索一下，发现只有几个账号出售，并且浏览者很少，没有什么人问津。

排除了这个可能后，有黑客想控制自己电脑，获得自己的银行卡或者支付软件的信息也不太对。毕竟在这个移动端使用更频繁的年代，谁还会对电脑这种只在工作、娱乐时用的东西下手呢？

思前想后，曼曼忽然冒出了一个念头：是不是有人想从自己的电脑里获得自己的资料、照片这样的东西？

她莫名其妙地就想到了邀请自己视频被拒的丑男。那天自己微信回复，没有表现出不愿意跟他视频的意思。按照常理，他应该再试探着跟自己视频才对。何况，这两天丑男挂着游戏，却不再像以前那么主动。说是忙工作，实际上谁知道是在干吗。

当所有奇怪的点串联起来后，曼曼似乎得到了一个最合理的答案：莫非是丑男想要用这种不上台面的方式来了解自己？

她把键盘推开，脸色阴沉下来，越想这个可能性觉得越大，心里原本对丑男的愧疚在这一刻横扫一空。

曼曼做出了个决定，不想继续犹豫，或者在游戏里跟丑男虚与委蛇下去了。

既然你想要伤害到我，那么我又顾及什么？来啊，互相伤害啊！

4

陆子羽做梦也想不到，有非专业人士会花大价钱安装一款防御软件。更想不到因为黑客的失手，自己被小蔓延要攻楼圈定成了罪魁祸首。

虽然这件事并不冤枉，可是这直接导致了他接下来要面对一个尴尬的局面。

那名所谓的黑客在失手后并没有第一时间告诉周周。因为他决定划一段时间的水再说，毕竟一次努力失败后就放弃，容易败坏他的名声。他认为，拖延是个特别好的战略。让时间去摆平一切，当周周失望或者逐渐淡忘这件事后，自己再保全脸面，全身而退。

实际上他根本不能算是黑客，只是在网上学习过一些相关的知识。这些技巧时灵时不灵，遇到一些根本不设防的电脑，或者用常见的免费软件的用户，靠从某些论坛上找到的攻略，有时候还能成功几次；遇到罕见的、专业的软件，就只能折戟沉沙。

陆子羽是有道德底线的人，这次选择这样的方式，无非是被情感冲昏了头脑。事实上，凭借陆子羽的计算机技术，自己就能完成这个任务。只是他处于掩耳盗铃的状态，认定自己不能对不起小蔓延要攻楼，但找了别人则无所谓，反正用黑客的招数又不是自己提出的。

满怀期待的陆子羽在看到将开放结婚系统的游戏公告时，眼前一亮。

他还清楚地记得那次自己讲述梦境后，小蔓延要攻楼告诉自己的关于她的事情。她爱的人结婚了，但主角不是她。

陆子羽觉得，如果能给她一场婚礼，哪怕是游戏世界里的，也能让她感觉到温暖，起码算是一种弥补。尽管这种弥补的效果还未可知。

小蔓延要攻楼出现在游戏里时，马上就接到了陆子羽的私信。

结婚吗？很盛大的那种。

曼曼的脑子有些转不过弯。

小蔓延要攻楼：结婚？

丑男：是的，游戏里开放结婚系统了，你还没看到吗？就是结婚，我和你。这次你是婚礼的主角，而不是一个旁观者。

小蔓延要攻楼：这么草率，你确定要和我结婚吗？我总觉得你会后悔的。

丑男：我确定我不会，只要你愿意。我丑男从来不对自己的决定后悔，无论结果怎样。我相信我能让你爱上我。

小蔓延要攻楼：你对你的决定真的从来不后悔吗，包括你做过的所有事情？

丑男：我以我的人格保证，如果做不到，那么我以后放弃这个游戏。

没等小蔓延要攻楼再回复，陆子羽已经在游戏的世界屏里开始用广播刷屏："我丑男，要和小蔓延要攻楼结婚了。希望大家能够来参加我们的婚礼。"

并且任性地刷了99次。

曼曼对着电脑摇摇头，这算什么？怎么感觉有种被在喧嚣的街头当众表白的感觉？目的不是示爱，而是利用围观的人来制造压力。

"渣男！"曼曼咬牙切齿地给丑男定了性。

公会还在游戏的成员都看到了世界屏上丑男的广播，顿时，这几天安静的公会屏上掀起了刷屏的狂潮。

"这下我们要变成家族公会了，管理层是两口子。"

"放开那个小蔓延，让我来，我要一个机会。"

"大佬结婚发不发福利？"

不知道谁冒出来，在屏上十连刷："想得美，想得美，想得美。婚是随随便便就能结的吗？要做结婚任务的啊，只允许两个人去完成。完成之后才有资格结婚。"

小蔓延要攻楼：你真的想的话，那就找个时间去做结婚任务啊。

丑男：还找什么时间？就现在，马上！

《临时客栈》的结婚任务设计得很套路，先是问道，需要两个人展现默契的配合，共同去面对变异的月老，解除月老的魔性后，才能进入下一个环节。

接下来的是问情，月老会要求结婚的两个玩家分别说出一段给对方的情话，这种情话需要得到游戏里随机圈定的20名玩家的打分，平均分都超过规定的分数，才能走到结婚任务的最后一步——问心。

问心，是两个玩家互相询问一些问题，并且对方的回答要让自己满意，才能通关结婚任务。届时，两个人就会得到月老的祝福以及游戏的任务通关奖励，得到一个随自己设计使用婚礼场景的机会和一对情侣的装备，以及一对表示夫妻关系的称号饰品。

陆子羽觉得浑身的热血都要沸腾了，和小蔓延要攻楼进入结婚任务后，很快就被泼了一盆冷水。变异的月老虽然攻值不高，血不厚，但是太能躲过玩家的攻击了。

一旦超过一定的时间没有过关，月老魔气沸腾下就会用出自己的大招。一根被魔气污染的红绳，设置是无视任何防御，给予一击必杀的伤害。两名玩家有一个死亡，因为同心设置，就被判定为失败。

死，死，死。

陆子羽几乎崩溃。他开始琢磨，系统开放的这个结婚任务到底是什么目的。

这种状况简直就是不让玩家能够达成结婚的成就。一走神，陆子羽发现月老诡异的一个技能换到自己身后，已经成形的大招向着小蔓延要攻楼而去。

丑男使用了一张影符，变换自己的空间，挡在了小蔓延要攻楼的身前。这是陆子羽下意识的操作，他接受自己被一击必杀，却不想接受小蔓延要攻楼在自己的保护下做任务受伤。

歪打正着地，月老变黑的红绳贯穿铠甲，击杀丑男的瞬间，黑色绳子没有像前几次一样，把丑男摔落在地面，而是被鲜血染红，月老的变异消除，散发出桃红色的光芒。

一朵朵玫瑰从天而降，月老挥手，治疗好了本该死去的丑男。两颗红心醒目地出现在屏幕上，怦怦地按照一个节奏跳动。

过关了！陆子羽有些佩服游戏策划的脑洞，原来月老是级别再高的玩家都无法杀死的特殊存在。而这一关的意义就在于试探玩家有没有相互呵护对方的真心。

要知道，在游戏中，面对大招的时候，很多动作是习惯性的，甚至来不及思考。这意味着丑男挡在小蔓延要攻楼身前完全是下意识的，起码他对这个人有着真情实感。

而月老关卡的视频是不能录屏，也无人能旁观的。这就让《临时客栈》中的结婚，不像其他游戏一样，只是个游戏。

这点不仅陆子羽想到了，曼曼也想到了。她有些黯然，完全没有了之前要在今天完成计划的那种开心。

曼曼有些慌乱。现在一切都已经失控，她不知道最后会是个什么样的结果。

问情关，两个人过得也非常顺利。虽然不知道评判情话的玩家是谁，可是大家都比较期待看到游戏这个服第一次的婚礼是什么样子。丑男和小蔓延要攻楼又都不是那种交际广阔、有人暗恋的玩家，没人愿意在这个节骨眼儿上打出低分，中断两个人结婚的进程。

陆子羽的兴奋在第三关问心的时候完全被颠覆了。那是一种已经飞起来,却忽然急速坠落的感觉。

小蔓延要攻楼提出的第一个问题,就那么现实和扎心:"喜欢男性是天生的,还是后天的?男人和男人之间是不是真爱?"

曼曼操控着小蔓延要攻楼的账号,公开了自己一直隐藏的性别资料,她的人物属性下出现了一个蓝色的、代表男性的符号。

"天哪!我以为是郎才女貌,没想到……"

世界屏沸腾了。

"我支持他们,男男才是真爱,男女只是为了传宗接代。"

"被骗了吧,傻瓜。"

"我就是公会成员,楼上别胡说,什么被骗了,小蔓延长老从来没说过自己是女人啊!"

我,陆子羽,竟然在游戏里被一个男人吸引了。陆子羽觉得脸上发烧,脑子里迅速地转过很多个念头。

怎么会?怎么可能?

陆子羽手忙脚乱地退出了游戏账号。

深呼吸的陆子羽,平静了一下心态,拿起手机,颤抖着手打给周周:"让你朋友不要再攻击小蔓延的电脑了。对了,你有空的话,最好过来一下。我需要你!"

源 小札

1

聚集全部的热情,这只有孤独的孩子才能做到。

那些在社交场合过度使用情感的其他人,在与人的交往中已经消磨掉了自己的感情。对于爱情,他们很熟悉,他们懂得爱情是人们共有的命运,他们就像摆弄一个玩具一样摆弄爱情,他们就如同男孩在夸耀自己吸第一根烟时那样夸耀爱情。

我只是孤单的一个人,我找不到谈心事的同伴,没有经验,没有思想准备,也得不到他人的指点和提示,就这样懵懵懂懂掉入了命运的深渊。

我的江湖里,只有你。

2

我那时,几乎整天只是在等着你,偷偷观察着你的举动,在好友那里有个小小的窥视栏,我可以清楚地看到你在哪里,但是我从来都不主动和你打招呼。那里就是我观察你的眼睛,我不想轻易暴露。

我会去看谁和你同时在一个地图,从各种地方寻找蛛丝马迹,那一刻,我觉得自己简直是个大侦探家。

苏辞说:恋爱中的女人哪,都是福尔摩斯。

可,从头到尾,这只是我一个人的恋爱。

你从未进入过角色。

3

苏辞说：曼曼，你才不是心如止水，你最擅长的是掠夺。

这世上，有人掠夺的是身外之物的包裹，而你掠夺的是空若一物的假象。

4

苏辞总说，当我是湛蓝的时候一天天折腾得过于潇洒，而做了曼曼之后为何还是如此落魄。

我不知如何和她说，我并不是真正贪恋这样的颠沛流离。

不过是想能安静地去爱一个人，本以为，爱一个人，心即可安。

不承想，爱来爱去终究是爱上同一类的人，所以，更是颠沛流离。

大约是太在意第一眼的心动，抑或是被刺痛的记忆。

所以，这一生被敲醒的声音都只能是重低音。

而这沉重也注定了故事的开始就是结束，不会有精彩，只有角落里的昙花一现。

不是每个人都能看穿这一切冷静背后的疯狂。

5

陆子羽，你可愿随我去剑门关，看一眼你不曾认识的曼曼大人。

第六章
当蝴蝶飞过之后，一切都乱了

气象上的蝴蝶效应为每个人所熟知，人生上的蝴蝶效应却总是在当事人尚未发现的时候出现。原本计划好的事情和轨迹，会因为一句话、一个问题、一件事，忽然就偏离了过去盘算好的轨道。

作为事中人，大多会觉得自己依旧初心不变，在补缺，在修正，却不会认为，一切都和之前变了一个样子。说是目标不变，实际上选择走了另外一条路，至于能不能走回来，那只能看运气。

——题记

1

时间往后退上两天,在陆子羽发烧生病的时候,顾天蓝已经开始安排自己想做的小动作。

顾天蓝对着狗哥给的照片精心又细致地端详着,像在看什么精致的艺术品。毕竟是她认定的对自己事业有所帮助的利器,花三万块钱得到这些,在她看来是一次比较成功的投资。

虽然陆子羽的表情不那么自然,或者说根本处于一种面无表情的状态,但只要这些照片发送出去,结果如何,就看之后怎么个玩法了。

这些事,顾天蓝处理起来轻车熟路,并且她有熟识的、专职做这种事情的传播团队。

想起了那个做自媒体起家、对自己的美色觊觎已久的家伙,一个肥胖油腻的宅男。每次想让他做事就必须要和他见面,还要忍受他所谓见面礼仪的拥抱,一想到他身上的烟味和油腻的头发,顾天蓝就有点反胃。

很多时候顾天蓝会忍下来,对于能够为自己带来利益的人,她一向是不会有什么底线的。

她脑子飞快地转动着,想着如何把这些照片价值最大化。到底是安排自媒体或者利用狗哥的资源让一些小有名气的狗仔直接发声,还是找人伪装成陆子羽的粉丝先到他的微博来一波粉转黑的质问,又或者是伪装成自己的粉丝,痛心疾首地引爆,质问自己的女神为何要投入一个偶像小鲜肉类型的男人的怀抱。

接下来的一切,可以花钱找一些人推波助澜,炒炒娱乐圈姐弟恋的话题。酝酿几天后自己再出头发声,做个辟谣,说自己和陆子羽只是拍档关系,被拍到的场景只是为了试戏,然后再迅速找人云山雾罩地爆一波真真假假的料,比如目击到陆子羽和顾天蓝在某个酒店房间深夜相会之类的消息。虽然说无图无真相,可是把水搅浑之后,有人怀疑必然有人相信。并且自己也不是完全无图,而是另外一种网上常见的手段,开局几张图,剩下全靠编而已。这种事情本身就容易被议论，成为话题，到时候说什么的都有，起码能撑很长时间的热度。

想到这里，顾天蓝不由自主地笑了起来，上次和陆子羽见面后，她已经等待了好多天。

她觉得陆子羽当天逃似的走掉，起码会给自己一个电话，说明一下自己的决定和想法，没想到自己竟然被他就这么忽略了。

顾天蓝站起身，打开了衣橱，从里面精心地挑选了一双肉色的丝袜、一双红底的高跟鞋。她个人特别中意这种装束，因为这会在视觉上拉长她的双腿，让看到的男人忍不住行注目礼。

她享受这种感觉，更享受男人对自己的痴迷。

出门后的顾天蓝开着车，很快来到了和那个炒作很有一手的"死肥宅"约好的咖啡厅。

她戴上长帽檐的棒球帽和挡住了几乎半个面部的墨镜："顾小姐订好的包间。"顾天蓝得意地看了眼偷偷打量自己的男接待，"有人来没有？"

"没有，小姐。"男接待应该是出来勤工俭学的学生，还没有多少社会经验，似乎发现了自己偷瞄顾天蓝被对方看穿，脸迅速红了起来。为了遮掩这份尴尬，他快速地侧过身子，做了一个请的手势，然后转身在前面带路。

心情大好的顾天蓝得意地快走两步。她身上的香味传到了对方的鼻子里，让对方脸更加红了，整个人表现出一种非同一般的紧张。她呵呵笑着，忽然用手挽住小服务生的手，靠了过去，低声说："小哥哥，以前没见过你呢。刚来这里不久吧？"

像被火烫到一样，小服务生连忙挣脱出来，身子僵硬，不自觉地加快了步伐，在上台阶的时候脚下还绊了一下，跟跟跄跄地差点摔倒。

顾天蓝的笑声有些嚣张地出现在小服务生的耳边，他头也不敢回，几乎一路小跑，跑到了包间的门口。

"死肥宅"很快就到了，风风火火地拉开门，头发油腻，随意穿了一套宽大的中式衣服。看到已经好整以暇坐在包间里的顾天蓝，他又露出了色眯眯的表情。

"姐，""死肥宅"用甜得发腻、足有三个+号甜度的声音喊了一声，"好久没见，要抱抱。"

"别动，先说正事！"顾天蓝抛给"死肥宅"一个白眼，"你真要抱抱的话，这次的佣金我会扣掉一半，你自己先想清楚。"

"你看看你，咱俩这关系说这些合适吗？""死肥宅"死乞白赖地走到顾天蓝坐着的沙发边上，挨着顾天蓝坐下，身上的烟味和头油味再次让顾天蓝皱起了眉头。

眼瞅着"死肥宅"的手就要落在自己腿上，顾天蓝强颜欢笑，适时打开了对方的手："规矩点啊，咱们是在谈生意，我可是你的大客户。"

"死肥宅"有些郁闷："姐，你以前可不这样。这是怎么了？"

"以前是以前，现在是现在。"顾天蓝用力推着"死肥宅"，"你给我坐远点。现在情况不一样了，你姐我可是有主的人了。"

"啥？"死肥宅似乎震惊了，呆呆地看着顾天蓝，"姐，我一直以为你这样的奇女子，是不可能真爱上任何一个男人的。"

"那是因为以前我没有遇到他。"顾天蓝摆出一副花痴状，脑补陆子羽的颜值，想让自己看起来像是陷入了一段痴狂的感情。

这是顾天蓝刚才确定的策略，那就是在"死肥宅"面前把戏做足，让对方觉得自己不是在进行炒作，而是变成一个爱上心有顾忌、不敢暴露感情的男人，为爱情忍辱负重很久的痴情女的角色。这会让一直想吃天鹅肉的"死肥宅"对陆子羽产生一种嫉妒，甚至愤恨的心理。人一旦产生这样的心理，就特别容易在做事的时候带上情绪，到时候引爆的话题程度和拿钱办事截然不同。

"那个好运的男人是谁？""死肥宅"好像没了和顾天蓝继续说笑的心情，起身走到她对面坐下来，一脸怨怼地盯着顾天蓝低胸装下露出的一抹惊心动魄的白，询问道。

"你应该也是认识的。"顾天蓝打开手机,递了过去

"陆子羽……这不是你新戏的搭档吗?"在专业上,"死肥宅"还是表现出了职业精神的,但凡是有名有姓、最近比较红的人,他几乎都在网上关注并且了解过。

"你觉得他一个网红,究竟是靠什么轻易进入娱乐圈的?"顾天蓝似笑非笑地拿起勺子,搅拌着面前的咖啡,"又是凭什么,进入娱乐圈不久就能拿到一部电视剧的主角?"

"死肥宅"盯着顾天蓝,好像要从她这里看出来些什么,最终疑惑地开口:"姐,你为什么会照顾他那么多?"

顾天蓝放下勺子,端起咖啡抿了一下,然后露出花痴笑:"我愿意。不过,千万别把我对他的帮助说出来,因为我怕他因为这个生气。"

2

陆子羽现在没工夫生气,他正处于一种奇妙的状态当中,如同落水的人,拼命想要抓住身边任何一根看起来可以救命的稻草。

在他过去二十多年的人生里,从来没有像现在这样茫然过。这使他意识到了一个问题,自己并不像过去想象的那样,面对任何问题,都能直接抬腿就迈过去。

周周微张着嘴,看着颓然地陷入沙发里的自家艺人。两片嘴唇几乎要变成一个鲜艳欲滴的 O 形,如果认真看的话,甚至可以看到她因为惊讶而露出的小舌头。

"你不是玩我吧,陆子羽?"周周定了定心神,有些冲动地质问眼前的男人,"你告诉我你在游戏里好像喜欢上了一个男人,不,是人妖?"

"我最初是不知道的。他隐藏了性别资料。我一直把他当女人来看。"陆子羽烦躁地挥挥手,辩解说,"从这点上说,我喜欢上的应该是个女人,只不过是想象出来的女人,阴差阳错罢了。"

"我不听，我不听，我不听！"周周来了情绪，大声地说，"都是你的鬼主意，要是知道闹成现在这样，还不如便宜了顾天蓝那个娘儿们呢！"

"我说了，我一直以为她是个女人。你应该明白，我是正常的！"

"哦？"周周双手抱在胸前，胸部起伏得颇大，一看就知道已是气愤不已，"我怎么就该明白你是不是正常的？我只是你的经纪人，又不是你的谁。"

陆子羽一捶沙发，猛地坐起来："那你想怎样？要不要试试？"

周周毫不示弱地瞪了回去，然后站起来，整个人逼近陆子羽："来啊，来！试试啊！"

陆子羽头上几乎冒出了黑线，一下失去了刚才的气势，像被戳破了的气球一样，无力又颓丧地再次让自己陷入了沙发里。

"我叫你来，是让你帮我分析一下嘛。"

"有什么好分析的？情况你不是心知肚明吗？"

"我已经销号退游了，这难道还不能说明……"

"说明不了什么，你听没听过一个故事。"周周不知道为何，表现得格外冲动，"老和尚带小和尚下山，路遇一个女人要过河。没有船也没有桥，老和尚背着女人过了河。女人感谢离开后，老和尚和小和尚继续往前走，小和尚一副魂不守舍的样子。问老和尚，山上不是说女人是老虎，特别可怕吗？为什么我觉得不是这样？"

没等周周说完，陆子羽哼了一声说："你想说什么就直接说好吗？不就是老和尚告诉小和尚，我已经放下了，但你还没有放下。"

"对，你还没有放下。"周周似乎累了，重新坐下来盯着陆子羽，"你看着我的眼睛，我问你，你销号退游能代表什么？你如果真的觉得这是个错误或者误会，你会这么纠结，喊我过来说这件事吗？你微信里那个小蔓延要攻楼的微信拉黑了吗？你把这件事很快抛到脑后了吗？"

面对周周的绝命三连问，陆子羽不知道该如何回答，只能让两个人的对话暂时冷场。

他脑子里冒出了一个画面，自己和小蔓延要攻楼约好线下见面，并且精心挑好了约会的餐厅，结果款款走进来的是个强壮的大汉，一脸刚刮过的胡楂儿，对着自己豪迈地一笑。

想到这里，陆子羽觉得自己的心就像被锤子猛击的玻璃一样破碎了，不禁打了个冷战。

他摸出手机，迅速拉黑了小蔓延要攻楼的微信，然后把手机狠狠地抛到了一边，似乎手机上有什么传染病毒一样。

"说说你现在想怎么办吧。"周周向上吹气，吹起了她的刘海，借此来宣泄内心里的郁闷。

"我知道我还喊你过来？"陆子羽没好气地回应说，颇有些耍无赖的样子，这种状态的陆子羽周周还是第一次见。

"一、戏的事不能给我破坏掉。"周周伸出一只手，挑起一根手指，认真地对陆子羽说，"二、不许再去玩那个游戏，再去找什么小蔓延。三、你自己做出一个选择，怎么样才能快点找到恋爱的感觉，在现实里最好。"

"你的意思是让我从了那个顾天蓝？"陆子羽愣了下，看看周周，"你不是跟她有什么见不得人的交易吧？我告诉你，我跟她根本不来电。"

周周愤怒得几乎喊了出来。你就没看到你眼前就有个聪慧能干、人品过硬、知冷知热、一心为你考虑的美女吗？

"我不知道你找谁好。"周周一脸生无可恋的表情，看了看陆子羽，"我现在只能给你刚才那三个忠告。你要明白，感情这种事不属于经纪人能够控制的范畴。你自己琢磨琢磨吧，哪怕你在过去的同学啊、朋友啊当中选一个人也行。"

"能选我早选了。"陆子羽拍了下脑门，懊悔地说，"早知道这么麻烦，我就不接这部剧了。真让人脑壳疼。"

周周没说话，低着头拿起手机看了起来。她觉得继续说下去于事无补，也商量不出什么结果。

陆子羽不能说服自己的话，那么这就是一个死结，死得不能再死的结。

陆子羽闭上眼，身体虽然因为从昨天开始没再玩游戏，按时睡眠有一个良好的状态，可总是觉得一阵阵精神上的疲惫，让他不想再继续做任何思考。

忽然，周周抬起头，古怪地看了一眼陆子羽。

闭着眼睛的陆子羽似乎感觉到了周周的眼神，微微睁开眼，瞟了一眼周周："你别用这样的眼神看我好吗？周周小姐。我真不是有性取向问题的男人。"

"你这段日子里去见过顾天蓝？"周周盯着陆子羽，穷追猛打，"这件事我为什么不知道？你怎么没有告诉我？"

"我觉得这不是什么事，我自己就可以搞定。"

"对，你自己绝对能够搞定。"周周用奇怪的语气对陆子羽说，"没想到啊，你这是一颗红心、两手准备，游戏里游戏外都有行动。我这个经纪人当得真省心啊，你的预案是丰富且卓有成效的。"

"你这是什么话？那天深夜顾天蓝说导演托她给我带个话，我去了之后就直接告诉了她我的想法。"

"顾天蓝用什么香水？抱着你的时候你是不是心里也有点小鹿乱撞？她亲你那下，你是不是还有些意犹未尽？"周周再次展现了自己强大的攻击性，她通常是不会这么说话的，可今天总觉得不这么问出来，心里好像有些过不去这个坎儿。

反正我也是为了他好，周周在心里安慰自己。这可能是我带过的最不省心的艺人了，毫无默契和配合度，什么事也不跟我打招呼。我现在这么对他就是怕他行差走错，上了别人的恶当。到时候，我怎么实现我带一线艺人的宏大梦想呢！

陆子羽惊了，眉头皱了起来："周周同学，你是不是跟踪我了？"

"那就是刚才我说的那些，你都承认了？"

"我承认个屁！"一向注意言辞的陆子羽原地爆炸，竟然爆了粗口，

"我什么都不知道,那都是那个女人的鬼主意,我是被动的。你还不相信我吗?!"

"我相信有什么用?"周周冷笑着,把手机塞到了陆子羽手里,"关键是网友们相信不相信,记者们相信不相信。你跟我解释不算本事,能说服他们才算本事呢。"

陆子羽看到了手机屏幕上的多条新闻,各种震惊的标题党实现了霸屏。每个新闻下面的配图都有顾天蓝在自己怀里,亲自己脸颊那下的照片。

竟然有不负责的小编写道:老牛吃嫩草,流量男的堕落,震惊,陆子羽竟然喜欢吃这口儿!

陆子羽举起手机想要摔在地上,周周抱着臂说:"别冲动,手机,我的!"

3

陈靖远感觉自己做了件大事,几乎要走上人生的巅峰。他餐厅的老顾客中有一个容貌美、气质佳的女人跟他特别谈得来,每次到杨梅竹餐厅的时候都会待上很久。

这个叫苏辞的女人跟陈靖远说,杨梅竹餐厅既是她的加油站,又是她安心休息的小港湾。

别误会,陈靖远知道这并不是什么所谓的一见钟情,更不是什么爱屋及乌,因为自己和苏辞完全不是一路人。

苏辞是个女强人,从眉眼和言行里就能明确看出来的那种。她身上带着一种特殊的磁场,好像所有见到她的人都愿意跟她交流,并听从她的意见。

作为一名金牌的影视制作人,苏辞虽然年龄不大,却在这个行业做出了出色的成绩,跟各大传媒公司和投资人都很熟,但又不是完全靠人脉和渠道吃饭那种。

她对观众的口味和市场的需求有着精准的判断，入行后已经制作出品了不少影视项目。唯一让她有些不太满意的就是自己太忙，每天不是在饭局上，就是在去饭局的路上，而且最近缺乏一些好的剧本和创意，自己为此也很头疼。

杨梅竹餐厅是苏辞每次开会到深夜来补充能量，饭局后来碗热汤解酒的固定场所。

苏辞对陈靖远做餐厅的思路和心态特别赞赏。在这个料理包横行，很多餐厅厨师糊弄了事，随随便便就来一手快餐冒充大菜的时代，陈靖远依旧保持着对美食的敬畏，所以他煲的汤，用料和他处一样，但口感格外不同。

最近苏辞很苦恼，她之前参与的项目《我的奇怪女友》遇到了比较棘手的问题。

当初男主角选择一个新人陆子羽来演，是苏辞的意见。虽然未曾谋面，但她看中的就是陆子羽当下的人气，而且她有预感，这个演员一定能有不凡的成绩。至于和陆子羽搭档的顾天蓝，那纯粹就是一个不算小的投资人硬塞进来的人物。

当时苏辞就觉得，顾天蓝如果是出演《我的心计女友》，那一定是不二人选，她对那个略有耳闻、很能在圈内折腾的顾天蓝有着天然的反感。

问题在于，导演延后了拍摄的时间，让苏辞面对投资人有了比较大的压力。理由是陆子羽竟然不会演感情戏，遇到亲热戏简直就像个没有感情的傀儡。

这让苏辞很是吃惊，毕竟在她想来，以陆子羽的颜值，应该是一路成长过程中桃花不断的类型。品性好的话，大概能有一段刻骨铭心的爱情；品性不好的话，那就是烂桃花泛滥成灾。怎么可能对感情戏陌生到束手束脚？

不久前，还没开拍的戏又引发了一波舆论。是顾天蓝和陆子羽的绯闻。

说实话，苏辞特别反感这种所谓的炒 CP 的形式。她几乎可以肯定是陆子羽中了顾天蓝的什么圈套。

投资人的电话挨个儿打来，质问苏辞，陆子羽不会演感情戏是不是个借口。

毕竟，和顾天蓝搂搂抱抱的照片满网飞，陆子羽怎么看都像个称职的花花公子或者夜店小王子。虽然没有明说，但各路金主爸爸都暗戳戳地表示，是不是陆子羽在耍什么大牌，或者是还在别的戏上。这种人是让金主爸爸们厌恶的，毕竟属于挡人财路、杀人父母。

一个有流量的新人固然大家都会喜欢，但这个新人第一次担纲男主和多次担纲男主的效应完全不同。何况，如今流量新人们都是流星，谁知道到底能维持多久的星光和热度。这么拖延下去，假设陆子羽飞快地过气了，又有新的流量鲜肉冒出来，那么收视肯定会受到严重影响。

苏辞处理这件事的方式是一面向导演施压，确保戏在导演承诺延后的时间能够没有任何问题地开拍，另外一个就是告诉金主爸爸们，自己正在筹备一部新电影，到时候肯定是尽着他们先行跟投。

话说了出去，电影也是苏辞一直想做的事情，但缺少合适的剧本，现在编剧这个行业可谓良莠不齐、鱼龙混杂。姑且不说那些大学时代为赚外快当枪手，没署名而且 6000 块就愿意干活儿的主儿，有过几个剧本之后，都敢冒充成熟编剧四处叫价。就算是老编剧，当中能耐得住寂寞、精心打磨创作本子的也是可遇不可求。像过去花四五年时间去写一个本子的编剧，基本上已经变成了熊猫一样稀少的国宝。毕竟，人家也得吃饭不是？写得这么慢，怎么换房子？怎么倒腾新车？

那些大导和名角的御用编剧倒是有这个时间和功夫，但多半只服务于某一个人，属于固定的团队配置。外面的人想都不要想，这些编剧可是名导们和其他导演拉开距离的重要门槛之一。

苏辞解决这个问题的办法就是下苦功夫。现成的编剧找不到，那就从小说里拔出自己想要的幼苗。

这段时间，苏辞花费了大量的时间去看网上各种的小说。这些小说看起来虽然问题不大，可是套路单一，情节固定，无非是作者处理文字的能力存在差异。如果变成画面呈现的话，品质都不会太高。

陈靖远无意和苏辞聊天的时候，发现了苏辞的苦恼。他马上意识到，这可能是个机会，脑子里马上浮现出曼曼的面容来。

陈靖远知道曼曼是个作家，虽然名气不算大，但私下里他在无事的时候也会看下曼曼的作品。于是他装成热心读者，把曼曼现在在网上连载的那本《我男朋友的女朋友们》推荐给了苏辞。

苏辞并没有明确地回复，她看了现有的几个章节后，觉得可以跟这个作者谈谈看。打动她的是曼曼书中对于情感描写的把握和精准的角色心理的分析，这显然和其他一些作者是截然不同的。

陈靖远于是答应苏辞，在书友群里给作者留言试试看。他觉得曼曼肯定会珍惜这个机会。

等苏辞走后，他把电话给曼曼打过去的时候，没想到曼曼情绪并不高，只是告诉陈靖远，如果真的想要她写剧本的话，她不想改编现在这本小说，而是有另外一个很好的故事，不过可能有些碰线。

陈靖远积极殷勤地说，这些都不重要。自己对这些又不懂，关键是要曼曼和苏辞见面深聊一下。行或不行，都是个机会，不行就当多了一个朋友。

此时，曼曼并不想多一个朋友的事。在游戏里结婚时忽然不告而别的丑男让她心情变得有些压抑。很多事就是这样，在做的过程中，也许为了目的不会去考虑太多，一旦出了一个结果，再去回头看这件事的时候，就会发现有很多地方自己是有些过分。

曼曼可以肯定，丑男对小蔓延要攻楼的好，不是那种游戏里常见的虚情假意，或者别有用心的撩妹行为，而是真的萌生出了一些感情在其中。自己为了回答书友的问题，也是出于内心的好奇，无意中给丑男带去了挫折和伤害。大概这种伤害比自己想象的大得多。

她一直试图给自己找个借口，是丑男先想黑自己的电脑，才促使自己做出这样的决定的。可这个借口又有些无力，似乎根本不能说服自己。

她知道，就算被黑电脑的事没发生，自己八成也不会放弃这个机会。并且，黑电脑的事是不是丑男做的还未可知，即便是，也是一个动了感情又从未恋爱过的傻瓜冲动下的行为，并无恶意。

曼曼觉得自己骨子里还是善良的，不然不会陷入这种纠结的情绪中，一直走不出去。

她萌生了把这一切写出来的念头。想着丑男会不会看到自己的小说，从而变得释然一些，哪怕他看到后会骂自己是一个卑劣的小人。

现在，陈靖远说有人想找个写电影剧本的编剧，放下电话后，曼曼的心开始活络起来。如果能把这个心结变成电影，丑男有更大的概率可以看到。就让自己努力做个坏人，而让他得到一些安慰吧。

4

周周从陆子羽家离开后，觉得现在自己和陆子羽都需要冷静。那天没有结果的讨论后，她已经两天没接陆子羽的电话了。这让陆子羽深陷煎熬，并有些抓狂，就像是在战场上，自己认定可以把后背交给对方的战友忽然丢下了自己。

在陆子羽的微博和短视频账号上，经过两天时间的发酵，已经有太多的人过来刷屏和追问他，到底和顾天蓝什么关系，两个人发展到了什么地步。

有些粉丝表示，陆子羽是瞎了眼还是没见过女人，竟然会找顾天蓝当女朋友。

一些黑子则乐此不疲地排队刷着：女大三，抱金砖，女大三十送江山，女大三百送仙丹，女大三千位列仙班。

一些号称对娱乐圈阴暗面和潜规则了如指掌的所谓八卦号，也打了鸡血一样，连篇累牍地各种报道。比如说陆子羽能够从小网红杀进娱乐圈，完全是顾天蓝在中间起到了重要作用。这就像是在陆子羽的发展道路上钉下一根钉子，陆子羽如果不想被将来说忘恩负义，就必须满足顾天蓝的任何要求。

陆子羽给顾天蓝打过电话，想让她发条微博来证明下网上的新闻是无中生有。

顾天蓝一副无所谓的样子，数落陆子羽新人大惊小怪不懂规则："小老公，你怎么这么天真？现在这风口浪尖上，我和你不管说什么，都会被当成掩饰。只会让更多烂人添油加醋地加更多的戏。现在网上新闻维持不了多久的热度，既然你我心里都知道是假的，不如沉默就好。回头有比较大的明星闹出点什么事来，我们很快就会下了热搜。没人再会盯着不放的。"

被回绝的陆子羽想让导演出面为自己澄清，可思前想后，还是放弃了这个念头。毕竟导演出来说话，一是作不得准，二是容易让电视剧被视为无底线地炒作CP，这会妨碍到以后播出的效果，恐怕导演的选择就是婉言拒绝。

世上哪儿有这么巧的事，回过神来的陆子羽几乎可以判定，这应该就是顾天蓝一手进行的操作。不过对他来说，这让他有些狼狈到焦头烂额。毕竟这不是他所熟悉的游戏行业，他不知道怎么去面对众口。

但不发声是绝对不行的，陆子羽的认知里，不说话、不澄清就是默认。谁知道顾天蓝会不会在接下来有什么计划，总感觉她并不会放过自己。这个女人应该就是个无情的榨汁机，会持续地想办法来榨干自己身上的价值。

势单力薄的陆子羽想了很久，发现还是很有必要马上找周周商量对策。

他这才明白，为什么明星们一般都会选择一个比较大的娱乐公司签约，哪怕是以工作室的形式签约。因为这些娱乐企业都有控评的能力，如果自己也背靠大树，估计在谣言刚出现的时候，就已经被掐灭了势头。

周周穿着小熊的睡衣，一开门就看到冲着自己微笑的陆子羽。说实话，作为经纪人，故意失联，纯属周周的任性。原本和陆子羽合作，想的是尽量不去干扰陆子羽的决定。她知道陆子羽属于拥有自己判断和聪慧头脑的人，但忽视了他在娱乐圈里还是个萌新的事实，根本不了解圈中存在的一些手段和内幕。

她想让这件事给陆子羽一个教训，也是对两个人合作的一次磨合。这会让她在接下来的合作中变得主动一些，建议也能得到陆子羽的认可，而并非放任他继续一意孤行。

至于这么做有没有赌气的成分，周周以为是没有的。

她承认对陆子羽有那么一点点的好感，但也只是一点点而已。自己可是一个称职的职业人士，不会把日常的情绪带入工作中去。

陆子羽是第一次看到周周穿这么萌的睡衣，进门后他提醒周周要不要去换件衣服。周周横眉立目地表示这是自己的主场，不过心里对于陆子羽还算满意。如果他找上门来，第一件事就是责备自己，周周绝对会再冷置他几天，让他继续备受煎熬。

陆子羽从包里摸出个礼物，递给了周周，是她一直很中意的吾皇万岁的小毛绒玩具。

周周随意地接过来，丢到了一边，冷淡地问："什么事？你不是给我放假了吗？"

"我需要你。"陆子羽的手忽然放在周周的双肩上，特别认真地看着周周说，"现在我们必须要进行危机公关了，我可不想被人以讹传讹。"

周周好像不为所动，实际上如果仔细看的话，她的耳垂和脖颈有些微微泛红。

"要解决这个问题也不难，"周周分开了陆子羽的双手，抱着抱枕坐在沙发上，"关键在于你是不是听我的。"

"说说看吧。"陆子羽规规矩矩地坐下，像个面对班主任的小学生。

"把'吧'字去掉，不，把'说说看'也去掉。"周周有些得意地回答道，心情变得愉悦轻快了许多，"你应该跟我说，我按你的办。"

"那你也总要先告诉我你的想法吧。"不认命的陆子羽狡猾地打了个太极。

"你答应顾天蓝的要求吧！"周周的话，让陆子羽下一刻黑了脸。

"你也是无计可施了吧，怎么能把我往火坑里推？我觉得这事就是顾天蓝干出来的。"

"当然，不是她还有谁？这种事谁受益，一定就是谁做的。"周周不屑地看了陆子羽一眼，"现在你想破局的话，只能借力打力。"

"借力打力的方式就是你说的那种自污？"

"没错，你要主动地去跟顾天蓝约会，而且是频繁地约会。至于同居这件事要不要做，到时候看情况再说。"周周胸有成竹地说道，看到陆子羽想要发作的样子，连忙解释，"我会找一些熟悉的记者，跟踪报道你们俩的相处，把这件事无限放大。"

"真是个好主意呀。"陆子羽气呼呼地说，"然后等待网友对这件事继续议论，还是等着他们审美疲劳？"

"跟网友没有关系啦。"周周见陆子羽真要生气了，怕把事情搞砸，于是加快了语速，"我之前跟导演通过气，他现在是没办法站出来表态的。如果你和顾天蓝的亲热常态化，他可以在一定的时候，站出来举办一个发布会，说明这是为了拍好这部剧，让你们俩进行的男女朋友体验，顺便赞扬一下你的敬业精神。"

"为什么现在不可以？"陆子羽有些较真地问周周。

"现在？现在当然也可以，不过如果现在导演说了这样的话，你接下来到开拍前，就必须经常和顾天蓝在一起。而按照我刚才说的，偶尔在一起曝光那么几次就行了。你确定你要选哪一种？难道你对顾天蓝真的还有什么想法？"

"你赢了！"

梦 小札

1

他惊艳了你的时光,却再也没有温柔过你的岁月。

那人突如其来地出现,把你所有的节奏全部打乱后,又一脸无辜地离开。

他来了一阵子。

你收拾残局,却用了一辈子。

2

"我终于还是没有告诉子羽我暂时停笔的真正原因,不是因为忙,也不是因为陷入瓶颈,是怕自己深陷在故事里。他那般的人,想必也是不能懂的。我假装微笑的时候,内心一团糟糕。"

他最后一次上线,是系统提示的。我想了想,还是没有勇气去上前问一句:你还记得忘忧谷的曼曼吗?

在那之前我问过他:你还玩吗?

他说:卸载了,实在没空。

我也没有告诉他,当时的我,就坐在拐角的儿童滑梯边上,看着他的背影,硬生生掐破了掌心。

那个女人私聊我:别傻等了。

在她的空间里，我看见了他们在洛阳城琴瑟和鸣的合影。

那一天，凤凰失守，燕山古墓混战，我一直冷眼旁观，看着那群人失血而亡。

我没有说出口的话是：陆子羽，这江湖因你而来，也因你而去吧。

3

突然，就下了大雨。

我裹紧大衣，一咬牙，心一横，在屋檐下一众人惊诧的注视下，冲进了雨中。

这样多好，谁也分不清她是在流泪还是天在哭泣。

这场景，我对苏辞描绘过多次，苏辞每次都指着我说：我看你是纣王上了身啊，用搞笑掩饰悲伤。

哦，纣王，有时候在冬湖旅舍聚集的时候，我也时常会想起这个昔日战友。

纣王最初的名字早被遗忘了，倒是他改了这个名字以后就一直在寻找妲己的故事，更为大家津津乐道吧。

纣王是当初我和苏辞在襄阳城一起遇到的。

那时，纣王横冲直撞，有很多次，我都想偷偷在背后砍他几刀。

可纣王是个单纯善良的孩子。

我永远记得那一天，我正在洛阳城和陆子羽散步。

一连串夺命的电话硬是逼得我下线。

打电话的是个年轻的快递员，我恶狠狠地对着他说："不能放前台吗？"

年轻的他一脸惶恐地低着头，看都不敢看我一眼，结结巴巴地说："必……必须本人签收。"

快递员走后,我看了一眼物品,先是大笑,紧接着鼻子就酸了。

收件人写着:"不能亲自收件会拿刀砍人的曼曼。"

盒子里,是好几袋不同口味的红糖。

前日里,我在朋友圈发了一句:"肚子疼,嘴里苦,需要吃糖。"

后来,我也曾想过,如果冬湖旅社也有一个纣王,会不会更有激情一些。

只可惜,听说他去蓝水湾钓过几条鱼后就走了。

纣王说:曼曼,你和苏辞,一起回临安吧。

我笑:我嘛,嫁鸡随鸡嫁狗随狗,怕是未来都要跟着陆子羽闯江湖了。

纣王说:哇,我们曼曼居然嫁人了。

4

其实我悄悄去过临安,一个人喝了十几坛女儿红。

我差点以为我要留下了。

陆子羽说:往后余生,我带着你。

然后,我就仓皇出逃了。

那天,我刚穿上他送的新嫁衣。

第七章
猝不及防的转身

  很多时候人会思前想后，在做出决定前犹豫着这个决定会不会让其他人难堪，会不会影响别人的情绪和生活，又或者是不是让有些人感到难过和受伤。害怕如果这么做，就让人非议自己。

  其实，能不被情绪干扰，不被他人左右，直截了当地快速做出有利于自己的选择，及时转身，是一种了不起的能力和素质。尽管这样，很可能在大多数人眼里，代表了无情或者自私。

——题记

1

　　陆子羽觉得，自己应该是被中学时代的同学所厌弃的。大概率很多同学会觉得他有些装，不近人情，甚至说他是小人得志。可他对这些并不特别在意，毕竟在中学时代他就属于一个和别人来往不多的角色。
　　尽管很多人想跟他交朋友，可是他难得和谁表现出特别的亲密。像同学会这件事，就不是陆子羽所热衷的。尤其是和多年不见，又欠缺日常联系的一批曾经也未必很熟络的人。
　　同学这个身份的含金量是有很大活动空间的。关系好的，可能是铁瓷或者哥们儿；关系一般的，仅限于熟人；再次一些的，大概熟人都算不上，顶多算是个路人。
　　曾经坐在一个教室的缘分和关系，如果都用同学来界定，实际上是不科学的。
　　在他心里，同学会的必要性不大。喜欢和热衷组织同学会的，大多是自认为在毕业后混得还不错的翘楚，或者本性上相信人脉背景最重要的、喜欢钻营的人士。愿意参加的人里，真的是珍惜过去这段时间和感情的可能寥寥无几。大多数是想趁机构建新的关系网，有些甚至就是冲着曾暗恋或者明恋的人去的，并且有些不太纯洁的想法。
　　通知陆子羽这个消息的是中学曾经的班长，这货说起来可能是毕业后和陆子羽联系最频繁的一个，但也只限于在逢年过节的时候有个电话问候，从来没有什么见面和聚会。之所以保持联系，不是因为两个人中学时代有过什么特别好的一路同行，无非是过去曾经住过一个小区，算得上是邻居而已。
　　班长有陆子羽过去一直没换的手机号码，甚至有他曾经用过的微信。这两种联系方式对陆子羽来说，是留下来给一些亲戚和家人专用的。
　　"你应该是我们班目前为止，最有影响力的一个。"班长话说得颇有技巧，"所以同学会我们班的骄傲怎么能不来呢？"

面对这样小小的吹捧,陆子羽还是拒绝了。连客套的找个忙、没时间的借口都没有,直截了当地表示自己去不了。

于是电话里班长卡了壳,陆子羽能听到他在电话那端微不可闻地哼了一声,表示了自己的愤慨,但话依旧说得比较好听:"实在没时间就算了,虽然挺遗憾的。知道你忙,保持联系啊。"

本来陆子羽觉得这件事就算过去了,没想到电话挂断不久,他就收到了微信被拉入班级群的通知。

这回陆子羽倒没拒绝,直接进入了中学的班级群里,顺手改了自己的群昵称,写上了名字。这让群里一下沸腾起来。

"快看,咱们班的名人进群了啊。"

"陆子羽,同学会你参加吗?"

"楼上废话,不参加陆子羽怎么会进群?我就知道还是同学的关系铁,陆子羽不会摆架子。"

"大花,赶紧出来看明星啊。你上学的时候不是暗恋陆子羽吗?还给他写过情书,就是没胆量送过去。"

陆子羽有些恍惚。他点开了右上角的群资料,想看看群里的人都到底是谁。说实话,有一些同学几乎不认识了,看着名字熟悉,却想不出长什么样子。

他下意识地寻找着曾在心里让自己为她失落、紧张过的名字,意外地发现,她竟然也在,但并不说话。

"不知道同学会她会不会去。"陆子羽心里琢磨着,觉得对方应该和自己是同样的选择,毕竟在中学时代她比自己更不善交际。现在想起来,对方骨子里似乎不是清高,而是一种自卑,陷在了一种不为外人所知的自卑情绪当中。

她的沉默应该是怯懦,她游离在人群之外,其实是不想被人发现什么秘密,从而被嘲讽。

一个在很多人眼里并不出色的插班生,除非本身性格好,又具备一定的交际能力，实际上就像职场中空降的新人或者领导，是不太能融入原本的圈子的。大概她只把自己定位成一个路人，甚至没想过，班上会有一个男生对她产生过朦胧的感情。

想了想，陆子羽还是打消了私下加对方好友的想法。他怕会惊吓到对方，毕竟这么多年过去了。虽然自己心里还清楚地记得曾经萌动的感受，实际上可能真的加了对方也无话可谈。

暗恋这件事，当初没有促成陆子羽去接近她，哪怕是成为朋友的关系。他只不过远远地看着，心里就会随着她开心，或者失落。

"哎，陆子羽。"群里有个中学时代就尽显八卦潜质、在各个班游走、消息灵敏加嘴巴宽松的大喇叭女生忽然@陆子羽，"这几天净看你和顾天蓝的新闻了，你们俩到底什么时候认识的？关系发展到什么地步了？有没有准备结婚啊？"

"喊，结婚？一看你就不了解娱乐圈。"这个话题引起了群里不少人的兴趣，马上有人做出判断，"他们那个圈子哪儿有什么真感情，大家不过是玩玩而已。陆子羽，你说我说得对不对？"

"顾天蓝有什么好玩的？出道之后闹过的绯闻、小道消息没有一千也有八百。陆子羽要是真和她在一起了，那就是接盘侠。"

讨论向着奇怪的方向发展，陆子羽的脸越来越黑。

"你们省省吧，这事到底怎么样，当事人就在，直接问不就行了吗？都是同学，又是关心他，陆子羽肯定不会拒绝的。"

"就是，就是。陆子羽你放心，你说什么我们都会保密的。"

真无聊。

陆子羽心里焦躁起来，想起了周周交代他处理这段绯闻的方法。那丫头这次比较独断专行，替他拍板做了决定。这事让陆子羽本身就觉得像嗓子里卡了根刺，吞不下去又吐不出来。没想到加个中学的班级群，竟然又闹出了接盘侠的说法。

看来如果真的按照周周的计划进行，自己在同学眼里接盘侠的"荣

爱你身不由己，恨你情非得已

别睡太晚，梦会太短；别爱太满，物极必反

你再不来，我要下雪了

你不像任何人，因为我爱你

不够真诚是危险的
太过真诚是致命的

练习簿 相逢的人会再相逢

你永远是我的榜例

要不要尝试下新鲜的事物？比如……喜欢我

练习爱

恋爱废物回收

没有爱情的人不伤心

唯有虚心恋爱，才能不辜负野心

我一直在，你可以反复跟我确认

你要是愿意，我就永远爱你
你要是不愿意，我就永远相思

人生不如意之事十之八九，你是一二

誉"就会变得根深蒂固。哪怕最后由导演出面做了澄清,在一段时间内,自己也会成为这些人眼中的话题和笑柄。

"你们真无聊啊。"陆子羽直接敲出这行字,没有再继续看群里的讨论,也选择辜负了一干八卦党对他的疯狂@,更没有理会有不少同学的好友添加申请。

他心情糟糕到连个招呼都没打,就默默地关掉了这个群的消息,放下手机后,走入浴室用冷水洗了把脸,才让自己冷静下来。

很快,周周的电话就打了过来,她志得意满地宣布,自己已经安排好了一切,通知陆子羽做好心理建设和准备。她已经私下约了顾天蓝,准备谈一谈陆子羽和她约会恋爱的问题。

挂掉电话,陆子羽心中的燥郁变得更加强烈,像海浪一样,一波波地冲击着沙滩,让他内心得不到片刻宁静。

2

周周突如其来的电话让顾天蓝想了很多。她不知道陆子羽的经纪人找自己到底有什么事情,简单说这通电话被顾天蓝归纳为意外。尽管之前试拍的时候,陆子羽的这个经纪人都在,可是顾天蓝和她之间没有太多的交流,这个年纪不大的经纪人似乎很在意陆子羽的圈子。除了让陆子羽表现出对她像陌生人一样礼貌外,不太愿意和自己攀谈。

顾天蓝自诩聪明的脑子转了几个圈,终究还是没有接听周周的电话。她需要时间来梳理一下思路,分析下周周的目的,觉得有把握后,再和周周通话建立联系。

在她看来,这通电话的目的无非有几种:也许是对网上自己和陆子羽满天飞的绯闻不满,所以想跟自己摊牌,表明态度,要求自己配合来澄清这条绯闻。这事顾天蓝肯定不会考虑,之前陆子羽打电话提这个要求都被自己巧妙地拒绝了回去。那么,有陆子羽之前的被拒做铺垫,周周还来提这个要求的话，她心里就做好了鱼死网破的准备。这还真让人感到有些棘手，毕竟作为一个经纪人，肯定知道如何去做相应的控评和公关。

想到这儿，顾天蓝先给帮自己偷拍的狗哥以及做炒作和网上爆料的"死肥宅"去了个电话，询问自己要他们做的事情有没有其他人知道。得到两个人肯定的回答后，顾天蓝的内心才算平静下来。只要周周不是通过关系拿到了自己在背后推动一切的证据，那么就没有什么可怕的。

很多事都是这样，也许聪明的人能够知道事情背后的真相是什么。可在掌握确凿的证据之前，根本对事情的发展没有任何帮助。起码，像现在这样，只要证明不了自己背后的推动，陆子羽也好，周周也罢，都没办法在网上实现翻盘。

被挂掉电话的周周气不打一处来。她几乎能想到顾天蓝故意不接电话时的得意。这就是传说中的风水轮流转。不像试拍和新闻发布会后，顾天蓝想蹭一蹭陆子羽这个流量，主动且殷勤地来跟自己这个经纪人说这说那时那么好说话，肯定是觉得掌握了主动，所以到位地摆起了小架子。

按照一般人的想法，既然你不接，为了办事要么我就继续打，持续地打，打到对方关机或者拉入黑名单；要么就是掀桌子表示不玩了，你走你的独木桥，我走我的阳关道，宣战，想办法来面对现在的局面。

周周知道，这两种做法都特别幼稚。在处理问题的时候，非黑即白走极端的思路，往往会影响甚至改变整件事的进程，甚至让事情失控到一个不能挽回，只能随波逐流、见招拆招的地步。

身为一个虽然爱吃波板糖，实际上根本没那么幼稚的经纪人，周周也是在风刀霜剑严相逼的圈里打过滚上岸的，自然明白其中的度应该在什么地方。

周周没再打电话，而是选择给顾天蓝发了一条现在几乎没什么人会主动去使用和关注的短信。内容短小而精悍：找个地方聊聊，我和你有共同的利益。

这次很快，顾天蓝给出了一个见面的地点。

周周和顾天蓝在一家猫咖啡厅的角落里对坐着。像是武林高手要马上进行决战一样,谁也不说话,只是看着对方。两个人谁都没有先回避对方的视线,像是谁先回避谁就输掉一样。

一直在撸猫的周周忽然脸上绽放出了得体的微笑。这让顾天蓝整个人的气势一松,然后马上认识到自己输掉了第一个回合。

"什么事?说吧。我没太多时间。"顾天蓝马上采取了给周周施压的问话方式,来弥补自己刚才的疏忽。她心里还是觉得自己比周周更能掌握主动,毕竟是周周来找的她,必有所求。

"我是一个经纪人。"周周淡然开口道,"你也有过经纪人,明白经纪人的目的是什么。毫不避讳地说,赚钱。至于和艺人的关系如何好,大家都是在飙演技给外人看。到最后,艺人没有价值了,我们会刻薄寡恩,放弃艺人或者敷衍艺人,把他打入冷宫。如果艺人红了,很可能不愿意再演下去,会签更苛刻的经纪约,也许分分钟我们就分道扬镳。"

"你到底想说什么?"顾天蓝听到周周的话,忽然心里窃喜。她发现周周约她的目的和自己推测的不同,而刚才开场的话,似乎让自己有机可乘。

"关掉你手机的录音。"周周忽然看了一眼顾天蓝似乎随意搁在桌上的手机,冷笑着说,"否则就当我们两个没有见过。"

顾天蓝丝毫不觉得尴尬,拿起手机,直接关机:"现在可以接续了吧,我这是个人习惯。"

"直白点说,陆子羽只是我的合作伙伴,无关乎是否忠诚。我要的是钱,更多的钱,之所以选择陆子羽是我觉得他的潜力,能在他和我翻脸前,为我带来更多的财富。事实上从某种角度来讲,我和你才是一种人,目标明确,不择手段。"周周自嘲地笑了笑,"无非你想要的是名气,是更多的粉丝,更高的地位,我要的是钞票。所以,思前想后,在陆子羽这个麻烦精不愿意配合的情况下,我觉得我应该主动点跟你联手做些什么。"

"哦,你有什么想法,或者说能帮到我什么?我觉得现在已经不错了。

不需要做什么别的事情。"

周周站起身:"那就不用谈了,对吧?我只想告诉你,陆子羽起码现在对我还是信任的,这种信任其他人根本得不到。而堡垒最容易攻破的地方,永远不是外面,而是内部。"

顾天蓝拉住了作势要走的周周,很现实又精明地从包里掏出一个精致的盒子,塞进了周周的手里:"我第一次见你就觉得格外合拍,这是早就准备送给你的礼物。"

周周重新回到自己的位置,坐下,拆开盒子,里面是一条价值几千块的丝巾,很是精致。

"我愿意为了自己的事,来做一次无间道,配合你在陆子羽那里得到更多。不过你要告诉我一句托底的真心话。你对陆子羽到底是什么想法,是为了借势,还是真想把某些感情坐实?"

"如果是后者呢?"

"那我只能说我可能做不到,再信任我,陆子羽也是个有自己主见的人。"周周讥笑着看着顾天蓝,"我一直觉得,做人第一不要太贪,白日梦除了让人一时舒服,对于事情本身不但没有积极的作用,反而会影响到正事。第二,既然决定合作,未来相处得怎样现在不考虑。但一定要在合作的时间,说真话,大家猜来猜去,云山雾罩,会影响到事情的发展。"

顾天蓝笑了笑,很牵强。她发现自己小看了陆子羽这个年轻的经纪人。虽然看起来天真、简单,实际上绝对是个能游刃有余地在圈中摸爬滚打的狠角色。

顾天蓝发现,从这次见面开始到现在,自己一直处于对方的节奏中,跟着对方的思路走来走去,完全失去了主动。这和自己一向要求自己来掌控节奏的习惯根本不吻合。

"那我想想吧。我还有个戏,需要去试一个角色。"这次起身往外走的是顾天蓝,"如果我做出了决定,会通知你的。"

看着顾天蓝走出去,周周低声自语:"虚伪。"

她把丝巾重新装进盒子里,拍照,上传到闲鱼,写了一个标题:一个沙雕送的礼物,想收买我。不想要了,低价出。

3

曼曼和苏辞在杨梅竹餐厅见面了,陈靖远很开心,觉得没什么比能帮到自己喜欢的女孩更令人愉悦的事了。

他大方地宣布今天一切免单,并且推掉了好几个路过进来吃夜宵的顾客,死乞白赖地坐在苏辞和曼曼那桌,三个人形成了一个三角形。

陈靖远不知道苏辞什么脾气和性格,但是知道这个女人说话简单、直接,并且足够犀利。而曼曼在他看来又是那种情商不太高的女孩,他唯恐这个自己好不容易牵线搭桥组成的局,最后闹到不欢而散。

苏辞开门见山,简单地介绍了自己,然后说自己需要一个精彩的剧本。她随即就对曼曼说出了陈靖远觉得会让事情糟糕的话:"你网上那本正在连载的小说我看过,应该算半个标题党。我男朋友的女朋友们,名字比较吸引人,文笔也不错,只是故事不够新颖,还是老一套。"

"我没想着把那本书改成剧本。"曼曼摇摇头,"实际上我甚至想停更这本小说。因为我有更好的故事和想法,而且能够保证它很真实,能打动人,或者让人反思。"

"你自己的故事?"陈靖远追问了一句,觉得这样能让自己发挥打圆场的作用。

曼曼咎菁地看了他一眼,继续对苏辞说:"这是一段游戏中发生的感情。"

"那还不错。"苏辞点点头,"算是加入了游戏的元素,如果你能写出共情的话,应该能吸引不少游戏玩家。"

"你有没有玩过《临时客栈》?"曼曼用询问的语气跟苏辞说。

"我没时间。"苏辞愣了一下,语气突然异常温柔又显得奇怪的落寞,

"再者我也不太喜欢玩游戏,从大学时代开始,就不怎么玩了。"

"那你的人生还真是苍白。"曼曼不知道怎么,发自内心地冒出了这样一句感叹。

"可不能这么说。"陈靖远打断了曼曼的话,"你看我,也不玩游戏。我就喜欢做饭,不也一样每天都很开心?人追求的不一样,你看人家苏辞,这个年纪就是金牌制作人了。在同龄人里绝对算是这个。"说着,陈靖远挑起了大拇指。

"如果没有玩过这个游戏,我怎么讲这个故事,她都是没有代入感的。"曼曼语气坚定,也不知是对陈靖远还是对苏辞说道。她回忆起了在游戏中的种种,忽然无法遏制地想知道丑男现在到底怎么样。她摇摇头,想把这种感觉完全甩出自己的脑海:"我觉得我犯了一个错。在这个游戏里,亏欠了一个人。"

"那你的意思是?"苏辞追问了一句。她隐约捕捉到了曼曼的想法,感觉到有些小小的惊诧,又希望自己的猜测能在曼曼接下来的话里得到肯定。

"我建议你回去下载这个游戏体验下。"曼曼笑了,"哪怕是体验一两天,了解这个游戏。我们再见面,我可以把我的故事讲给你听,那么你的感受会深很多。"

"我可不可以这么理解。"苏辞停顿了下,"就是说,如果没有玩过这个游戏的人,就不会对这个故事产生共鸣,即使是拍成电影?"

"那倒不是,因为电影可以通过镜头把故事和游戏的特点完全表现出来。其实,游戏只是一个引子,没那么重要,任何游戏都可以作为这个载体。"曼曼好暇以整,继续解释,"如果只是我来讲的话,并不能体现得那么生动,而且,我有一种奇怪的感觉,你也会和这个游戏产生不一样的交集,我希望那样我们的交流更深刻。"

"你是个有意思的人。"苏辞并没有对这次见面有什么不舒服的感受。在她接触过的编剧中,很少有人像曼曼这样,会提出类似的要求。因为从一个写字的作者,到影视编剧,是行业上的转变,也是一次提升自己收入的机会。面对这种机会,绝大多数人会感到惊喜,会恨不得马上把自己的故事和创意讲述出来给她听。

恰恰见多了这样的人,苏辞觉得曼曼是独特的,是对自己的作品负责的,是追求作品的质量的。这种认真,甚至认死理的做派,就是苏辞想寻找的编剧身上应该具备的特质。

"我只是不想随便地去做一件事。"

陈靖远不知道表面看起来算是平静的苏辞到底内心是什么状态,会不会因为曼曼拒绝讲出故事而愠怒,他连忙摆摆手:"我觉得还是按现实情况来吧。曼曼,你回去组织下这个故事,最好能出个大纲。苏辞,你要是实在没时间的话,也不用非去玩这个游戏。"

"那不行。"苏辞和曼曼异口同声说出了这句话,让陈靖远愣了一下。

苏辞和曼曼对视一眼,笑了笑:"我很期待你的故事,也很希望它最终能够在大银幕上让更多的人看到。"她伸出手,见面之后首次和曼曼握了手。

曼曼想了想,说:"到底有多少人会看到,我并不期待。我只想一个人能看到就好。"

"这也是故事的一部分,是你的目的。"苏辞好奇起来,"是不是如果没有这个人,你根本不会选择今天和我见面。"

"也许吧。"曼曼的眼神变得有些空洞,像是在回忆着什么,她柔声细语地慢慢说道,"其实我只想按照自己的想法过日子。至于写小说也好,写剧本也好,完全看自己的兴趣和心情。"

"说的什么傻话,一点上进心也没有。"陈靖远故作生气的样子,装出鄙视的表情看了眼曼曼,"今天就这么定了啊。你们俩等着,我早就煲好了汤,咱们以汤代酒,预祝你们两个人合作能够成功。"

苏辞看看手腕上的表:"不了,下次吧。我觉得有故事佐饭会让我胃口更好。今天还有个会,必须要去参加,不能缺席的。"

"这大半夜的还要开会,真辛苦。"陈靖远啧啧了两声,"想出名就是不自由啊。"

苏辞走了,曼曼小口喝着陈靖远端来的汤。陈靖远坐在一边,看着曼曼认真地吃饭,心里充满了满足感。

曼曼的手机响了起来,陈靖远马上激动地说:"快看看,是不是苏辞?是不是她还有什么事刚才没跟你说明白?"

曼曼瞟了一眼手机,脸色马上变得不好起来,眉头紧皱。陈靖远关切地问:"怎么了?出什么事了?"

曼曼把手机翻过来放在桌子上,手机还在不屈不挠地发出嗡嗡振动的声音。

陈靖远用询问的眼光看着曼曼,想从她这里得到一个答案。

"是马豆豆。"曼曼努力装出若无其事的样子,对陈靖远说。

陈靖远霍地站起来,猛拍桌子:"是这孙子,他现在还有脸给你打电话?你也是,怎么没有拉黑他呢?你接,问问他在哪儿,什么事。我今天不过去把他打出绿屎来,算他小子没吃韭菜!"

"算了。"曼曼摇摇头,"我不会接他的电话的。他怎样都跟我没什么关系。"

"那就拉黑他啊,放入黑名单。免得天天被这孙子骚扰,坏了心情。"陈靖远气呼呼地说,"就这么愉快地决定了,拉黑他这件事,是你现在来,还是我替你来!"

4

如果要形容陆子羽现在的感觉,说像是马上要上刑场有些夸张。但绝对是学渣面对突如其来的重要考试,没做好任何准备一样,头皮发麻,觉得无法面对是肯定的。

他站在镜子前,任周周帮他收拾着今天的装束。周周给他选了一件紧身的亨利衫,特别能显示他的身材。

"陆子羽,没想到你挺有料啊。"周周调笑着,想让陆子羽放松下来,"这也没看你怎么锻炼啊,游戏宅男竟然还有腹肌。怪不得顾天蓝对你念念不忘,垂涎欲滴呢。"

"请别在我面前说那个名字好吗?亲爱的经纪人大人。"陆子羽苦着脸,没有丝毫配合的样子。

"今天可是你和顾小姐第一次正式的约会呢。"周周把"小姐"两个字特意发出了重音。

顾天蓝绷了一天多的时间,看到周周没有再联系她,终于还是忍不住了。她的城府大约也就在不动声色、特别能苟的水平线之下,总想做出一副我不在意、随缘佛系的样子,却有一颗火热、主动、想掌握一切主动的心。

在周周的定位里,顾天蓝的性格可以被誉为一代强攻。这种性格是不可能让自己有太多拖沓的时间的。就像见了腥儿的猫,三两下就会忘掉所谓的矜持和后发制人的等待。

有心机的顾天蓝委婉地提出了要求,要周周帮她说服陆子羽,答应跟自己展现出一种恋爱的状态。

周周了然于心地表示,这也正是如自己所想所愿。

在统一了这个想法之后,顾天蓝就迫不及待地说自己要跟陆子羽来一次约会,约会的时间和地点很快她就发到了周周的手机上。

约会地点有些特别,陆子羽和周周开车走了将近一个半小时的时间。

陆子羽全程黑脸,根本不想和周周有任何交流,任凭周周口吐莲花地要他配合,不要给顾天蓝太多脸色,导致关系崩塌。

对顾天蓝的想法,周周心知肚明。这个女人选择在顺义的一家温泉见面,并且包了一个独立带小泡池的独院,无非是因为泡温泉的话需要穿泳装,能够展示一下身材。而男女穿着泳装在独立的院落里泡温泉这件事,在常人的认知里,不是夫妻,就是情侣,或者是一家人,属于关系特别密切的那种。

顾天蓝是想通过这个行为,来确定自己跟陆子羽的关系已经属于板上钉钉那种。这代表着她对周周并没有完全信任,而只是将计就计地给予利用。只要你能把陆子羽带来,不管这次约会的结果如何,哪怕闹僵,有一些照片视频之类的,就能给这段子虚乌有的感情做一次加码。

不管是安排好了人偷拍,还是顾天蓝假装习惯性地自拍,拿到想要的图片,这几乎已经成为定局。

带独立小泡池的院落,一般是以 24 小时计费的,里面都有几个可以休息的房间。顾天蓝一定是做好了当天不走的计划,一是能够跟陆子羽相处更长的时间,有利于她计划的推进和发挥;二是两个人一起过夜的场景怎么可能错过,说不定到时候顾天蓝会舍身给陆子羽,成就一段露水姻缘。能做到这一点的话,那陆子羽就成了顾天蓝嘴里的菜,想吃就吃,想吐就吐,完全由这个女人掌握了主动。

"我忽然不想去了,我觉得还有其他办法可想。"从车前的玻璃窗看到说好的那家温泉的大门时,陆子羽终于退缩了。他把身子蜷缩在副驾上,一副生无可恋的样子。

"开弓哪儿有回头箭。"周周根本不会给陆子羽反悔的机会,踩了一脚油门,加快了车速。

"我觉得我们再商量下。"陆子羽诚恳地说,"停车,你先停车。"

"在下车之前,戴上口罩,戴上帽子,戴上墨镜。"周周根本不接陆子羽的话,"虽然我们的目的是让更多人看到你和顾天蓝约会,但是现在还要保持一些神秘感。如果被在这里的客人看到,说不定就会出横生枝节。"

陆子羽忽然问:"周周,要不我们推掉这部戏吧。你这部戏能拿多少提成?我个人补给你。"

"你信不信我现在不停车朝着大门撞过去?"周周瞪了陆子羽一眼,"这么大个男人,遇到这点小问题就要认怂了,这不是明显向顾天蓝投降吗?再说了,现在不是戏的事,是你和顾天蓝恋情的事。就算我答应你和剧组解约,对于八卦谣言也于事无补。顾天蓝照样可以借这些事情继续蹭你的热度。比如说你见异思迁,觉得红了就要甩掉她这个陪伴你、给你资源入圈的糟糠。到时候,不但恋情被确定,你还会变成人人喊打的陈世美。"

陆子羽认命了,闭上眼躺在副驾上:"你们成年人的世界真复杂,且险恶。"

"别想了,你就从了吧。"周周不想继续让陆子羽为这件事糟心,避免一会儿出现什么不可控的冲突,赶紧转换话题,"你这段一直在忙这件事,游戏公司可是没怎么去了,也没问问生意怎么样。"

"目前不重要。"陆子羽听到这个话题,来了精神,"不过我这些天冒出了一个新想法,你知道我之前玩那个游戏吧,《临时客栈》。我觉得那款游戏里有很多可取之处,结合之前我在游戏公司策划的创意,应该能出一款爆款的游戏。"

"你就这么自信?"周周说,"没见过你这么当老板的,公司就全部自动化了,没时间去,也总要打电话过问一下吧。"

"没必要,我在娱乐圈是个外行,在游戏行业我敢说比我出色的人不多,嗯,应该是没有。"

"那我给你个建议。"周周圆滑地把话题扯到了当下的事情上,"你就把今天和顾天蓝的相处当成一个游戏任务。她就是一个比较有难度的NPC,能够相处得比较和谐,你才能通关。"

"我讨厌NPC。"

车子在停车场停下,陆子羽按照周周之前的交代,把自己全副武装到走出来连自己亲妈都认不出的地步,拉开车门下了车,跟着周周向着定好的院落走去。

这是一个类似四合院的建筑,绕过照壁墙,就是三个大小不同的泡池。院子精心设计过,摆放着一些自然气息十足的石头,由茵茵的绿草地和卵石的小路,把三个泡池连接起来。

听到门口的动静，已经恭候多时的顾天蓝从屋内走了出来。她穿着一身黑色的比基尼，为的就是彻底地暴露自己一直自傲的身材。说实话，这个女人的容貌虽然是整过的，但天生的身材比例还是极出色的。

尤其是在选择比基尼的时候，她选择了那种国外海滩常见的款式，最大的特点就是窄，把身材勾勒得更加火辣诱人。

陆子羽抬头看着天空，盯着一片云入神。周周用胳膊碰了碰陆子羽，低声说："喂，你怎么了？别给我掉链子啊。她又不是老虎。"

"辣眼睛。"陆子羽咬牙切齿地低声说，"我忽然觉得，是不是你和她一起坑我。"

顾天蓝走过来，娇笑着说道："呦，小老公，你来晚了呢。你说，我该怎么罚你？"

说着，她不动声色地挤开周周，亲热地挽住了陆子羽的胳膊，倾斜着身体，把胸部两个半球恨不得挤进陆子羽的身体里。陆子羽像被火烫到了的猫一样，一把推开了顾天蓝。

"哪儿有厕所？我上个厕所。"陆子羽狼狈不堪地落荒而逃。

顾天蓝得意地笑了起来："记得一会儿换泳装出来啊，我还是跟你第一次泡温泉呢。你用不用我给你搓搓背？"

念　小札

1

那天，我做了一个很长很长的梦，仿佛有一个世纪那样漫长。

梦里，我是一个逃犯，我一直在奔跑，在逃亡。

即便是在梦里，即便很真实，我还是比较清醒地知道这是在梦里，只是这个梦让我觉得太压抑了。

我很努力地从梦里逃脱。

醒来后，分针清楚地告诉我，其实我只睡了十五分钟。

我不断告诉自己，这只是一个梦，依然感到惶恐不安。

一辈子可以很长，长不过一刻。

一辈子可以很短，短不过一生。

一辈子，只在你的一念之间。

2

突然，脑子里就浮现出两个字：梦蛊。

3

佛格村的路边，常常有一头望着远方的小鹿。我每次经过那里时，都会忍不住停下来，站在它身后和它一起远眺。

有时候它会来回走动，似乎在逃避我，又似乎想要带我找到某个确切的地点。

我告诉过陆子羽,他说我肯定看花眼了。

我想,也许吧。

其实,我一点都不喜欢佛格村,尽管这里的人都很努力。

总是有些许疏离感,那种面带微笑的客套寒暄。

就好像再次遇到的陆子羽。

他不在的时候,我更喜欢静静地坐在寒霜岭。

苏辞说:你似乎在他面前就会乱了方寸。

嗯,就像他说我时常花了眼。

我总是觉得他的周遭安静得可怕,唯恐一个呼吸过重,就惊扰了这一切磁场。

怕打乱了他,就只好乱了自己。

4

苏辞说:你这一天天,到底为了什么?

我笑:大约是,为了埃布利亚。

这一个大转场,又多了很多人,陆子羽还是陆子羽,却又不是陆子羽。

第八章
有些事，我知道而你不知道

    有些人，再遇到是一件特别幸运的事情，尤其是在你已经不抱希望和他有所交集的时候，发现实际上他就在你身边，没有走远。

    有些事，被命运安排得曲折离奇，是一种特别的际遇。你知道，和你一直紧密关联的人却并不知道。这就让知道的人多了几种选择的机会。但这多个选择的机会，可能是快乐，也可能是煎熬。

——题记

1

曼曼觉得自己应该是开心的，陈靖远的介绍如自己所愿，像是给了她一个终结自己内心里对丑男略有愧疚的机会。尽管她知道游戏之外，她可能一辈子都不知道丑男是谁，更别说有什么联系和交集了。

很多时候，人要面对的不是别人，而是自己的内心。在这点上，曼曼觉得王阳明的心学的确有可取之处。并不是什么唯心主义，而是很现实的事情。

跟苏辞的见面，应该是开启了自己的幸运属性。一如俗话里所说的那样，时来天地皆同力。

虽然没有接马豆豆的电话，并且在陈靖远的强硬要求下，拉黑了这个背叛自己奔向一个千人一面式网红怀抱的男人，可曼曼还是在第二天上午看到了苦着脸、像一只犯错之后的沙皮狗一样可怜兮兮的马豆豆。

这个贱男竟然好意思找上门来，而且丝毫不怕丢人，堵了曼曼住处的门口。

长得丑却一向以为自己格外潮流精致的马豆豆这次看上去和之前格外不同，平素用发蜡打出上海老克腊式精致发型的他，头发软趴趴地贴在头皮上，看起来完全是一只斗败后无精打采的小公鸡。

脸上挂着两个黑眼圈，宛如有了国宝大熊猫的基因。至于脸颊上醒目的抓痕，应该是和某个留着长指甲的泼辣女子冲突后得到的馈赠。

马豆豆觍着脸，强撑起一个笑容，在曼曼开门的瞬间，用身体挤开了门缝。

曼曼猛地关门，挤得马豆豆痛苦的面部抽搐了一下。就像最好的演员一样，马豆豆迅速地来了情绪，眼泪像自来水一样，马上打湿了面庞。

"曼曼，别别别。我知道自己错了。"马豆豆一脸凝重中带着无辜和凄惨，"我鬼迷心窍，上了那个女人的当。"

曼曼冷冷地看着眼前之前觉得挺贴心、没什么毛病的前男友，眼神里冷得能凝出冰来。

"我被骗了，她跟我结婚完全不是因为有感情，而是觉得我有钱。结婚后根本不拿我当人看，发现我满足不了她的要求后，根本连床都不让我上。"马豆豆发出一声短暂的抽泣，但这完全不影响他对着曼曼诉苦。

曼曼咧着嘴笑了，自己都觉得自己笑得特别像恐怖片的女主角一样，让人心里发寒："所以呢，你就有了现在的发色？"

她的眼睛看看马豆豆刘海挑染的颜色，那是一种水草的绿色。这让她心里对马豆豆更加厌烦，而且这种厌烦几乎成了生理性的厌烦，觉得这就是个肤浅而贱格的小丑。

心中依稀留有的一些恨和遗憾，在这瞬间就被横扫一空，莫名其妙地拥有了分手后真正的平静。

马豆豆这个人，从此不再有资格成为她内心里那根偶尔能够让她隐隐作痛的刺。

她知道，自己完全从那场失败的感情里走了出来。

马豆豆颠三倒四，翻来覆去地重申着自己的所谓悲惨的遭遇，不过是个简单狗血的故事。除了让曼曼觉得报应不爽，但自己很爽外，丝毫没有什么新意。

他那个端起来的女主播妻子，在看清这是个没有钱打底的草包绣花枕头后，很快就移情别恋，爱上了一个体形肥胖、面部五官挤在一起像包子、整体看起来像个球的老男人，并且丝毫不避讳在直播中跟这个男人聊着荤素不忌的话题。

愤怒的马豆豆和她因此吵了几次，被对方一怒之下撕破了面皮，甚至赶他出门，该滚到哪儿去滚到哪儿去。

郁闷的马豆豆出去借酒消愁，在外浪荡了几天，等着女主播能冷静下来，决定回去跟对方商量能不能好好地过日子。结果在自己的婚房里，他发现了女主播正在抱着那个人形皮球滚床单。被撞破奸情后，她不但没有丝毫慌乱，反而点了根烟，跟新宠介绍说，这就是自己瞎了眼找到的窝囊废老公。

马豆豆想要证明自己的尊严和武力值，实际上这些都不值一提。他被一顿男女混合双打后，被逼签了离婚的协议，除了几件衣服外，马豆豆就这么被无情地扫地出门了。

马豆豆带着热望看着曼曼，相信曼曼对自己一定仍然余情未了。这种判断来自之前曼曼在一段时间内，总是频繁地打电话痛骂自己。在他的认知中，只有爱得越深，才会恨得越狠，没有若无其事的麻木就好。只要自己表现得诚恳，再略施小计装装可怜，就能和曼曼回到过去恋爱的状态。

对于一个身无分文、负债累累、没有住处的被欺骗的男人来说，首要的就是找个地方住下来，然后再徐徐图之，重新让生活回到正轨。

看曼曼听自己唠唠叨叨半天，并没有赶自己滚蛋的意思，马豆豆的心思格外活络起来。

"其实那件事也不能怪我。"马豆豆脸上带着一丝羞涩的表情说，"曼曼，你知道我是个正常的男人。咱们俩认识两年多，你根本不让我碰你。我之所以犯了不能原谅的错，也是因为我抵挡不住荷尔蒙的煎熬啊。"

听他这么说，曼曼笑了。这笑容让马豆豆发现，这个被自己骗过的女孩，这会儿的笑容真的让自己有点痴迷和心动的意思。当然，他也看到了自己如意算盘再次打响的机会。

曼曼拿出手机，打电话说："我要定一个位置，对，你们给我准备最丰盛的餐单，我一会儿就到。"

这简单的对话，让在一边听着的马豆豆如奉纶音。他判断曼曼应该是已经原谅了自己，重新开始需要一场有仪式感的美食之旅，开启情感的重逢之路。这让马豆豆有些志得意满。

曼曼的手在手机上灵巧地拨号，马豆豆向前走了一步，试探着跟曼曼产生一些身体上的接触，好让两个人重新开始的事情有个更快促进情感的关系，却被曼曼抬腿，一脚蹬在了肚子上，跟跟跄跄地倒退着出了门。

曼曼冷冰冰地看了一眼马豆豆："物业吗？我这里有人上门骚扰，请找几个保安过来把他带走。对,我根本不认识他!"

马豆豆瞪着眼,嘴巴张大合不拢,像一只被丢到岸上、吃力呼吸保命的鲶鱼一样,露出了意外的眼神。

挂掉电话的曼曼狠狠地关上门,声音有些发闷地从门里传到马豆豆的耳朵里:"你自己走还是一会儿被赶走,自己决定,以后再让我见到你,就不是叫保安,而是报警了!"

心情愉悦的曼曼哼着歌,开始刷牙洗漱,坐在化妆镜前把自己认真又细心地打扮得美美的。她看着镜子里的自己,忍不住告诉自己:"这真是元气满满、开心愉悦的一天啊。"

2

朝阳区美食排行榜第一的韩食餐厅,曼曼坐在一张大桌子边上,显得有些孤单的样子。不过看着桌子上满满的美食,她的心情马上变得更加畅快起来,有些想要放飞自我的感触。

这家韩食餐厅是马豆豆曾经多次推荐,号称要带曼曼过来一起品尝美食的地方。因为曼曼比较懒,不太乐意出门,所以一再被搁置。

曼曼觉得现在自己到这里来享受美食是一种颇具意义的行动,是庆祝自己彻底丢开了那段不堪回首的感情,是彻底迎来了新生的时刻,是一种马豆豆不可能再看到,曼曼却觉得有些示威作用的结束。

女人的心思就是如此,是别人不可揣测的。有些行为看上去幼稚而没有实际意义,对她来说是甘之如饴,是特殊的节日。

这桌美食曼曼花费了平常自己半个月的伙食费,她自己并没有全都吃下去的能力。但是她觉得值,哪怕看看都是好的,都是没有辜负自己人生的表现。之前曼曼考虑过,是不是喊要好的闺密一起,来见证自己彻底走出了过去的阴霾,后来又否定了这个需要人陪的念头。

因为她脑子里在闪过几个人选之后,忽然发现自己竟然想,如果丑男和自己都在玩游戏多好。假如自己把马豆豆厚着脸皮来求自己复合这件事告诉对方，他一定会表示对自己的祝贺，也会理解自己现在一个人吃饭庆祝的选择。

曼曼马上打住了自己这个不切实际的想法，她不愿再深想下去了。她质问自己是不是对那个被视为实验对象的丑男有了一种难以名状的感情，这种可能性让曼曼有些惶恐，不太敢继续做深入的分析。

"大概就是因为觉得对不起他吧。"曼曼匆匆给自己这种反应下了个结论，觉得那件事也可以完美地翻过篇去，不再影响自己的心情了。

在书友群里，曼曼找到了那天提问的书友，给了他一个简单的回答。

她说："性别重要吗，还是你的感受重要？别人的议论重要，还是你拥有的感情重要？"

这，真是她看到丑男销号之后的心里话。

她隐约有些担心，如果自己说一些在大多数人看起来正常的规劝的话后，那位书友就会辜负了对自己身边可能是同性的感情，从而变得像发现自己对男生有好感的丑男一样，彻底陷入一种痛苦和煎熬、自我怀疑的节奏中去。

曼曼决定给自己找点事做，以终结自己胡思乱想。她拿起手机，开始拍桌子上的菜，拍合影照，然后发朋友圈。这是她另外一个手机号码注册的微信，是用来和书友之外关系更亲近的人联系的方式。

她在配图上写："一切都结束了，一切又开始了，开心，从今之后，每天都是快乐的一天。"

看着新鲜出炉的朋友圈，曼曼拿起了酒杯，把杯中的清酒一饮而尽，然后又给自己倒了一杯，端起来继续一饮而尽。她的脸马上变得红扑扑的，眼神也开始有些迷离的醉意。

一杯敬过往，一杯敬时光。这句网上烂俗的话，让曼曼在这一刻产生了一种认同感。

穿着韩国传统服装的女服务员，端着一盘活章鱼走了过来，转了下桌子上的转盘，把这盘活章鱼放下，又转到曼曼的眼前。

曼曼满意地说了声"谢谢"。这种活章鱼简直就是韩剧中的镇剧美食啊。之前曼曼还对这道菜心有阴影，今天借着开心和酒劲，她决定来做一次尝试。打破边界的快感，真的是会让人心有期盼的。

她夹起一只还在蠕动的八爪鱼的触手放进嘴里。入口后，像吃面一样，靠吸力把一只不大的八爪鱼放到了口中。那种带着弹性和韧劲的口感非常不错，不知道厨师做了怎样的处理，只感觉到了鲜，而没有那种想象中的感觉。

可很快曼曼就变了脸色，章鱼在口腔里蠕动着，却并不顺服，似乎是要反抗自己成为菜肴的命运，它有着能令食客感觉到的抗争。触角上的腕足，在这个时候发力，牢牢地吸住了曼曼的口腔，堵住了曼曼的食道和咽喉。

像是吃了很多根鱼刺卡住了自己的感觉，曼曼猛地摸住了脖子，另外一只手想要伸进嘴里，把那个作祟的罪魁祸首抠出来。除了发出干呕的声音之外，这种自救的战略并不奏效。

乐极生悲的曼曼脸被憋得通红，像煞了被放进高温中蒸煮的大闸蟹或者大龙虾。意识逐渐地迷糊的她，脑子里隐约有周围人议论和走过来围观的画面，看到服务员匆忙向着自己这边奔跑过来。

"太丢人了。"她迷迷糊糊地想，"我不会因为这个死掉吧？"

曼曼醒来的时候，已经在医院了，床边还站着脸上蒙着一层寒霜的妈妈。

曼曼丝毫不怀疑，如果这会儿自己不是躺在床上，一定会被妈妈直接吊打。她的脸色就像是看到了一个欠自己一笔巨款却总是推托不还的可恶的欠债人。

"马豆豆又去找你了？"看来妈妈已经知道了事情的来龙去脉。

看曼曼不回答，有些走神的样子，曼曼妈的怒气值又上涨了一大截："早告诉你，不要再跟那种人来往。你倒好，一点都不争气。这是又被刺激到了，想撑死自己，还是想活吞章鱼自杀？"

这话让曼曼忍不住腹诽。她从小到大都对自己亲妈这种脑补以及刚愎自用的揣测能力感到无可奈何。她不想说话，知道一旦说话就会被辩驳到怀疑自我。强势的长辈就是这样，总能运用自己多年来的心理分析经验，娴熟地把自己的想法变成一口黑锅，最终狠狠地砸在曼曼的身上。

她的无语被亲妈认定为戳中了心事，亲妈哼了一声表示不满，然后改变了对她的战略。亲妈像川剧变脸的大师一样，整个面部变得柔和起来："妈知道，之前一直不想让你谈恋爱，是不想让你受伤。现在的人蛮复杂的，你看看你现在这个失魂落魄的样子。现在你也到了恋爱的年龄，真想找个伴的话我也不会再阻拦。谁不希望自己家孩子能过得幸福和美呢？"

"妈，我想安静下。这事儿真的不是你想的那样。其实我就是想吃顿饭犒劳下自己。"曼曼无奈了，低声反驳，她不想继续在亲妈自以为是的节奏里被安排得明明白白。

"是，是，是，妈都懂。这么多年，妈什么人没见过。"曼曼妈摆出一副耐心且知心的姿态，在床边坐下来，一只手握住了曼曼的手，"你听话，妈会找一些信得过的人跟你相处看看的。"

这是要安排相亲的节奏，资深心理咨询师的应对完全从心理学的角度出发，想让另外一个她觉得靠得住的男人进入自己的生活，从而让女儿忘掉她觉得一直没忘掉并折磨女儿的马豆豆。

"妈。"曼曼喊了一声，却不知道说什么好。

"妈呢，这段时间可能要去参加一个行业的会议。明天开始，你就去坐班替我做心理咨询。有什么事等我回来再说，好吗？"曼曼妈露出了一个自以为是慈祥老母亲的笑容。

这番话把曼曼直接打入了"地狱"。曼曼知道，这又是亲妈的一步棋，担心自己私下再和马豆豆见面，甚至旧情复燃。

她不想解释了，解释也没什么用处，只能说："妈，我累了，想睡会儿。"

闭着双眼的曼曼脑子里走马灯似的涌现出很多念头。她想，为什么能理解自己的人这么少呢？大概自己今天遇到的这件尴尬事，丑男是应该能领会到自己的想法的。

她忽然摇了摇头,像要把什么甩出去一样。丑男,自己为什么又想到了丑男?

3

相比于曼曼的先喜后悲,陆子羽的心情曲线是一路下跌直到崩溃的。

之前和顾天蓝在温泉小院的相处,在他看来简直就是人生无法抹去的阴影和黑点。顾天蓝丝毫不避讳,更没有什么遮掩的想法。小老公喊得倍儿亲切,而且橡皮糖一样黏着陆子羽。

陆子羽不得以和她在一个泡池里坐着,闭着眼装着补觉想逃过和顾天蓝的对话。没想到这个女人灵巧地用自己的脚不断挑逗着陆子羽,两条长腿到了最后,恨不得就缠在陆子羽的腿上生根。

陆子羽悲愤地觉得,自己应该是遭遇了传说让人避之不及的性骚扰,连忙躲开,睡觉这件事再也装不下去了。

顾天蓝看到他这样反而更开心,像不屈不挠扑火的飞蛾一样,整个白花花的身体总是找各种机会往陆子羽身上贴。

周周唯恐陆子羽心态彻底崩盘,导致强烈冲突,不断想办法来打断这种尴尬的相处。她履行自己控场的能力,拿来许多水果,放在小浮板上推进了泡池里,希望用食物缓解一下顾天蓝的作妖。

顾天蓝的豪放让周周都有些崩溃,觉得自己一手把陆子羽推到水深火热的地步,完全是因为自己低估了顾天蓝脸皮的厚度。

顾天蓝笑嘻嘻地伸手去拿放在浮板上的葡萄,拈起一颗来,不依不饶地递到陆子羽的嘴边。

陆子羽的状态就像被女妖精抓去的唐三藏,目不斜视,根本不敢给顾天蓝任何反应。

顾天蓝也不恼,反手把葡萄塞进自己嘴里,笑着盯着陆子羽,嘴向陆子羽凑了上去，想用嘴去喂陆子羽这颗葡萄，且有一种不达目的绝不罢休的感觉。

陆子羽眼疾手快地自己胡乱抓起一块切好的苹果，把嘴里塞得满满的，幽怨地瞪了一眼在另外一个泡池里的周周。这眼神让周周产生了极端的罪恶感，好像自己变成了逼良为娼的恶人，把陆子羽这块肉强行送到了顾天蓝的面前。

陆子羽觉得自己实在没有办法继续下去了，内心像被点了火的炮仗一样，自己都不知道什么时候会炸掉，只好借口说头晕，想找个地方去冷静下。

"哎呀，我也有一点晕，那我们一起去找个地方休息会儿吧。"顾天蓝连忙也跟了出来。

陆子羽吓得就像尾巴被人踩了一样，一路小跑找了个相对偏僻一点的房间，走进去躺下后才松了一口气。

没想到道到一尺，魔高一丈。顾天蓝竟然拿着房间钥匙打开门，然后躺在陆子羽身边，挤到了他的怀里。这让陆子羽惊讶到开始怀疑人生。顾天蓝借口自己房间的空调坏了，热，但拼命挨着陆子羽的劲头让他很崩溃：她到底是冷还是热？

周周终于忍受不了这场闹剧，在外面大喊着两个人出去斗地主。得了这个台阶的陆子羽马上响应，快速行动。顾天蓝噘着嘴，无奈地加入了打牌的行列，其间一个劲儿地偷偷放水，照顾着让陆子羽赢。这场牌打得很无趣，于是顾天蓝提议大家贴纸条。几轮之后，满脸纸条的顾天蓝看着同样满脸纸条的周周，提出了新的惩罚方式，谁输了谁脱掉一件衣服。

看看顾天蓝上下两件的比基尼，陆子羽嚷嚷着自己饿了，想去温泉会馆的自助餐厅吃饭，才算是勉强稳住了自己濒临崩溃的心态。

吃饭的时候，陆子羽趁机给自己的手机里下载了个自己呼自己的软件。在饭马上吃完的时候，陆子羽给自己打了个电话，然后一脸急迫地说有要紧的事，必须要去处理。

顾天蓝露出古怪的笑容，盯着陆子羽，让他觉得头皮有些发麻。她主动提出，可以跟陆子羽一起去处理事情，说不定还能帮他的忙。陆子羽只能打落牙齿往嘴里咽，硬着头皮说自己打电话安排一下，看是否能够隔空处理完毕。

陆子羽拿着手机在温泉中心溜达了大概一个小时，终于想出了对付顾天蓝的招数。他装出挂断电话的样子，提出自己要去游泳。在游泳池里，一直在深水区活动的陆子羽不停地游动，哪怕是休息也是泡在深水区，手扒着池边喘口气。

虽然这种大运动量让陆子羽觉得累得半死，但起码让套着游泳圈的顾天蓝没什么跟他接近的机会，让他很是喘了口气。

最让陆子羽担心的夜晚还是到来了，他生怕顾天蓝会在自己睡着后爬到自己的床上。

无奈的约会成了谈判，彻底变了味道。

在陆子羽的强烈要求下，周周和顾天蓝聊了许久，达成共识。顾天蓝和陆子羽各自回屋睡觉，陆子羽答应和顾天蓝接着以恋人的身份以后再约会。如果顾天蓝不答应这个条件，陆子羽表示会彻底翻脸，玉石俱焚。

陆子羽不知道自己是不是开了乌鸦嘴的天赋技能，得到顾天蓝妥协的消息后，他觉得自己可以有一个安稳的睡眠了，没想到电话真的打来了。是留守公司的负责人找了过来，说公司一直在测试期的游戏出现了麻烦。

游戏的根代码被人侵入并做了修改，于是游戏内出现了能颠覆整个游戏公平性的漏洞。有些玩家在游戏里飞快地升级，随意就能达到无敌的状态。整个游戏的升级和发育体系变得一塌糊涂，形同虚设。

放下电话，陆子羽并没为这件事纠结多久，就做出了放弃这款游戏的决定。陆子羽知道，最有可能对自己的游戏下手的人是谁，绝对是那个为了获利而不择手段的老对头——方舟。

在陆子羽和周周达成合作协议，开始发力娱乐圈的时候，方舟和陆子羽的对决正处于白热化阶段。

方舟的游戏工作室完全"致敬"了陆子羽公司正在开发的游戏，就连人物和技能的设置都一模一样,不过是换了一套名字而已。就此陆子羽让公司法务部,以抄袭的名义起诉了方舟的公司。

但方舟抄袭的游戏提前开启了内测,这就让陆子羽的游戏不得不在没完全做完系统设置的情况下草草地也开启内测,并不得不去面对方舟在网上反咬一口,说陆子羽公司山寨自己工作室的游戏。

最终,虽然陆子羽的公司赢了在法院的案子,但游戏的可玩性已经被之前的非议替代。陆子羽敢肯定,一定是输掉了官司的方舟对结果不满,于是黑了自己的游戏服,在游戏里设置了漏洞。毕竟,曾经的抄袭让方舟的团队对这个游戏特别熟悉,做起手脚来可谓是轻车熟路。

一切麻烦好像都集中在一起冲着自己而来。陆子羽在黑暗里,看着模糊的天花板发呆。

周周发了微信过来:"睡了吗?没睡快点睡,别担心顾天蓝,我就在她隔壁,一直盯着她的动静呢。"

"睡不着。"陆子羽回复周周说,"心里都是事,觉得从来没有这么闹心过。"

"那说点轻松的。"周周发了一个夸张的惊讶表情,"我发现你好像真的有点小问题。"

"什么问题?"陆子羽好奇的问。

"顾天蓝白天的举动,我觉得就算是我一个女生,也不会没有反应欸。"周周放肆地开起了车,"但你好像根本没有正常的生理反应,莫非,你真的喜欢男人?"

陆子羽发了个被雷击得焦黑的表情:"别胡扯,我自己什么样我能不知道?"

4

曼曼苦着脸,坐在咨询台后。她的亲妈还是义无反顾地卖掉她,风风火火地参加行业会议去了。

她听到妈妈在电话里跟别人约了时间,但有很大可能这个所谓的行业会议和心理咨询无关,更像是找了其他朋友去学习136号文件,简称麻将竞技运动。

咨询室的门被推开了,进来的人有些奇怪,用帽子、墨镜和口罩把自己遮得严严实实。

他进门后回身反手锁上了门,这个动作让曼曼警惕起来,怀疑眼前的人是处心积虑伪装自己、穿上内增高的马豆豆。

陆子羽摘掉了帽子和墨镜,顺手把口罩拽下来,扔在桌子上,在曼曼对面坐了下来,露出一个笑容,算是打了个招呼。

轰的一声,曼曼脑子里似乎有一颗炸弹炸开了。没想到在十年后,她还能和这个男人坐在一起。

陆子羽并不记得曼曼的样子,这在曼曼的预料之中。人总是要成长的。过去的曼曼低矮、瘦削,现在她五官长开了,眉眼也更清丽了。如果不是经常接触她、看着她长大的人,基本上很难把她和过去中学时代的样子联系起来。何况中学时候,曼曼是消极而卑微的,羞于和任何人沟通和表达。

她心里一直埋着一个秘密,就与面前的陆子羽相关。

转学到新的学校后,陆子羽就吸引了那个时候喜欢看言情小说的曼曼。少女时代,几乎每个女孩内心里都会有一个让自己心动,并且毫无道理占满女孩内心的影子。有勇气的可能做出了行动,去表达自己内心的情愫。而曼曼这样自卑的人,只能把这份情愫深深地埋在心中。

中学时代,陆子羽在学校中就特别显眼,通常来说,女孩心理上会比男生更早地成熟。但陆子羽是个例外,陆子羽那个时候就显得心智成熟,更像一个二十多岁的男人,无论是说话还是做事,都有条不紊,没有青春期男生的那些鲁莽和冲动。

算起来,陆子羽和曼曼在中学时代几乎没有什么交流。曼曼记忆最深刻的，是刚转学不久，班上有个成绩一般但格外活跃的男生，一直想跟自己搭讪，得不到什么回应的他恼羞成怒，一天晚自习前把几条毛毛虫扔在了曼曼身上。他想看她害怕、尖叫的样子。曼曼只是怯怯地看着他红了眼圈，没有说话。

这个时候，拿着晚餐从外面回来的陆子羽路过时，轻轻地拿下了曼曼身上的毛毛虫，随手把自己的晚餐塞进曼曼手里，说请她吃饭。

然后，素来以好学生著称的陆子羽和那个男生发生了冲突，那几乎是陆子羽在中学时代唯一一次和同学动手。两个人都鼻青脸肿，陆子羽甚至被那个男生压在身上打得特别狼狈。如果不是巡校的老师过来，他会吃很大的亏。

那个时候，曼曼心里像被闪电击中一样，牢牢地记住了陆子羽。虽然之后她没有去表示感谢，也没再和陆子羽说过什么话，可心里已经装满了他的影子。

毕业时，曼曼买了张特别漂亮的贺卡，写上了自己的心思，想交给陆子羽。她想给自己的情愫一个答案。就在她犹豫、徘徊的时候，陆子羽被重点高中的直升班选中，提前去高中报到，开始了新学期的课程。

她想，这也许是命运注定没有缘分吧。那个时候她还是个认命的人，认为错过就是上天的安排，哪怕自己再努力，也不会有怎样的结果。

陆子羽敲敲咨询台，心里觉得这个年轻的心理咨询师有些不靠谱，在面对客户的时候竟然走神，而且这年龄实在不像有多少心理咨询行业的经验。

他微微皱起了眉头，想着是不是敷衍两句就撤退。

来做心理咨询这件事，陆子羽连周周都没告诉。为了不让任何人发现，他甚至连车都没有开，直接打车过来的。

"你是不是认识我？"陆子羽问曼曼。他认为这个女孩可能是自己的粉丝，在网上看过自己的消息，说不定还是铁杆，否则不会走神，并且还带着一些震惊。

"对不起，对不起。"曼曼强压下自己内心的激荡，试图让自己看起来心如止水，"想到刚才那个来咨询的顾客的问题，有些怠慢了。"

"我咨询的时候，你能不能别做记录，别问我的真名？"陆子羽试探着提出了自己的要求。

"那么，开始吧。"曼曼轻咳了一声，把桌子上的笔记本推到了一边。

"我好像爱上了一个人。"陆子羽声音有些低沉。

曼曼觉得自己心里抽搐了一下，堵得有些难受："喜欢一个人，这很正常啊。是对方不喜欢你吗？"不知为什么，她刻意用了喜欢两个字，替代了陆子羽嘴里说的"爱"。

"不是真的，不，准确地说，应该是不是现实里。"陆子羽认真的说，"是游戏里的朋友，我们根本没见过面。"

"那可以约着见面啊，喜欢的话一定是要说出来的。不然你会觉得遗憾，人生有很多事是靠自己主动去争取的，而不是等待，或者等着命运的安排。"

"可能性不大，别说见面，就是语音聊天他都不接受。"陆子羽苦着脸说，"之前我以为是他不想跟我过多地接触，分得清网络和现实，可最后发现不是。"

"那是因为什么？"曼曼顺着陆子羽的话问，她判断陆子羽应该是遇到了靠女号骗钱的惯犯。

"他是个男的。"陆子羽的回答让曼曼觉得果然如此。她忽然觉得心情有些雀跃，马上又变得紧张起来："那不应该结束了吗？你现在又有什么想不开的？"

"我觉得我好像总是会想起他，即使在发现他是男的之后。"

"你相信男男之间才是真爱？"曼曼的眉头皱了起来。

"我不确定，所以我才来咨询。"陆子羽有些恍惚，"这个人成了我现在最大的心结。"

曼曼盯着陆子羽，心里乱成了一团，不知道接下来应该说些什么。骨子里,她不想接受这个自己有过特别情愫的男人最终被验证了喜欢男人的结果。

陆子羽陷入了彻底的自我情绪当中,自言自语地说:"其实如果我知道他在哪儿的话,真想见个面说清楚。但我只知道他游戏里的名字——小蔓延要攻楼。"

曼曼惊诧了,准备喝口水稳定下情绪的她一个哆嗦,碰倒了放在桌子上的水杯。开水飞溅出来,落在她的手上,她却丝毫感觉不到痛。

天哪,他是丑男!

曼曼瞪大眼睛,像看到了什么不可思议的外星生物。

我好像又一次要跟他错过了。老天是不是在玩我?在游戏里给了我一个重新遇到他的机会,我却把他当成了我的实验对象。

被开水溅到的陆子羽倒是走出了刚才的状态,他慌乱地从桌子上的纸抽里抽出几张纸来擦手,又帮忙擦去桌子上的水迹。

"呃,对不起,对不起。"曼曼像变成了复读机一样,跟着手忙脚乱起来。

良久,两个人才收拾好桌子上的狼藉。

"我觉得,你的问题光靠咨询是很难解决的。"曼曼趁整理桌子的功夫打定了主意,"要不这样吧,我再想想,我会对自己的患者负责的。"

陆子羽有些失落地站起来:"那谢谢你。"

曼曼看着他要走,连忙说:"对了,这次咨询就不用付费了。等到我想出办法,给你个解释再谈。"

看着陆子羽离开,曼曼心里边空落落的。她打开微信里的中学班级群,在列表里找到了陆子羽的名字。

看着他的头像和名字,曼曼陷入思考。她觉得,自己似乎应该和陆子羽相处一下,在他不知道自己到底是谁的情况下。

最后结果如何不重要,她要帮陆子羽走出现在的状态。

缘　小札

1

你会因为什么突然关注一个人呢？

2

"我看到你也在玩游戏。"

陆子羽发来消息的时候，湛蓝愣了一下。那是她打算戒游的第二天。

"是啊，你也喜欢啊。不过我已经不玩了，太坑了，心痛。"

"嗯，确实挺坑的，我之前玩……"

就这样，两个人莫名其妙地热络起来，你一言我一语地就聊了大半天。

"你现在玩的什么啊？好玩吗？我去下载一个看看。"

湛蓝第一次发现，自己竟然是一个如此没有自制力的女人，说好的戒游，不过卸载了第两天，就忍不住下载了另一个。

她安慰自己，不一样的，这次是不一样的，这次我只是去看看而已，绝对不投入精力和金钱。

"你要是有什么问题可以问我啊，不过我也是刚玩几天。"

陆子羽热情又羞涩地发来了一个笑脸。

喊，我这么厉害的人，怎么可能会有问题问你？

湛蓝心里想，他可真可爱啊。

3

不论外面多热多明亮,她总是开着灯,深色的、层层叠叠的百叶窗和屋里的灰尘吞没了光线。

苏辞时常会突然列举一下她房子里或者只是洗手间的物件,以此来谴责她的昏天暗地。

"你干吗留着两个咖啡机?明明那个已经坏了。"

"一个当摆设,一个煮咖啡。"

"浴室这个垂吊在空中的灯什么鬼?多危险啊。"

"不会啊,反正不通电,你不觉得那样晃晃悠悠很有艺术感吗?"

湛蓝觉得自己上辈子一定是一个巨大的旧货店老板,在成堆的肮脏家具、破旧电器、碎盘子和脏兮兮的照片里生活。

否则,她那么一个强迫症的人,怎么会容忍自己的背包永远被一堆无用的材料占满,而她乐此不疲地去花钱扩充背包也舍不得丢弃。

她最常说的一句话是:"苍蝇再小也是肉,也许未来就有用了呢。"

她珍惜碎片、残骸,她打算让它们发挥些实际作用。

就好像,所有的人都不明白她怎么突然如此专一地嫁给了这个虚无的陆子羽。

在这个虚拟的世界里,她真实地投入着。

4

"这世上没有所谓的爱情,所以我也从来没有爱过你。"

"认为这世上没有爱的人,为什么要去动摇别人的心?"

"试试而已,就像去教会一样,明明知道没有神的存在,但教会很漂亮,还是会好奇地走进去。但神不在,依然不在。"

5

湛蓝认识子羽的时候，大约是十年前的一个深秋。

那天有点冷，她把自己裹得严严实实，懒得看他人一眼。

隐约记得，是一个笑起来有些羞涩的大男孩。

只是，后来突然就总听到有人提及他，满满的都是赞誉。

她就略微留意了一下。

嗯，倒是个面相不错、没什么攻击性的人。

不过，经常是不经意地一瞥，估摸着，也是有点心气的。

挺好的，星途，总归还是很顺当。

日子过得飞快，很多人出现在生命里闪一下就没了，微信通信录加了很多人，说话的也就那么几个，有的甚至连点赞之交都算不上。

没多久，湛蓝就几乎忘了陆子羽这号人。

6

某天，身边人因一八卦又拎起他的名字时，湛蓝愣了一下，不应该啊。

她专程去翻了一下他的朋友圈，没有发现任何异常。

她对讲八卦的人说，我认识他，是个挺认真上进的人。

那人不依不饶地又说了一通，大抵就是一些关于他的闲言碎语。

湛蓝冷笑着说了一番话，便让那人闭了嘴。

她说，他若一直是个良人，其实也就是个人中人，这路也就走得这般了。偏就好了，他如今巧不巧就担了这一恶名，又依了他这个闷葫芦不多说的性子，这路途啊，一旦有了颠簸，就有了故事，这有了故事，何愁没有观众？观的人多了，他也就自然而然成了人上人，有何不可？有何不妥？

说这番话的时候，湛蓝并没有想到，自己会与子羽有何交集。
她仅仅是觉得，他不应是被人那样论说的。

只是，偶尔会去他朋友圈点个赞了。

7
对一个人突如其来的关注，往往没有预兆。
有时候，真的就是因为一句不忿。

那时候，湛蓝还没有成为曼曼，陆子羽还只是一个有点可爱的人。
那时候，我还在很努力地扮演着湛蓝这个角色。

第九章
两个世界的齐头并进

  虚拟世界是永远脱离不了现实世界存在的。无论如何都会和现实世界有所勾连,无法摆脱。当你寻找到这个节点的时候,虚拟和现实就会产生交集,让人和人之间的关系发生迅猛变化。

  而正因为虚拟世界的存在,一个人和另外一个人,是可以同时进行两段恋爱的,前提是,你知道不管在虚拟世界还是现实世界中,那个人都是他。

  他却不知道。

——题记

1

生活一旦对谁充满恶意，谁就会变成任凭生活揉捏的傀儡。陆子羽从来没有对这句话如此赞同过。

他觉得自己像个沙雕一样，站在 CBD 的休闲广场上，看着人匆匆地走过来走过去，好像看到了一群除了忙碌没有感情也没有生活的智能机器人，又像极了每天都在不停为活着到处奔走的蚂蚁。

方舟这个时候躲在一家咖啡店里，透过玻璃幕墙看着陆子羽，心情格外愉悦。他约陆子羽到这里来，跟自己做一次谈判，不，实际上在方舟心里，这更像是一次江湖摆茶讲数。

天时、地利、人和，都在自己手中。方舟志得意满地觉得，陆子羽那款游戏的生存或者死亡，都掌握在自己手中，陆子羽没有太大的选择空间。所以他格外地沉得住气，故意迟迟不出现，让陆子羽多等上一会儿。这是一种战术，如果陆子羽耐不住性子，接下来自己可以放手一搏，为所欲为。如果陆子羽一直等待，方舟知道，那会对他的信心形成一次沉重的打击，打掉这个对手身上的傲气和锐气。

于是，方舟在与陆子羽约定好的时间段，还约了另外一个人——他特别喜欢的一个作家曼曼。在书友群里私聊曼曼说想见个面时，曼曼是拒绝的。她不太喜欢和陌生人接触，哪怕对方是自己的书友。

方舟觉得透过小说所了解到的曼曼应该是自己特别中意的那款女生。有自己的想法，睿智，又对任何事都漫不经心，活在自己的世界里，不会太多地去干预和管束别人的事情。哪怕这个人未来可能是自己的男友或者老公。

方舟清楚地知道，当你想要约一个女生的时候，最好的办法就是打动和说服她的身边人站在你的立场上说话。而帮助曼曼打理书友群的闺密思琪恰恰是比较容易被说服的，尤其是当方舟投票赞赏，成为这本书目前为止唯一一个黄金总盟之后。

曼曼被思琪逼着，不得不答应这次和书友的见面。

思琪倒是不隐瞒自己的想法，她坦然告诉曼曼，一是为了书维持人气，一个黄金总盟意味着收入。另外一个也是想让曼曼多和人交流，有机会可以变成交往。这能让曼曼快速走出马豆豆带来的阴霾。毕竟，前任情伤忘不掉，不是时间不够长，就是现任不够好。

一向不愿意辜负好朋友的曼曼别别扭扭地答应了和方舟这位书友见面。

她很有心计地换上了厚镜片的黑框眼镜，没有化妆，穿着老旧、稳重的深色卫衣。她不想和这个书友有什么过多的来往，所以让自己显得越不起眼、越保守，最好让对方感到失望，才是她心里真实的想法。

曼曼几乎面无表情地走过CBD的休闲广场，这里快节奏的气息让她有些窒息。她庆幸自己大学毕业后可以在家里做些事情，让自己不至于在这种场所沦陷，尤其是看到有些人三三两两地围着垃圾箱抽烟，旁边还有妆容精致而漂亮的女孩子，拿着卷饼之类的食物，站在楼道口快速进餐的时候，这种庆幸就格外强烈。

然后，她就看到了陆子羽。那一瞬间，周围的一切人似乎都变成闲杂，被曼曼从自己的脑海中自动屏蔽了。

她用惊喜又带点怀疑的心态做出了乐观的揣测，世上哪儿有这么多巧合？莫非陆子羽就是想要跟自己见面的书友？

她犹豫了下，有些恨自己为什么没有化妆，穿上更漂亮的衣服。瞭着不远处的玻璃幕墙中自己的影子，曼曼觉得自己就像个丑小鸭。

"你好。"曼曼走过去打了个招呼，陆子羽看到她，微微地愣了下，很快就认出来眼前人。

"真巧。"陆子羽礼貌地笑笑，"今天你是去做咨询，还是过来办事？"

"我来见一个书友。"曼曼心里有些期盼，也有些雀跃，"那个心理咨询室是我妈开的。我只是在她忙的时候过去代班。实际上我正职是个作者，网上连载的那个小说《我男朋友的女朋友们》就是我写的。"

她眼神中带着一些期待，盯着陆子羽，眼神灼热地等待着对方惊讶地表示，原来那本书是你写的啊，我可是你忠实的读者呢。

陆子羽的回答并没有如她所愿："哦，那还真是不错。我有空会去拜读一下的。"

这令人讨厌的虚假客套，让曼曼心里有些空落落的。

"你怎么在这儿？在这儿工作吗？"

"我是一个演员。"陆子羽说着，举起一根小拇指，"特别不出名的新人。除了演员之外，我还开了家小小的游戏公司，今天有人约我在这儿谈一点事情。"说完这些话后，陆子羽有些懊恼，自己是怎么了？怎么和一个一面之缘的人说这么多？

虽然知道对方不是自己等待的对象，可是两个人就这样毫无障碍地尬聊起来。

陆子羽觉得方舟来之前，有个人跟自己聊天会让自己不那么焦躁。而曼曼心里则忘记了和书友约好见面的事情，她想更多了解一下这个自己曾心动过的宝藏男孩。

咖啡厅里，方舟疑惑地打开手机，看了一眼从思琪那里拿到的曼曼的照片，然后看向外面和陆子羽谈笑风生、笑语嫣嫣的女孩。

"妈的！"方舟忍不住爆出了粗话，"她一个宅女，怎么会认识陆子羽？难道去娱乐圈玩票就能吸引这么多粉丝？还是说长成陆子羽这样就会格外受到女人的青睐？"

方舟变成了郁闷的那个，之前的好心情荡然无存。他看到曼曼边说边笑的样子，不算漂亮，但那种姿态和流露出的自然气质，和自己想的一样，的确是自己一直想要找的那种。

是出去截和，和曼曼见面，还是等着她和陆子羽聊完？又或者出去当着女孩的面打脸陆子羽？方舟脑子里飞快地验证着每一个想法的可行性。

最终，他咬咬牙，决定暂时按兵不动。

他担心三个人见面，会让自己在曼曼面前丢掉想要塑造的温文尔雅的完美形象。

做出决定的方舟收回目光,拿出手机,无聊地翻看起来。手机新闻里,陆子羽再次实现了霸屏。一组以狗仔视角发出的新闻维持了极高的热度,标题更是劲爆:"陆子羽顾天蓝乔装温泉约会,24小时共处小院,到底做了点啥?""震惊!戏未开拍,男女主角真恋爱。陷入太深,陆子羽可能已失身。"

方舟眼睛眯了起来,本来不大的眼睛眯成了一条线。他看着这些新闻,忽然想出了一个更好的主意,能够把陆子羽彻底打落在地,让他变成众人心中的负面形象。

他想象着,在自己的操作下,如果适当地推动一波,就会让女人对陆子羽充满恶意,这不光会让曼曼选择远离陆子羽,而且会让他变成臭名昭著、没有女人愿意靠近的黑洞。

"完美!"方舟忍不住给自己点了个赞,迅速地发了条微信给自己公司的技术人员:"你是不是有一款可以换头的软件,能合成一些视频?你在公司等着我,我回去有事跟你商量。"

2

陆子羽气鼓鼓地和曼曼告辞之后,回到了自己公司的办公室。他觉得自己一定是被方舟那孙子放鸽子了,而且对方就是想玩他,让他因此而心浮气躁和狼狈。

他找出方舟的微信,直截了当地发了三个字:"王八蛋"。

陆子羽把手机扔在一边,决定放弃当下这款游戏。这是之前就想好的事情,本来答应和方舟见面就不是为了商榷什么,让对方高抬贵手,而只是想用伪装的低姿态做一个假象,从而让方舟失去对自己的警惕,方便自己利用这段拉锯的时间,重新设计和制作出一款游戏来。

陆子羽拿出茶具,开始给自己泡茶。

静下心来之后，陆子羽才发现自己和那个心理咨询师聊了不短的一段时间。这在他的人生当中是新鲜的，他从来没有主动地、持续地和女生聊这么久而不终结话题。更奇怪的是，他没觉得对方无脑，什么也不懂，并且自己也没焦躁。

"难道说……我变了？"陆子羽喃喃自语，"还是说她具备那种让我愿意跟她聊天的魔力和体质？"

他有些茫然。这是不是能够说明，对方是个能为自己带来帮助、让自己愿意倾诉的人？还是说，她可能具备一些特殊的潜质，能变成治疗自己可能具备喜欢男人这个令人烦恼的属性的良药？

"加强联系，一定要加强联系。"似乎看到曙光、能够为自己解决烦恼的陆子羽决定，没事就抽时间去咨询室那里坐坐。

神游物外的陆子羽，一直在眼前的茶凉了之后，才又摸起了手机，在这段时间内，他冒出了一个新的念头，那就是自己不能，也绝不想按照周周的计划，和顾天蓝继续纠缠下去了。每次和她见面都是一种煎熬，有强烈的小白兔把自己送到大灰狼嘴边的感受。

陆子羽决定，还是去游戏中完成自己的恋爱体验。这次，可以视为对上次不如意的结果带来的内心问题的治疗，嗯，还可以聘任那个小咨询师作为自己的全程顾问。

他准备打个电话给周周，告诉周周自己考虑后做出的决定。可能是心有灵犀，周周先把电话拨了过来。

周周的语气里带着一些幸灾乐祸的口吻，对陆子羽说："你快看新闻，顾天蓝又爆跟你的猛料了。一切都在掌握之中。"

挂掉电话，陆子明扫了几眼搜索的新闻和话题，发现已经有人在质疑自己为了在娱乐圈立足而完全失去了节操。就算维护自己的粉丝，口中连笑贫不笑娼这类的话都说出来了，陆子羽决定就按照自己的想法来。至于周周怎么想，嗯，不管了，先斩后奏算了。

"这次不能在游戏里撞大运了。"陆子羽心里开始进行周密的计划。不行就主动邀请人和自己一起玩游戏，然后看看能不能产生感情。这个念头一出现，就变得有些遏制不住。他忍不住打开了中学的班级群，然后找到群成员列表，装模作样地点开了几个同学的头像，看了看资料，最后还是把注意力投向了那个熟悉的、让他记忆尤深的名字。

"陆子羽，你还真是虚伪呢，连自己都骗。"似乎一直不敢面对自己本心的陆子羽，不由自主地笑了笑。当初自己没有勇气去追求一个开始，那么是不是现在可以重新做一个尝试？

并且，这样的尝试并非在现实里，不管结果如何，都不会给对方带来太大的影响和伤害。如果真的能让自己找回当年那种冲动，而又在游戏里能够相处得特别默契的话，那么可以让一切自然而然地发展，也算是弥补了错过的遗憾。如果不能，哪怕在游戏里体会一下，让自己重新找到强烈心动的感觉，也能让自己在拍戏的时候有所代入，起码能够不耽误电视剧的拍摄。

点击，发送加好友申请。"嘿，我是陆子羽，不知道你还记得不记得我。"

申请好友的信息发送出去后，陆子羽的心情颇为复杂，他觉得有些后悔，自己好像有些鲁莽，又觉得有小小的畏惧。如果对方根本没有回应，他能想到自己的失落，就像一个做了多年的梦，终于要醒来。

好友申请被通过后，一个握手的表情发了过来，陆子羽一下就释然了。但是又不知道该说些什么，好不那么突兀。他打开表情框，思量许久，发朵花，怕对方误解；发一个拥抱，会不会让对方反感？

时间似乎变得格外漫长和折磨。最终，陆子羽决定说个谎："我现在在做游戏公司，有一款自己公司开发的游戏，需要一些玩家来进行体验，给我反馈。我一直在邀请自己的熟人和朋友玩游戏。这个游戏的社交模块很有意思，我想请你帮我个忙，和我一起玩，你愿意吗？"

对方似乎迟疑了，久久没有回应。陆子羽有些失落，感觉有些遭到了打击。

他想了想，一个字一个字地斟酌着："是不是我这个要求太冒昧了？你没时间的话，那就算了。不过还是要谢谢你，常联……"

没等陆子羽的字敲完，对方的信息姗姗来迟："什么游戏？我偶尔也玩游戏的。"

陆子羽删掉了自己打的那段话，兴奋地发了条信息过去："《临时客栈》，你玩过吗？"

"没有，如果一起玩的话，需要你带带我。"

"那好，就这么说定了，你看你什么时候有时间下游戏，上线我教你。"

"我现在在外面有些事情要处理。晚上就可以。"

"那我等你了哈。不见不散！"

"不见不散！"

结束了聊天，陆子羽端起凉了的茶水一饮而尽，感觉今天的茶水特别甘冽，唇齿留香。

这时，办公室的门被推开一条缝，负责留守公司的经理贱兮兮地露出一个笑容，看着陆子羽。

"有事？"陆子羽正色问道。

"那什么，别的事先不提。我就想问问，你是不是恋爱了？"敢情这家伙还是个具备八卦天赋和潜力的人。

"恋爱？你怎么看出来的？我哪儿恋爱了。"

"你就装吧，"经理马上表现出一种夸张的质疑和恰当的愤怒，"我在外面站着看半天了，你看你发微信时候露出的那种笑容，说你没恋爱谁信？"

"我是谈个业务，觉得差不多能成很开心。"陆子羽心里嘀咕，难道自己刚才发微信的时候表情真的直白而暧昧，让别人都能一眼看出来？

"是顾天蓝吧？"经理的话马上让陆子羽没了心情，像吃饭的时候发现饭里有半条虫子那么反胃，但对方丝毫没有察觉他黑了脸，自顾自地说,"虽然她名气不大,其实我挺喜欢她的。你现在和她都是情侣关系了,能不能帮我要一张她的签名照片,别人拿不到的那种?"

陆子羽狠狠地瞪了他一眼,觉得不能让这些人闲下去了。你看看,现在注意力都放在什么地方了?何况自己要迷惑方舟,还是需要公司里做些配合的。

陆子羽一直觉得,自己公司里一定有方舟策反的内奸。

"开会,喊人去。我们的游戏都被挤对得没办法继续运营了。得想办法做出反击,不然大家靠什么吃饭!"陆子羽挥挥手,示意这个无聊且没有眼色的家伙赶紧出去。

局,又要布开了。陆子羽觉得,一次面对多个挑战,有事业上的,有情感上的,这种感觉让自己有些迷醉,还真是乐在其中。

3

CBD区的咖啡店,方舟刚才坐过的位置。曼曼到的时候,方舟已经为了彻底击溃陆子羽而离开。不过,他让服务生在自己的位置上了精致的下午茶茶点和最贵的马尼拉猫屎咖啡。

咖啡杯下有一张精致的卡片,上面写着自己离开的理由:家里有人忽然急病,所以很遗憾只能下次再约。为了表示歉意,为曼曼安排了茶点,还在柜台放置了一份小小的礼物。

不得不说,在做事的时候,方舟大部分时间是能够做到滴水不漏的。

曼曼并没有因此生气,而是觉得这个书友挺够意思,并且她内心里也有了一种解脱感,整个人都放松下来。毕竟,她本来就不想有类似的应酬。

她捏着茶点发呆,想着刚才和陆子羽的碰面。

很多原本就是巧合的事,在有心思的人眼中就会变成一种具备玄学素质的说法,比如说缘分。曼曼想想,自己都觉得好笑。自从和马豆豆分手后，似乎上天都看不过去在弥补自己。先是在游戏里，莫名其妙地遇到了一个让自己觉得亏欠的玩家，结果这个玩家是自己曾经暗恋过的对象，然后他神奇地出现在心理咨询室，因为自己在游戏里给他带来的困扰，恰巧遇上了自己代班。今天出来见个书友，也能和他遇上，并且聊得很开心。不过这个男人还是具有理工男的木讷，竟然到现在都没认出自己来。可能，大概，是过去的自己格外不起眼吧。

今天似乎是属于曼曼的幸运日，苏辞竟然也在这个时候给曼曼来了电话，询问她有没有时间，想约着见个面。

苏辞说，她回去后自己注册了《临时客栈》的账号，发现这个游戏和自己之前模糊认识到的一些游戏不同，果然更容易催生人与人之间的关系和交往。这让她对曼曼所说的故事更加好奇，也增加了几分兴趣。一向雷厉风行的苏辞，马上就迫不及待地想要了解一下。

借花献佛，方舟留下的这些东西，正好用来接待苏辞。

更巧的是，苏辞就在长安大戏院附近谈事，离这里直线距离不到一公里，步行过来也就十多分钟。

在电话沟通后不久，穿着一身短风衣的苏辞就坐在了曼曼的对面。

"我对你的故事更感兴趣了。"苏辞开门见山地说，"我想听你说这个故事。"

"之前我跟你说的时候，这个故事已经有了结局。"曼曼把酒水单递过去，示意苏辞点一点喝的，"可是现在看起来，它并不完整，已经开始了后续。"

"美式，不加糖，谢谢。"苏辞打了个响指，对过来的服务员说道，然后看着曼曼："那就说你之前想说的那部分。"

曼曼眼神放空，开始边回忆边讲述之前和丑男在游戏里的一切。渐渐地，她完全沉浸了进去，似乎忘记了是在咖啡店，是在和苏辞对话，变成了一个人带有强烈情绪的独白。

苏辞脑子里像开了双核一样飞快，职业素养让她迅速地把曼曼说的故事的精到之处提炼出来。

她有些许担心，因为故事虽然有趣，可是从镜头语言来说，在游戏中的一些画面并不好展示，如果大篇幅地展现游戏中的东西，那么整个片子就会显得枯燥而冗长，等于把除了这个游戏铁杆玩家之外的观众拒之门外。

曼曼的讲述被微信提示音打断了，她看了看微信，面色有些古怪。

苏辞见缝插针地询问："你是不是有什么事情？那我们下次再约。我大概知道了你的故事，可以进一步做个评估。"

曼曼失礼地没有回答，好似处于一种微妙的状态，自动屏蔽了苏辞和周边对自己的影响。

苏辞好奇地看着眼前的女孩，不慌不忙地端起美式，振奋了一下自己的精神。

她对曼曼的失礼并不生气，反而觉得这才是一个写作者所应该有的状态，能沉浸到自己的世界中去，不会受到乱七八糟的干扰。这样写出来的东西才是有灵魂和个性的。

毕竟，在苏辞看来，电影实际上是编剧用想法和个性去塑造一个世界，导演用镜头和画面进行呈现。这样的作品可能带有强烈的个人思考和风格，有个人的情绪，但它天生就是鲜活的、灵动的。这种鲜活、灵动，而不被匠气和所谓的创作技巧束缚，在这个时代是很难得到的。

曼曼思考着，回着微信，看得出来她在面对选择。不过，回微信的速度越来越快，一丝发自内心的笑容，出现在她的嘴边。最后，她如释重负一般，放下手机，露出了孩子一样的笑容。

"故事的后续来了。"曼曼没头没脑地对苏辞说，"之前我讲的故事，如果让我打分的话顶多八十分，有了这样的后续，它可以是一百分，或者对我来说是超过一百分。"

"丑男？"苏辞笑笑，"你们又联系起来了？"

"嗯，但他现在并不知道我是谁，而且这种联系不光在游戏里。我接到刚才的微信之前，一直觉得我会跟他在现实里成为，嗯，成为朋友。可是现在游戏里，也会有一个全新的开始。"

"虽然我有点乱了，但我听得出这似乎是件好事情。"苏辞冲着曼曼挑起了一个大拇指，"我忽然有个想法，你要不要听一听？"

"我不会现在动笔写这个剧本的。"曼曼带着歉意说出了自己的想法，"我想等这件事最终有个结果。那样我觉得才能让这个剧本更有价值，对我来说更有意义。"

"不，不是剧本的事。我也不想让你靠想象去把这个故事写出个结局。那种创作你很难代入真情实感，它会不好看，像现在的大多数影视剧一样。"

"那我能知道你的想法是什么吗？"苏辞刚才的回答出乎曼曼的意料，她好奇地提出了自己的问题。

"你需要一个经纪人，一个剧本创作的经纪人。"苏辞谈及工作，变得严肃而富有攻击性和蛊惑力起来，"我想你并不认识这样的人，否则你应该早就涉足编剧这个行业了。而我，是一个很好的人选。"

苏辞的双手像演讲一样，有着丰富的动作，让她整个人在说话时显得格外有力："先不用忙着做决定，或者拒绝我。我如果当你的经纪人的话，有三个原则：第一，我不会给你派任务，逼着你去创作。第二，如果你有创作的兴趣和需求，我不会在时间上限制你，有耐心去等待。第三，我不干涉你生活上的任何事情，你是自由的，像以前一样。"

曼曼思索了一下，很快伸出手："重新认识一下，苏辞姐。我想你打动了我，这件事我可以接受。"

苏辞的手握住了曼曼的手，很有力，也很坚定。

她下意识地萌生出了一个念头，自己现在的决定是正确的，和曼曼合作，自己不会吃亏。这完全来自一个金牌制作人的经验和直觉。

4

夜色已经很深了，曼曼呆呆地对着电脑的屏幕，心里七上八下，胡思乱想。

好运似乎在白天被用尽，她回家时先是拐到了杨梅竹餐厅，打包了一份饭和陈靖远特意为她准备的汤，唯恐晚上再出来吃饭，会耽误她和陆子羽在游戏里一起玩耍的时间。

她注册了新的账号名：天意，如实地填写了自己的资料，性别选择女，没有任何隐藏。

可是，陆子羽似乎失约了，游戏里没有丁点动静，微信上也没有任何消息。

这让曼曼的心情格外恶劣，觉得陆子羽应该就是习惯性地邀请别人游戏，却并不把邀请过的人放在心上。或者说，没有把自己这样一个中学时代不和别人交往的同学放在心上。

假如是小蔓延要攻楼，陆子羽一定不会是这样的，一定不会。曼曼的心里在激烈地交战着，失望让她既想就这么算了，陆子羽爱来不来，干脆放弃，甚至连带着她对这个人都产生了恶感，但又有一个声音在做着辩护，你应该主动地问他一下，万一他是遇到了什么突然的事情，或者在公司加班呢？

就在曼曼犹豫不决、难以做出抉择的时候，陆子羽打开了电脑，却已经无暇登录游戏。周周垂头丧气的，就在他的身边，看着陆子羽铁青的脸色，不得不接受陆子羽积蓄了良久负面情绪之后的爆炸。

事情还是向着无法控制的地步发展了。周周都没想到，顾天蓝会玩得这么大。在一组绯闻刚被发送、顶上热搜之后，周周还在有条不紊地准备着推波助澜，一直等到恰当的时机，再促成陆子羽和顾天蓝的几次见面，然后就让导演出面釜底抽薪，一举敲定胜局。没想到，绯闻向着色情新闻发展，有人捅破了天，也彻底突破了底线。

在网上疯狂被传播的,是一个10多秒的视频。

在一间装修豪奢的卧室里,穿着性感、暴露内衣的顾天蓝躺在床上自拍。她侧着身子,面部露出红润而满足的表情。在她身后,一个同样侧躺着的男人沉睡着,隐约可以看得出,男人正是陆子羽。

"这是诽谤!"陆子羽的愤怒几乎要掀翻屋顶,"那个娘儿们到底想干什么?连这种伪造的视频都敢到处发。我要起诉她,起诉她!"

周周心里有冲过去质问顾天蓝并且手撕她的冲动,但良好的职业素养,让她决定还是先让陆子羽冷静下来,她低声说:"视频是假的。我知道,你也知道。当务之急,是先让网上把这些视频尽快删除。然后我们在技术层面找到一些证据,才能去起诉。而且,你一旦起诉顾天蓝,之后的合作绝对就无法进行了,你需要冷静,冷静一些。"

"你现在让我冷静一些?"陆子羽用质问的口吻,冷漠地看着周周,"如果不是你的馊主意,我会给顾天蓝这样的机会?你不是说一切都尽在掌握吗?现在怎么会出现这样的事情?"

周周张开口,却没有说出什么来。她颓然地摸出一块波板糖,拿在手里反复地拨动着。

"我不玩了,真的!"陆子羽忽然认真地说,"我不适合这么复杂的圈子和生活,你放过我吧。"

"别!"周周急切地阻止陆子羽继续往这个方向去想,"你想想,这也许不是顾天蓝的本意。如果是她这么没下限地炒作的话,这个视频应该是由她不小心地发出来,或者在自己的微博,或者在自己的朋友圈,然后安排人不小心地看到,曝光出来。"

周周组织了下自己的语言,迅速地梳理着思路:"所以,这件事八成不是顾天蓝授意的,而是其他人想要搅浑水。"

"其他人?目的是什么?损人不利己的事谁会去做?"陆子羽被周周的思路说服了,摸着下巴,猜疑着说。

周周打开视频,翻来覆去地认真地看,恨不得把每一帧都放慢十倍,掰开了揉碎了,想寻找线索。

"这个视频很刻意,有人为的痕迹。"周周忽然长出了一口气,"你认真看下,视频左上角有拍摄的时间,正是我们和顾天蓝在温泉的那天晚上。而这就是最大的破绽,因为我也在温泉小院,我知道那个晚上你并没有跟顾天蓝在一起。"

"这算什么破绽?"陆子羽叹了口气,"你出来帮我澄清吗?别说你,就是顾天蓝现在出来澄清又能怎样?网友会相信吗?你是我的经纪人,当然要帮我想办法隐瞒;而顾天蓝是当事人,她出来澄清,会让网友觉得我们是欲盖弥彰。"

"也是,"周周迟疑了下,"这个破绽并没有太大的作用。"

"还是要从技术上证明,这个视频是伪造的。"陆子羽似乎冷静了许多,"对我来说这不算什么特别难的事情,技术上的问题我有把握搞定。可是,就算我搞定,估计也很难取信别人了。"

看陆子羽随意地坐在地板上发呆,周周觉得应该给陆子羽一点信心和希望,她用脚踢了踢陆子羽:"你还在等什么?去搞定技术上的事啊!我现在去找律师,也约一下在公关公司的朋友。等你技术上出了结果,我这边也应该拿出一个相对完美的解决方案了。"

周周说完,径直离开了陆子羽家。陆子羽就势在地板上躺下,双手枕在脑后,觉得自己整个人都被无形的麻烦组成的网束缚住了,而且这张网越来越紧,勒得自己有些喘不过气来。

"开工!"陆子羽拍了下地板,撑着自己坐了起来,"我行的,这都是小事情,有些人越想看我的笑话,抹黑我,我越不能就这么放任事情下去。我不想认输。"

曼曼觉得自己必须找些其他的事做了,等待也许是件不好不坏、每个人人生都必然会面对的事情。但是关注又不知道结果的等待就像滚开的水,让人身处其中,变成了一种难以抵御的煎熬。

她索性也下线,把自己扔在了柔软的大床上,拿起手机,打开小说网站看起了小说。但这并不能让她彻底地冷静下来，潦草翻了几页后，心里越发凌乱。

打开自从和马豆豆分手后，就再也没有上过的微博，曼曼想宣泄一下自己现在的心情。

登录微博后，她第一眼就看到了热搜榜上前三的消息。陆子羽的名字赫然出现在热搜前三的位置上。

"他怎么能这样？"曼曼的眼神黯淡了，看了陆子羽和顾天蓝的视频后，她觉得自己受到了暴击。她忙不迭地打开百度，查找了陆子羽相关的消息，之前陆子羽的绯闻事件，点滴不漏地在多个网页上留存，变成了一个阴森的笑脸，曼曼觉得自己的心失去了温度，一点点地凉透了。

陆子羽和顾天蓝拥抱的时间，是丑男在游戏里和小蔓延亲密交往的时间。陆子羽和顾天蓝温泉约会的时间，就在陆子羽过来做心理咨询，还满口怀疑自己喜欢上一个男人的时间。

这些综合来看，不难看出，陆子羽是一个谈着恋爱，还在游戏中找着艳遇，一边担忧自己喜欢男人，一边还在和一个女人同睡一床的渣男。

这种渣男，本质上是抱着玩玩的心态和所有人相处。

曼曼心中那个过去心动过的男人形象彻底崩塌，破碎成一片片，带着锋锐的角，一次次地扎在她的心上。

曼曼觉得胸口有些发闷，不知道什么时候，她的眼睛湿润起来。

凉 小札

1

有人说,如若不爱,便可坦然。给不了未来,只好现在放手。

也许,只有沉默,只有陌路,才能彻底剪断吧。

这,大约是他的心思吧。

可,这却成了她的心魔。

2

那段糟糕的岁月,日子就如满是灰尘和潮湿东西的地窖一样,放眼望去全是蜘蛛网。

3

听一次海,陷入的是深深的回忆,这回忆沉重,回忆里的人让你疼痛,回忆里的自己仿佛坠入虚无、坠入轮回。

听一次海,你把那个人葬在心里,那片海,听说叫无妄海。

跑一次溪,如同玩一场你追她赶的游戏,满怀着少女起初的小心思,期待的悸动,羞涩的雀跃,还有那不知何时湿了的衣襟。总好像,一转身,就遇到谁小鹿乱撞的莽撞。

跑一次溪,你就勾勒出所有美好,动听的,何止是泉水叮咚。

游一次湖，触摸的声音只有自己的独白，那一刻，连呼吸都显得多余。或许在湖边，或许在湖中，或许你就是这湖。

从容，平静，这天地只有波光粼粼的你，如同照镜子一般对着自己浅笑。

一切，都释然了。

你看，多好，这才该是你原本的样子。

4

你看哪，此时的她像极了那时无人知晓的小镇少女。

尽管，她渴望着与这世界的繁华喧嚣打成一片，却终是放弃。

纵使满目疮痍，若是心不荒凉，又何惧与孤独为伍。

这样地与你细语呢喃，你也可以随意和她相谈，可好？

5

三个月，三个月的光阴，我分不清到底自己是曼曼还是湛蓝，别人眼里我和陆子羽如胶似漆。

可，那都是我一个人分饰两角。

陆子羽说：你要是太累，就别玩了。

我笑笑：没事，你的号上的钱我花光了，天天给自己送礼物。

他哈哈大笑：送吧，随便花。

我黯然，我想要的是真正的你与我驰骋江湖，而不是一具尸体。

这句话，始终没有说出口。

6

我怕，他尴尬。

我更怕，自己彻底失去他。

第十章
当我愿意为你和全世界对抗

世界上最复杂的是什么？人心。

那么世界上最单纯的是什么？也是人心。

假如有那么一个人，抛开人性中本应该复杂的本心，用一种最简单的态度来对待你，靠近你，和你相处，那么只能证明一件事，他要么爱你，要么恨你，都到了一个极致的地步。

——题记

1

生,每个人出世就在体验;老,对于年不过三十的陆子羽来说还是个遥远的概念,至少现在他根本想不到。眼下能让陆子羽一下意气消沉的事情就成了一个,唯一的一个,那就是他忽然发现自己爽约了。

当他飞速的登录游戏,结果发现自己邀请的那个老同学,对自己来说有特殊意义的女孩也爽约了。

放别人鸽了会感到愧疚,被别人放鸽了也是理所应当。不过这一连串的情绪波动后,陆子羽丢掉了这种觉悟。

先是愤怒于顾天蓝的没有底线,传播了伪造的视频;又是拼尽全力,像遇到了最好的对手一样,在电脑上对那段视频进行了技术分析,逐帧地分离、慢放,以及素材还原。

陆子羽看到的是一部电视剧里的原素材加换头软件形成了网上热搜的视频,他迅速地做出判断,做这个视频的人要么有剪辑功底,起码十年,要么在游戏里做过素材渲染和调色,并且资深,否则做不到把一个改头换面的视频做得那么逼真。

打包把自己破解过程录屏的视频发到周周一个网盘的共享,那一刻的陆子羽是极具成就感的,并且放下了心中的一块巨石,然后他就想起了本来说好晚上和那个女孩一起玩游戏的事。

他登录了说好的新区,名字依旧是万年不变的丑男。

按照约定,两个人谁先注册成功,就在游戏的公告板上用带有暗号的词语留言给对方,可是"丑男"翻瞎了眼睛,也没看到有给自己的留言。

陆子羽忍不住发微信过去,解释了一下自己遇到了一点棘手的麻烦,处理这件事花费了很长的时间,所以来晚了,顺便询问下对方是不是还没注册账号登录游戏。

但信息就像是扔给了狗的肉包子,不但一去不回头,而且连个回信的波澜都没有。

沮丧的陆子羽不知道到底为什么会变成这样。这让他开始反思，是不是自己太过理想化，或者说对那个女孩给予了太大的希望，感觉她太过不同。现实明显地展现出了陆子羽不想接受的残酷，那个女孩可能心眼过小，否则不会因为自己的迟到而连一句话也不回，拒绝跟他做任何交流。

人都有两副样子，陆子羽想到不知从哪本书里看到的一段话。一副是在你心里，其实那是你对别人的所有幻想，或者好，或者坏，好坏都极致到了唯心的地步。实际上，这个人现实中是另外一副样子，如果你发现，那么很可能你会失望，或者开始重新定义和这个人的关系。

决定去睡觉的陆子羽根本睡不着，因为心中挥之不去的失落和挫折感，起身拉开窗帘，看着窗外的东三环。尽管已经是凌晨，路上还有不少车呼啸着，用白天没有的速度飞驰而过。

对面的高楼闪烁着的灯光，看上去怎么都觉得有些萧条，就像繁华背后隐藏的没落，陆子羽盯着窗外呆呆地入神。有多久没有好好地看过这座城市了，有多久没有注意过蓝天白云了，陆子羽自己几乎都忘记了。他觉得自己把自己扔到了一个巨大的漩涡中，自己必须拼命一刻不停地划水，否则就会被彻底吞噬。

忽然有些想抽烟，这种感觉让陆子羽觉得不爽。最终他搬来一把椅子，放在窗前，看着窗外，决定给周周打个电话，询问下自己技术破解了视频的伪造本质后，接下来周周有什么想法和做法。

他想找个人说话，不管说些什么都好，起码不会感觉到孤独。这种孤独的感觉在他身上已经好多年没有出现了。

他一直觉得孤独是弱者的事情，强者即便生活在一个人的世界，也不会产生孤独的感觉。事实证明，当孤独一直不出现的时候，只是等待一个你脆弱的机会，一旦找到就会汹涌而来，让人无法抵挡。

电话接通得很快，周周那边听起来有些喧闹，嘈杂的音乐成了妨碍通话的背景音。

"谁？你谁啊？"周周说话的状态有些反常。平素陆子羽的电话打过去，她绝对知道是陆子羽找自己的。

陆子羽忽然想起周周之前就有些反常，不过是被心烦意乱的自己忽略了罢了。平常，陆子羽发任何消息给周周，她都会本着迅速回应、必有回应的原则回条消息过来。

可是，刚才发录屏视频过去的时候，周周根本没有回复。

"这么晚了，你在哪儿？"陆子羽担心地询问道。

"呵呵呵，"听筒里传来了周周傻笑的声音，"我，我不告诉你。"

"我有事问你，别闹。"

"谁、谁跟你、闹？"周周断断续续地说，"你谁啊？别跟我装装大尾巴狼。别耽误，耽误我喝酒。"

电话挂断了，嘟嘟地响起了提示音。

陆子羽眉头紧锁，周周应该处于一种醉酒的状态。他打开了手机上的定位软件，之前为了互相寻找方便，两个人做了彼此的定位设置。这本来是周周担心陆子羽会在拍摄中遭遇麻烦，情绪波动过大，害怕他直接离开做的措施，没想到这个时候成了陆子羽寻找她的手段。

陆子羽匆忙地套了件卫衣出了门，按照定位做了个导航，开车过去找周周。

他记得周周说过，如果不是特别不开心，哪怕是需要应酬，她也是不会喝酒的。至少跟自己相处的这段时间，周周没有违背过这个原则。

周周在后海的一家不起眼的酒吧，手里拎着一瓶喝了一半的 XO，没有兑软饮。酒精让她觉得浑身血液沸腾，看着周围的一切都有些惺忪。小舞台上，几个穿着另类、浑身铁链子铆钉的重金属歌手，正在声嘶力竭地扯着嗓子唱着什么。闪烁的灯光下，这个酒吧看起来颇具群魔乱舞的风采。

陆子羽从周周身后，伸手夺过了周周的酒瓶。像被刺激到了，周周回身，满脸愤怒得犹如一只被刺激到炸毛的小猫一样，恶狠狠地瞪着陆子羽，抬起手做出要打的样子。

看到是陆子羽，周周收了手，嘿嘿地冲着他傻笑起来："你、你怎么来了？"

陆子羽蛮横地拽住周周，把她拖着向酒吧外走去。一出门，被冷风一吹，周周弯腰剧烈地呕吐起来。陆子羽用力地拍着她的背，看她头发垂下来挡住脸，一把鼻涕一把泪地难受，真想送给她两个字"活该"，却又心痛她这么折磨自己。

吐出来的周周显得清醒了一些，勉强挪动到路边，在马路边上不顾形象地坐了下来。

陆子羽默默地跟着过去，坐在周周的身边，和她并排坐着。

两个人目视前方，谁也没看谁。

周周声音嘶哑得了重感冒似的开了口："导演给我打了电话，在你发来那个录屏的视频之前。"

"那个视频你看了吗？"陆子羽的声音也有些干涩，他忽然觉得嗓子有些发痒，像有条毛毛虫一样。

"没看。"周周摇摇头，"没心情，不想看。"

她忽然靠在陆子羽肩膀上："借你肩膀靠下，我有些困了。"说着她就合上了眼，整个人彻底松弛下来，活像一个泄了气的皮球一样，眼睛闭上，长长的睫毛上显得湿漉漉的，不知道是眼泪还是露水。

2

苏辞款款地走进杨梅竹餐厅，穿着得体的职业装。

她今天没有安排其他的事情，之所以穿得这么隆重，完全是因为她觉得这样穿很有必要，手里的文件袋里是拟好的合同。

她是特意在今天没有其他事情的时候，来跟曼曼签约的。从金牌制作人，到一个编剧的经纪人，这在圈里是个不可思议的倒退。

苏辞不在乎，谁让她看重那个特别的女孩了。

曼曼似乎根本没有签约时正式而隆重的觉悟。她随意穿了一件宽大的毛衣，像睡衣那种，脸上带着一股生人莫近的生冷。

只有陈靖远得到消息后，很是费心思地专门定做了条横幅扯在店里。

曼曼的状态让陈靖远很是纳闷，为什么她好像显得一点也不开心？

"没睡好，你好像有点憔悴。"苏辞在曼曼对面坐下，没急着拿出合同，"是长期失眠吗？我对治疗失眠有点心得。"

"没事的，就是遇到了一点事情，让我心里有点乱。"曼曼摇摇头，"你好像睡得也不好。"

曼曼看着苏辞，苏辞，虽然化了妆，但眼镜后还是能看到因为睡眠不好而出现的两个明显的眼袋。

苏辞叹了口气，忽然有了强烈的想对人倾诉的欲望。她手指下意识地在桌面上敲了敲："工作上的事，挺麻烦的。"

"和我有关？"曼曼问苏辞，"如果是我这边让你比较难做，可以不考虑的，我们还是朋友。"

"没有太大的联系，说有联系的话，只有那么一点点。"苏辞抬起手，拇指和食指比画出了一个微小的距离。"本来我想等你写出剧本后，这部电影用一个新人当男主角，他也是我现在马上要开拍的一部电视剧的男主角。我比较看好他，没想到他惹来了麻烦上身，现在很多投资方不太满意，觉得这个人如果用的话会出问题。"

"谁？"曼曼好奇的问，"能像我一样被你看好。"

她刻意地用玩笑的口吻问了出来，希望自己能让苏辞的心情变得畅快一些。

"陆子羽。"苏辞的答案让曼曼心情跟着不爽起来，她有些不想听到这个名字。

"他啊。"曼曼失神地回答了一句，让苏辞从她的表情里看出了一些端倪。

"你认识他吗？"苏辞追问。

"我认识他,他不认识我啊。"曼曼的话有些奇怪,不过她马上掩饰起来,"这几天网上的红人,绯闻闹得尽人皆知,我能不认识?我又不是活在原始时代。"

曼曼恨自己听到这个名字,心里还会激荡起来,故作轻松和平静,停顿了下说:"我觉得不用这个演员是好事。毕竟,这个人很败好感的。之前跟女演员传绯闻也就算了,没想到那种视频也会发出来。而且我看网上有人说,他还一直伪装单身呢。"

"他恋爱不是麻烦啊。"苏辞觉得眼前的女孩果然有着文青的天真和人云亦云,"麻烦的是他可能被别人坑了,这是个阴谋。但这种事情很难洗白,所以我这里也比较难做。"

"阴谋?"曼曼似乎对这个特别感兴趣,"这话怎么说的?难道里面还有什么隐情,能不能跟我说下?也许会变成以后我写东西的灵感。"

"陆子羽就是再作死,也不可能在自己刚接了男主角戏的时候出这种岔子。既然想走娱乐圈的路,不管他天性如何,都要学会收敛。显然,这到处都是的绯闻,对他是不利的。不要听网上一些说法,美名臭名,都是流量,有流量就是王道。"苏辞精准地分析说,"什么流量都要的艺人,只有两种。一种是看不到出头的机会,所以要拼上所有一搏,想杀出一条通天的路;另外一种是已经没了人气,一直下滑,想抓住最后一根救命稻草。这跟陆子羽的情况都不吻合。"

"那为什么他还会负面消息传得到处都是,自己也不出来做澄清?"

"出来澄清,你会相信吗?别人会相信吗?"苏辞苦笑,"我推断,这件事八成可能是顾天蓝自导自演的戏。在两个人开始传恋情的时候,我就告诉导演,不要这么炒作CP,但导演告诉我剧组没有做这么低效无下限的安排。我就知道这是顾天蓝的手法。我没想到,这个女人这么没有下限。本来就是个捕风捉影的事,结果现在变成了这个局面。"

"那视频我看了,好像没什么问题,说不定就是陆子羽想占顾天蓝的便宜,结果被人抓住了把柄呢?"曼曼心里想着苏辞的说法是否可信,冒出这么一句话来。好像刁难陆子羽能让她觉得自己心里舒服一样。

"不会。"苏辞肯定地说,"昨天半夜,导演给我传来了一段视频,是做技术分析的。我也找人看了下,应该不会假,那是有人用影视片段合成的视频。"

曼曼沉默了,不再说话,心里翻江倒海,觉得是不是自己之前把陆子羽想得过于险恶了。

苏辞看着她陷入沉思的样子,抬起手在曼曼眼前摇摇:"怎么,是不是觉得我们这个圈子特别复杂?"

"那为什么还要弃用他呢?明明知道这件事他是冤枉的啊。"曼曼装作漫不经心的样子问苏辞,脸上写满了故作好奇的表情,"我觉得这件事对他来说是不是有些不太公平。"

"现在对陆子羽和顾天蓝的讨论,已经影响到我们这部剧了。好多人都在说我们这部剧炒作没有下限。"苏辞抬手揉揉眉头,那里被挤成了一个川字,"除非找到这么做的人是谁,又或者她能站出来说明一切。否则的话,继续用陆子羽会有比较大的风险。这是投资人不愿意冒的风险。"

"没有挽回的可能了。真冤!"曼曼感慨地说。

"不说这事了,本来今天来跟你签约是件喜事,来,你看看合同。"苏辞从文件袋里拿出合同,递给了曼曼。

曼曼没有看,接过合同,直接拿出笔要签,忽然抬头问苏辞:"苏辞姐,我想问个问题,如果我写的剧本,在挑选谁来演的时候,我能不能做主?"

"想什么呢,你?"苏辞笑了,"挑选演员是导演的事,你作为编剧顶多有个建议权。不过,如果到时候你有特别符合你写的角色人设的人选,我会力挺你的。"

曼曼唰唰地签了自己的名字,苏辞从包里掏出一盒红色的印泥,让她在上面按了手印,然后递过去一张湿巾,让曼曼擦干净手。

合同一人拿了一份,曼曼把合同小心翼翼地收起来。她露出了一个真挚的笑容，对着苏辞说："谢谢你，苏辞姐。"

"我是你的经纪人了，一家人，说什么谢不谢的？这是你靠自己的实力争取到的机会。"

"就是，就是。"一边终于等到插话机会的陈靖远连忙捧哏说，"别总说客气话，见外了啊。"

"我不是谢你这个，"曼曼摇摇头，"我谢的是你刚才说的那番话，以及你告诉我，将来我写的剧本，你会力挺我选择的人出演。"

"这不重要。"陈靖远插话说，"重要的是你们现在是亲密无间的合作关系了。对不对？我们需要庆祝一下。"

"不，这很重要。"曼曼在心里说。她觉得，这一点，或许让自己手里抓住了一个机会。

分开的时候，苏辞突然说："我有几年时间，一直在某个游戏的排行榜第一。"

曼曼正想追问的时候，她摇摇手："都过去了，加油，曼曼，我相信你这个故事会写得很好。"

我们，遇到的永远都是同类，而能治愈我们的，也只有同类。

3

西城区政协礼堂，是个建国时期修建的老建筑。整个建筑敦厚、大气，给人一种正统且肃穆的感觉。

随着市场经济的发展，政协礼堂也开始做一些场地出租以作商用。在礼堂两侧，有两个小一些的会议厅，是很多小型活动比较青睐的场地。

曼曼的书友见面会，就在政协礼堂的东厅举办。这里被出租给了一家专门做古版书籍印刷的老板，开了一家线装书带茶馆的展示点。他家的线装书据说连用纸，都是用复古的工艺自己制作的。

这个书友见面会是思琪的主意，本来曼曼不想做这样的活动。无奈她跟对方说自己签了编剧的经纪约后，闺密像是被天上的馅饼砸中，觉得这件事必须宣传一波，以便抓住更多忠诚的书友，彰显一下曼曼这个小说作者的水平。

曼曼实在磨不过思琪，只能乖乖就范。

她询问思琪，大概需要多少钱，要邀请多少人，是不是要送书友一些小小的礼物，以及自己出席的话，应该跟大家说些什么。

这种面对众人的事情本就是曼曼不擅长的，甚至对这种抛头露面的事，有着发自内心的抗拒。

思琪说，在书友群里分享了曼曼签约成为电影编剧的好消息后，有热心积极的书友提出了见面会的想法。不光地点已经帮忙选好，而且见面会的费用也都被承包，甚至给书友准备了会后的礼物。

至于曼曼要说些什么，思琪表示她不必紧张，大家就是见个面，聊个天，吃个瓜，又不是正式的演讲或者宣讲，没必要去做准备。退一万步来说，曼曼当个吉祥物总是合格的。书友们在群里活跃的那些积极分子，绝对不会让整个见面会变得冷场。

想到再不情愿，这终究也是自己的事情，曼曼还是提前早早地来了。她穿了一件色调沉稳的开衫，找出了自己下半框的眼镜，看上去有一种文质彬彬的书卷气。打滴滴来的路上，司机一个劲地询问曼曼是不是大学生，让她的心情变得松弛一些。她想，无非就当是一场同学聚会罢了。有什么可紧张的呢？

曼曼下了车，看了下政协礼堂的方向，果然人不少，有工作人员在帮忙忙碌。她暗暗地握了握拳头，鼓励一下自己，然后抬腿向着人最多的地方走去。

曼曼迈进了门，结果被一个看上去有些萌，但又十分利索的女人拦住。

她看看曼曼："您的邀请函能不能让我看下？"

曼曼有点蒙,做个书友见面会,需要搞得这么正式吗?

看眼前的女孩不说话,也没拿邀请函的觉悟,周周狐疑地上下打量着这个女孩,看上去应该不像媒体单位的记者,身后也没跟着摄像师,更没有拿着采访的设备。

"你是哪个媒体单位的?"周周耐着性子问,唯恐这个女孩是陆子羽的粉丝,或者黑粉,在一会儿的发布会上再闹出其他什么幺蛾子来。

这会儿,曼曼才发现有些不对,屋子里很嘈杂,许多人在私下交流说话。这些人都带着摄像机。屋内竟然还搭起了一个主席台,看上去特别正规。

"我——"没等曼曼说完,就觉得自己被人推了一把。

周周的眼神越过曼曼,恶狠狠地瞪向了从门口进来,随手想推开站在通道中间的曼曼的顾天蓝。

曼曼回头看了眼,眼熟,然后她的眼睛眯了起来,发现这个女人就是跟陆子羽绯闻不断的那个女演员。

她没好气地哼了一声,故意压低声音,又用让顾天蓝能听得到的语气说了句:"当自己是谁啊?一点素质都没有。"

明白自己弄错了场地,曼曼转身不顾要发飙的顾天蓝,出了大门。她不知道为什么,忽然想,陆子羽是不是今天也会来?心里觉得酸溜溜的。

周周转过身,装着和记者们搭讪的样子,把顾天蓝冷在了一边。对于这个女人,周周完全没有一丁点想要再应付的模样。

反正大家都摊牌了,事情到了这样一个地步,没必要再装出熟络和好感,平白地委屈自己。

今天是顾天蓝和陆子羽联合举办的新闻发布会,也是周周认定的最后一搏。

她那天酗酒就是接到了导演的电话,含糊地说投资方要求换掉陆子羽的角色。这让周周觉得自己努力被瞬间清空,一切都失去了意义。

直到陆子羽找到她,并在她情绪重新冷静下来之后的表态。

周周自己都想放弃了，可是陆子羽坚定地说，为了周周，自己必须保住这个角色。哪怕是拍摄完这部电视剧后，陆子羽就宣布自己退圈，可是当下这口气不能不争。

陆子羽主动接手了一切，先是上门去找了顾天蓝。没有询问那段视频到底怎么回事，而是要求顾天蓝必须站出来，和自己一起给网友们一个说法。

顾天蓝本来还想着用什么缓兵之计，可是陆子羽坚定的"你要是不答应，我就掀桌子"的态度，让顾天蓝生怕陆子羽在什么都不在乎的情况下，做出什么毁灭性的事情来。

当一个抱有希望的人，面对一个彻底无所顾忌的人，结果只能是溃败，惹不起。

顾天蓝虽然答应了和陆子羽一起参加新闻发布会，心中却还是有自己的主意的，做一个"三不"的女人——不积极澄清，不主动回应，不说确定的话。她想靠着模棱两可的话，给记者留下发散的空间。这样也许这个发布会会变成一个新的机会。

至于尺度的拿捏，顾天蓝可以否认视频是真实的，却不会否定陆子羽和她之间有感情、有暧昧在。

周周现在特别胸有成竹的是，在陆子羽表现出了决绝后，她的积极努力，让她找到了顾天蓝当初留下的破绽。靠着一点钱，周周从狗哥那里拿到了当初顾天蓝雇用狗哥、陷害陆子羽的证据。

在周周眼里，这是致命的一击，顾天蓝输就输在过于相信她用过的人、做过的事都会是一个秘密。

这个时代，在能够为了钱而丢掉原则的人那里，哪儿有什么秘密可言？之所以是秘密，无非是给的诱惑不够罢了。

至于花掉多少钱，对周周来说是次要的。现在她唯一的想法，就是反击、反击、反击，出掉心中的这口恶气。至于未来什么样，她都不再去考虑。

所谓断人前途如杀人父母，顾天蓝这次实在是太过分了。

陆子羽来的时候，周周正想着整个发布会的流程，她提前沟通了一些记者朋友，应该能顺利地掌握整个发布会的节奏，让事情向着她所需要的方向推进。

陆子羽走到周周身边，压低声音说："我和顾天蓝谈过，我觉得那个视频她也是不知情的。"

"无所谓了，起码她看到后没有其他的反应。"周周横了陆子羽一眼，"不要跟我讲什么她无辜不无辜，我今天要做的，就是人挡杀人，佛挡杀佛！"

从来没见过周周这种状态的陆子羽，在心里为顾天蓝悄悄地默了个哀。

4

和顾天蓝、陆子羽发布会的暗流涌动不同，重新回到正确轨道，找到了自己书友会现场的曼曼，觉得这个见面会还算是欢快，并且充满了温馨，大家都很开心，群里的一些书友终于对上了号。

还有几个在群里经常对立、聊天里恨不得拔刀子的书友，回到现实后马上觉醒绵羊属性，失去了在群里的那种犀利和毒舌，并且很友好地交流起来，甚至开始互相勾肩搭背。

键盘侠们一向如此，离开了键盘，就是绝对无害的老实人。摸到了键盘，长出一身戾气，不服就干，化身谁怕谁的傲娇杠精。

吃吃喝喝中，大家也忘记了曼曼这个作者的身份，开始融洽地相处，不太分彼此。

如果没有方舟牛皮糖一样地黏着自己，在自己耳边叽叽歪歪个不停的话，曼曼觉得自己其实是应该很享受这个见面会的过程的。

书友见面会的费用是方舟赞助的，见到思琪后，曼曼就得到了这个消息。会后的礼物也是方舟提供的，一人一个游戏的周边，据说是方舟自己公司的产品。

方舟在大家和曼曼攀谈了一轮后，就牢固地把自己钉在了曼曼身边的位置，开始和曼曼私聊。

他开门见山地询问曼曼："你怎么认识的陆子羽？我那天有事从咖啡店回去的时候，看到你和陆子羽在广场上说话。你们好像很熟。"

"他是明星啊。"曼曼装傻回复，"我就是好奇，过去跟他说了几句话而已。"

"你可别被他的光环欺骗了。"方舟一脸诚恳，带一些担忧地说，"他其实不务正业的，他也开了家游戏公司，和我是竞争对手。因为正面的交锋敌不过我，所以才去了娱乐圈发展。一方面是娱乐圈赚钱快，他需要赚钱养自己的公司，另外一方面是他这个人作风有问题，去娱乐圈也是为了拈花惹草，吃软饭。"

"你了解这么多，难道是一直在跟踪调查他？"曼曼有些不舒服，讽刺地笑问。

"唉，说实话吧。我和陆子羽是中学同学。"方舟叹了口气说，"我当然了解他了，他这个人算是特别聪明那种，长得也帅气。偏偏不把这些天生的资源用在正路上。"方舟抬了陆子羽一手，像是多为他遗憾一样。

中学同学？曼曼心里嗤笑一声，发现眼前这个男人是真的鬼话连篇，不值得信任的。

自己这么好的记忆里，可没有方舟这样一个同学，而方舟根本不知道，自己的谎言恰巧说在了最容易被识破的地方。

"中学时候陆子羽就跟不少女生不清不楚的。"方舟用鄙薄的口吻继续讲述现编的故事，"听说还有女生怀了孕，因为他休了学。当然，这件事学校没有清楚地说出来过，只不过是大家都心知肚明的事情。也就是陆子羽学习成绩出色，所以是一些校领导和老师心里的宝，偏袒了他。不然估计最少也是个开除的结果。"

"这些都和我没关系。"曼曼实在听不下去了,直接表示想终止这个话题。

"我就是提醒你不要被他的外在迷惑上当。"方舟那副我都是为你好才忠言逆耳的嘴脸让曼曼觉得格外刺眼,正准备强行起身离开的时候,突然,方舟他手抬起来向东一指,喋喋不休地说,"今天陆子羽和那个什么跟他睡过的顾天蓝就在这里开发布会,说是两个人的视频是假的,有人在陷害他。这真是当了婊子还要立牌坊。人家顾天蓝好歹演过一些角色,大小是个明星,一定是陆子羽想吃软饭主动找了她。现在还要利用女人对他的好感,来做澄清。你觉得这样一个人,有接触的必要吗?"

"我有点事,去个卫生间。"曼曼彻底听不下去了,站起来,直接中止了交流。

她心里有些恍惚,有个声音在催促着她,一定要到陆子羽和顾天蓝的新闻发布会上看看。

"这是一个了解真相、了解真的陆子羽的机会。"曼曼这么想着,走到思琪身边,伏在她耳边说自己需要出去一下,让她帮忙照顾好今天来的书友,然后,就坚定了到陆子羽新闻发布会的决心。

这边,火药味非常浓。

某记者:"我是不是可以这么认为,你们花钱找人来戳穿所谓的真相。实际上这都是计划好的。你到现在还没有能够给出一个合理的解释,网上的视频到底是怎么回事?"

"我已经回答过并证明过了,那个视频是合成的。通过技术手段,大家应该能很清楚地知道真相。"陆子羽冷着脸,对着麦克风回答记者的提问。

他身边的周周今天毫无形象,不顾记者在场拍摄的情况,含着一块波板糖,一脸怒气地瞪着那些言语不敬的记者。

见面会已经进行了快一个小时,事情的走向并未如周周所预想的那样进行。狗哥的做证并没有打消记者们的疑问,又彻底地得罪了顾天蓝。顾天蓝在周周耳边恶狠狠地发誓,不会有任何配合的行为,让瞒着自己想翻盘的周周和陆子羽偷鸡不成蚀把米。

在记者点名提问,顾天蓝却持续保持沉默的状况下,记者们更加怀疑了。

有的记者已经脑补出由于剧组或者陆子羽的原因,非要拉顾天蓝过来做接锅侠的桥段。

陆子羽虽然竭力地证明着自己,可是记者已经把他钉在了一个可疑的位置上。

他所说的一切,几乎都变成了无用功。

"你不能指望所有人都懂技术。"提问的记者尖锐地反驳着陆子羽,"实际上你可以找人靠技术,把视频做成被合成的假象,也不是不可能。请陆子羽先生正面回答我一个问题,在视频里显示的时间段,你是否在温泉酒店的小院入住过?"

"是的。"尽管不情愿,但陆子羽知道这没办法去驳斥,因为入住的时候登记了身份证的信息。这些神通广大的记者,不可能查不到这点。

那个记者露出了智珠在握的笑容:"那么,顾天蓝小姐是否也在?你们一起在温泉小院里过夜。有没有人能够证明,当天晚上你们不在一个房间?"

陆子羽卡壳了,周周想说话,但最终没有开口。她明白,自己来做证的话,这些记者根本不会相信,只会觉得他们是在欲盖弥彰。

"我可以用我的人品保证。"是在无奈的陆子羽,只能生硬地做出了回答。

媒体席上,一群人发出了意义不明的哄笑,似乎在说,人品,娱乐圈的人有几个人品过硬的?你陆子羽现在连自己的问题都没讲清楚,又有什么人品可言呢?

"所以,你希望今天我们回去做些什么呢?"那个记者得势不让人,继续穷追猛打,"昧着良心,在真相没有说清楚的前提下,帮你说一些开脱的话吗?"

发布会现场一下安静下来,大多数人盯着陆子羽,想看看他还会怎样去做反驳,又怎么来证明自己。

周周双手捂着脸,无意义地搓动着,想遮挡自己马上要掉落下来的眼泪。

她有些悲哀地想:"还是失败了。"

"各位媒体朋友,"顾天蓝的声音响了起来,带着几分得意,她看了眼陆子羽,"我觉得我们今天到此结束吧。我们之后会再找时间跟大家说明情况的。"

她的这种话,只能给别人留下巨大的想象空间,完全就是以一个躺赢胜利者的角色来进行搅局。

"等一等!"一个声音在门口响了起来,因为过于大声,所以有些破音。

陆子羽看到了曼曼,愣了下,不知道这个心理咨询师为什么会出现在这里。

"那天晚上,其实我也在温泉小院,我和陆子羽在一个房间。"曼曼忽然情绪激动地嚷了出来。

"你……"陆子羽想说什么。

"你别说话!"曼曼快步地走上了发言席,"我的手机能不能在这里投屏?"

有工作人员走过去,跟曼曼交流了几句。

看到可能有新的瓜吃,媒体席记者的目光都向曼曼投了过来。

曼曼有些心慌,觉得心脏加速跳得厉害,似乎像要从嗓子眼跳出来一样。

她暗暗地深呼吸,默数着数字,让自己安静下来,心里对陆子羽说着:"我再相信你一次,这一次,我愿意为了你,跟全世界为敌!"

初　小札

1

子羽一直都知道自己是她的心魔,但仍没有想到她会消失在"溯源"这一关。

苏辞说:只有你能救她,否则她将永远沉睡在你的游戏里。

长老说:无本无源,无始无终。

子羽走完了几个空间,都找不到她。

然而,无论是她傻傻地叫他师父的地方,还是他第一次下聘的地方,甚至他最后一次以死亡离开的地方,都没有她。

佛格村的鹿已经被后人遗忘,寡妇们逐渐也对风起云涌的天气免疫,麻木不仁地调戏着路过的后生。

日渐荒芜的麦田因无人收割,金黄了一茬又一茬,终于成了血麦晶石。

却是,昂贵的废品。

人,越来越少,子羽有些慌了。

就在他已经准备从现实切入,通过技术的手段尝试破坏中断湛蓝的游戏时,

他听到了一声叹息:没有飘然,就不会生出曼曼了。

他想起苏辞告诉他的,她们认识的时候湛蓝叫飘然而去。

没有人能想到,她竟为了断情,返到了子羽尚未出现的忘忧谷。

那时,襄阳还未失守,情窦尚未初开,她还是个连一堆篝火都点不燃的小桃花。

可,那个空间,子羽进不去。

因为,那时,无他。

2

苏辞,你不懂。

我错过一次羽风,不想再错过一次陆子羽。

燕山古墓的血魔已没了杀戮之心,忘忧谷的花,也该开了。

3

无本无源,无始无终。

他说:第一次相见,我还是个新人……

画面回到了十年前的东三环。

他看着一脸冷漠的她微笑:你好,我叫陆子羽。

第十一章
在意，是不是个好东西

人的情感，往往从相遇时的中意，到相处中的在意，才能顺滑地进入爱情中，去体会在一起的美好与幸福。

所以，中意是瞬间的心动，而在意则要长久地坚守。在意这件事，也有个度。在意不够，情感就会降温，然后淡薄，最终消耗殆尽；在意太过，则容易风声鹤唳，草木皆兵。

倘若一个人太在意，另一个人却拙于解释，认定对方能够理解自己，那么在意就变成了伤害两个人的刀。

——题记

1

"你站住。"新闻发布会结束，陆子羽不顾记者诧异的眼神，拦下了想匆匆离开的曼曼。

周周已经按照陆子羽的吩咐订好了附近的一家茶馆，陆子羽觉得自己有必要和曼曼好好谈谈。

从他阴沉的脸色来看，他并不开心，反而有了压抑不住的愤怒。这种情绪甚至激烈得超过了在记者会上被记者不断抛出尖锐问题逼宫时的心境。

曼曼为了证明自己早就跟陆子羽相识，并不是陆子羽或他的团队安排的盘外招，彻底地说服记者，相信自己勇敢站出来所说的谎言，连接上手机投屏了自己当初还是小蔓延要攻楼的时候，添加的陆子羽的另外一个微信。

微信聊天记录里虽然多半是一些无聊时的闲扯，可是起码从时间线上能够证明，两个人已经认识很久，而不是在温泉小院之后才认识，或者干脆就是陆子羽为了脱身雇用的人。

顾天蓝彻底变了脸色，心中想着如何去证实这个女孩说的全是谎言。

最终，她还是决定放弃，她不太愿意也不敢打这种自己没有把握，甚至会把自己进一步拉入负面消息的仗。她懂得不能真的彻底得罪陆子羽或者任何一个人，稍微地利用可以，起码大家保留一种见面还能寒暄的关系。彻底闹僵，如果一个人铁了心要对付另外一个人，无论是谁，都会带来巨大的麻烦。

顾天蓝匆匆地离开，推开了不少想要采访她的记者。

随后，隐藏在现场看了差不多全程的导演假装姗姗来迟，把锅都背在了自己身上。他先是向记者和陆子羽、顾天蓝道歉，说明是为了保证电视剧的质量，自己让陆子羽和顾天蓝在生活中相处和搭戏；后面又对之前的绯闻，从圈内深受其害的当事人的角度，痛斥了无良的狗仔。

周周和导演帮着陆子羽拦下了纠缠不休的记者，陆子羽终于得以脱身，和曼曼在茶馆的小包间里对坐。

陆子羽耐着性子看茶艺师表演完茶道，干巴巴地说了声"谢谢"，然后让茶艺师出去，得到了和曼曼两个人独处的空间。

"为什么？你欠我一个解释。"陆子羽好看的眉毛几乎拧在一起，不解地看着曼曼。

他心里不理解曼曼的做法。她既然是小蔓延要攻楼，那么即便看不上自己，在游戏里拒绝就好了，也不该用男人的身份来欺骗自己。这件事变成了自己心里的刺，让自己很是恍惚了一段时间，至少到现在都没有释然。

如果说曼曼今天站出来，帮自己说话，甚至不惜搭上自己的名声是出于对亏欠的弥补，那么让陆子羽不理解的是，当自己误打误撞去咨询恰恰遇到她的时候，她为什么不跟自己说明真相？

如果那个时候摊开，自己不至于到现在还为自己的性取向而内心不安。

既然选择了无视自己，隐瞒自己，不想让自己发现她就是小蔓延要攻楼的事实，那代表着她其实并不在乎丑男这个朋友，又为什么会在今天忽然做出这样的举动，而且凑巧就在发布会的现场？

除非，一切是个局，而目的隐在云雾当中，让自己难以看清楚。

这种感觉更让人觉得心悸。当你明白一个人的想法后，无论这个想法对你是利、是弊，起码你都会觉得踏实不少。如果捕捉不到对方的想法，那么就会产生一种油然而生的胆怯和恐惧。

"没什么理由。"曼曼低声说，心里却转过了无数个念头。

她想过告诉陆子羽，自己中学时就和他相识，并且对他有不一般的情感。但，瞬间就把这个想法掐灭了。

她忽然想做一个尝试，所以决定说出一半、隐藏一半："先对你说声对不起，实际上在游戏里，我并不知道你是谁。那个时候我正好手里有一个咨询客户是关于同性感情的案例,因为我对这个不了解,也没有发言权。在现实里自己也不可能去感受这种感情,所以想到了在游戏里去做了解和尝试。"

"呵呵。"陆子羽笑了笑,笑容有点惨淡,"所以我是你游戏里的试验品,对吗?"

"抱歉。"

陆子羽挥挥手:"游戏里就是这样,性别真真假假的我能理解。何况你刚才也帮了我,这件事就让它过去吧。不过,既然实验结束了,当我去咨询的时候,你应该知道我就是丑男,为什么不告诉我真相?"

这个问题听上去平平无奇,可曼曼知道,如果自己回答不好,大概自己和陆子羽以后就会是路人,再也没有任何产生交集的机会。

她低着头沉思了许久,不敢看陆子羽逼视自己的眼睛。

终于,她缓缓地开了口:"其实如果不是遇到今天的事情,我是不想让你知道我就是小蔓延要攻楼的。我想弥补你的办法,就是和你重新在游戏里相遇,再去慢慢弥补自己的过失。"

"你怎么知道我今天在这里开发布会,并且知道我会遇到麻烦的?"陆子羽眉毛挑了挑,"在媒体报道之前,只有被邀请的媒体记者知道。而你应该不是记者。"

"我说是巧合,你信吗?不信的话,我可以证明给你看。"曼曼不经意地咧嘴笑了笑,觉得自己的书友会开得还真是及时,否则自己就不会遇到陆子羽开发布会,更不可能在发布会上为他解围。按照自己站出来之前的态势,那么陆子羽就会继续跟顾天蓝传绯闻,惹出更多的非议,不但陆子羽铁定会失去男主角的位置,而且自己也会因为网上的新闻,从此不再和他来往。

曼曼不信命,但相信缘分,相信人生背后会有一个无形的手,把人和人推在一起,给予机会。至于这个机会抓得住抓不住,又会产生怎样的后果,实际上是由两个人的选择来决定的。

"我就在旁边开书友会。"曼曼慢条斯理地说,"实际上咨询师也不是我的本职,我是个在网上写小说的写手。"

看着曼曼发笑,陆子羽恍惚了下,觉得她的笑是发自内心的,让人感到真诚和舒坦的,甚至觉得这个笑容好熟悉。

他心里的怀疑和怒气在无形中消除了几分:"那为什么决定帮我,不惜让我知道你就是小蔓延要攻楼?你刚才说要在游戏里再去弥补我,我已经销了号,你又想怎么弥补呢?莫非是等我再去咨询,然后约我一起玩游戏,用新的谎言邀请我一起?但我不喜欢被别人欺骗。"

"所以我现在也不想欺骗你。"曼曼抬起头,眼神灼灼地看着陆子羽,"在你去咨询的时候,其实我是有私心的。我第一时间就认出了你,你却好像根本不记得我。"

"我们见过?"陆子羽真的讶然了,他边询问曼曼,边在自己的回忆里搜索着关于对面这个女孩的记忆。

"不但见过,还是同学哪!"曼曼的语气里竟然出现了一些小小的撒娇和嗔怪的情绪,"不过可能我太普通,你根本没有记得我。哼,谁不知道,尖子生陆子羽骄傲着呢。"

"你是?"陆子羽疑惑了,他盯着曼曼,试图从五官里找到熟悉的形象。

曼曼拿起手机,给班级群里加的那个陆子羽的微信专用号发了一个微笑的表情。"我以前上学的时候不叫曼曼。"

陆子羽带着疑惑,拿起手机,看到那个自己犹豫再三才主动去加的微信号码,眼前的女孩似乎和记忆中的那个女孩慢慢地重合了。他内心里有些哭笑不得,但同样带着惊讶。

这竟然就是自己跟小蔓延要攻楼说过的,那个自己暗恋过的女生。在毕业若干年后,用另外一种方式,曲折离奇地重新在游戏里相遇。自己觉得在游戏里有人让自己动心,不抗拒和她接近,并且觉得相处得非常舒服。没想到,原来让自己心动过的,始终都是那一个人。

陆子羽有想热泪盈眶的感觉，自己一直焦虑的关于性取向的误会烟消云散。而自己心动的始终又是这么一个女生，或者，她就是自己注定的天使，是自己一直忘不掉、想抓住的那个人。

看到陆子羽呆愣住，曼曼心里有些不安。她鼓足勇气柔声细语地问："你还在生我的气？"

"晚上，新服，一起上号。"

2

有些事就像注定一样，迟早都会发生，无非是时间上可能会超出人的意料。丑男和小蔓延要攻楼的纠缠在游戏中重新开始，不过是换了个新服以及变成了丑男和天意罢了。

作为《临时客栈》的资深玩家，两个人对这个游戏都很熟悉了。来到新服后，前面的任务无非是一些简单的重复。

尤其是作为高玩的陆子羽，任何游戏对他来讲，只要玩过一次，基本上就等于是做了个详尽的破界。

唯一不同的是，以前玩游戏，是通过游戏去认识一些有好感的朋友。唯独这次，是和带着好感的人一起来进行游戏，这让陆子羽有了十足的新鲜感。

天意："丑男，这次我们的目标是不是重新建立一个更大的公会，做新服的第一家？"

"嘿嘿，这对我们来说应该没有挑战了。我现在只想跟你在一起有更好的游戏体验。"

"比如说呢？"

"建立公会太让人操心了。咱们应该到游戏中以前没有探索过的地方转转去。我看过宣传片，有很多地方特别美。"

"算约会吗？"虽然隔着屏幕，虽然有些脸红，但曼曼还是迟疑地敲出了这句话。

"应该算吧。"丑男的回答让曼曼有些不满,什么叫应该?这该死的直男的口吻和矜持。

"我们上次,在游戏里的婚礼被中断了啊。"曼曼不知道怎么,就把这句话说了出来。

"先去游戏里四处转转,然后补上在游戏里的婚礼,要一次盛大而完美的婚礼,如何?"陆子羽情绪有些激动地问。

"我要慎重地考虑一下。"曼曼笑眯眯地打出了这句话。

游戏中出现了奇怪的两个人,不去做新手的任务,不升级,也不去打装备。好多玩家看见两个玩家在望月阁、逍遥谷、飘云崖上来往,停留,依偎,头上都顶着一个20级的字样。

这么几天下来,游戏世界公屏上已经有人发截图,然后发牢骚说玩个游戏,竟然也遇到了恩爱狗撒狗粮。

有人不满地表示,这种情侣在现实里腻歪还不够吗?为什么在游戏里还要持续地虐狗?

陆子羽很开心,尽管在别人看来,他跟曼曼就是在游戏里没完没了地约会,此外根本无所事事,这简直违背了他过去一向以游戏为重的原则,可是他根本没有发现自己的改变。

可以说,两个人除了睡觉时间之外,每天大多数时间都腻在一起。游戏中是,现实中也有了几次约会。

第一次约会是陆子羽在犹豫半天后,带着忐忑的心理用咨询一下心理问题,说自己有些抑郁的由头,约曼曼出来吃饭。没想到曼曼很快地就满口答应下来。

这件事一旦开始就像决堤的洪水一样无法约束,然后就变成了生活的常态。

这样让两个人对此有所不满,一个是陈靖远。陈靖远发现曼曼已经连续几天没有出现在自己的杨梅竹餐厅了,这是个令他特别惊讶和意外的事情。他给曼曼去过电话，可曼曼只是说忙，有空就过去。这让陈靖远隐隐地有些担心，因为认识曼曼以来，她只有在和马豆豆在一起，以及和马豆豆分手后，有过这样的表现。

另外一个人则是周周。周周的不满在于，陆子羽忽然跟她提出了一个要求，那就是他想让周周出面，跟曼曼沟通，能否两个人实现一次同居，打着的招牌是为了更深入的感情的体验。陆子羽再三强调，这是为了将来电视剧开拍的时候，自己表现得更加精彩。

得到这个消息后，周周有点蒙圈。她不知道怎么忽然就又多了个让陆子羽心甘情愿陷入情感中的女人出现。

刨根问底后，周周才发现，原来那个女孩就是在发布会上站出来帮了自己和陆子羽一次的女人。

经纪人的敏感性让周周首先怀疑，这是一个什么新的骗局，她不相信一切都会这么巧合。

周周询问陆子羽，对这个叫曼曼的女生了解多少。

陆子羽给的回答特别简单，说她就是之前自己在游戏里玩得很好的小蔓延要攻楼。

"陆子羽，你怎么这么让人不省心？"

不知道为什么，周周心里有些隐隐作痛，大概是这种心思影响了她的判断。周周一百个想追问，为什么游戏里的男人忽然就变成了女人？或者说如果两个人产生了感情，这个女人为什么之前坚持说自己是男人？

反正，她不相信曼曼对陆子羽是好意，也不太相信这段所谓的感情。

理不出个头绪，一切都像一团乱麻一样，根本看不清楚因果。周周特别担心两件事——一件事是陆子羽才出顾天蓝的虎穴，又入了不知道谁设计的狼窝；另外一件事，她有些担心，陆子羽如果再次被传绯闻，万一发现是被曼曼利用，那么可能这个从来没有对谁用情过的男人会从此一蹶不振。

事实上，周周知道发布会后在网上已经有曼曼相关的新闻出现。一些媒体记者猜测曼曼到底是陆子羽的游戏伙伴，还是隐藏起来的女友。虽然这议论远远没有之前顾天蓝和陆子羽的绯闻那么火爆，但就怕接下来还有人在暗中推动。

周周勉强答应了陆子羽，并从他那里拿到了曼曼的联系方式。但她并没有去联系曼曼，而是变身"私家侦探"，想方设法地跟在曼曼身后，试图找出曼曼和娱乐圈有联系的证明，来验证自己的想法。

陆子羽中间来电话询问过几次，迫不及待地想知道周周联系曼曼的结果。

结果就是，周周不得不撒谎说，曼曼拒绝了这样的要求。

她跟陆子羽说："你弄清楚一件事，游戏里的大多数时间只能归游戏，而现实里的则是归于现实。你千万不要混淆。"

这事让陆子羽变得有些消沉，自嘲地认为自己太过想当然，或者太过急切。

不过，他并没有在游戏里问过曼曼到底为什么拒绝了自己的要求。不是自矜或傲娇，只是纯粹地觉得，曼曼既然拒绝了，自己再去追问的话，可能会让对方对自己不满。

郁闷的陆子羽，开始在游戏里带着曼曼做任务，打 BOSS。

天意："丑男，你不是说我们要逛遍游戏里每一个漂亮、浪漫的角落吗？"

丑男："嘿嘿，我现在改变想法了，想完成上一次我们没完成的婚礼。"

"那跟做任务有什么关系？"

"我们级别不够，离结婚的要求很远啊。"丑男想了一会儿，发出了这条消息。

"哦。"天意发出了一个吐舌头的表情，"你不是告诉我，这个游戏是你公司开发的吗？你应该有特权的啊。"

忘记了，忘记了！陆子羽忽然想起自己邀请对方玩《临时客栈》时候，强行找个理由说过的话。

他特别不好意思地发了条信息过去:"对不起,我骗了你啊。你别生气,当时是为了邀请你玩游戏才这么说的。这游戏不是我公司开发的。"

"那我不想结婚了,怎么办?"

"为什么?"

"因为你对我说了谎啊,"曼曼飞快地敲着键盘,"如果想在游戏里结婚的话,那你就把谎言变成真实的。你去开发一款游戏,然后我们在你开发的游戏里结婚。你真做到的话,我有惊喜送给你呢。"

电脑前的陆子羽振奋起来,尽管是深夜,他还是在微信群发了消息给公司开发部门的同事们:"加班,开会!"

3

初秋,天气已经有些凉意。北京路边常见的杨树上叶子开始透着些许的黄,在夜风里发出唰唰的响声。

曼曼裹着宽大的披肩,走在路上有些心神不宁,她刚接到了方舟的电话,约她过去谈谈,说有重要的事情想跟她交流。

周周扫了一辆共享的电单车,遮掩着自己的脸,跟在曼曼的身后。她心里有些兴奋,这么一段时间来,她发现曼曼的生活特别简单,除了宅在家里,就是和陆子羽约会的时候出去一下。而今天这次出门,曼曼一副若有所思的样子,和约陆子羽一起出来的时候那种开心的状态截然不同。

周周的直觉告诉她,自己应该能够有所发现。

方舟约曼曼见面的地方,是一家不太为人知道的精酿酒馆。以德国精酿啤酒与德国肘子和香肠做主打,也搭配着卖一些鸡尾酒和希腊美食。

曼曼被热情的方舟接进去,然后在一个角落里坐下后,周周鬼鬼祟祟地在他们旁边的位置坐下。

"什么事?"曼曼似乎根本没感觉到方舟的热情和讨好,面无表情地询问他。

"先吃饭,我刚下班还没吃饭呢。"方舟递过去菜单,"这里是我的根据地,啤酒和图林根香肠都很正宗。"

"我不喝酒。"曼曼说,"也是吃过饭来的。咱们先谈谈事情。"

"你知道,我是做游戏公司的。"方舟无奈地把菜单放下,盯着曼曼的眉眼,柔声说,"我对你的小说特别感兴趣,想购买版权,并且邀请你来做游戏的剧情设计,我们联手打造一款养成类的游戏。我想一定能够大卖。"

"我的小说还没写完,而且我的小说也不适合改编成游戏。"

"但我等不及了。"方舟眼睛眯了起来。他有自己的设想,游戏做得成做不成不重要,只要曼曼答应与自己合作,那么就让她到自己的公司去坐班,开会。有了工作上的接触,就有了展现自己的特长的时间。

方舟一向不觉得,自己真的想要做成一件事的时候,会遭遇失败。他有把握和信心,让曼曼在频繁的接触中,对自己产生好感。

曼曼陷入了沉默,她的思绪早就飘到了陆子羽的身上。

她忽然有些责怪陆子羽没有率先提出类似的要求,如果是能和陆子羽合作,一起来做一款游戏,两个人就能够有更长时间的相处。

她有些跃跃欲试,觉得自己可以拒绝方舟,然后想办法在恰当的时间,把这个建议给陆子羽。

看曼曼不说话,方舟得意地想,她是在考虑自己的建议,并且在思考合作后的收益。

方舟站起来,从包里拿出 iPad,然后一屁股坐到了曼曼的身边。

"看,我对你的小说剧情非常熟悉,所以我已经做了一些游戏的基本设计。"借着这个理由,他向曼曼靠拢过去,打开 iPad 上的思维导图和为游戏人物设计的 PPT,给曼曼做着讲解。

一时间,两个人颇像约会的情侣,暧昧瞬间充斥着周围的空气。

周周心里冷笑着,放下了手里的柠檬水。餐厅的音乐声有些嘈杂,她对曼曼和方舟的对话没有听得太清晰。

不过,隐约听到了"游戏"两个字,这让周周觉得一切都和陆子羽有关。不管是游戏里的邂逅，还是其他，显然都如自己所想，是一个陷阱。

她拿出手机，拍了几张照片，恰巧把看着方舟的设计、想着跟陆子羽合作开发游戏的曼曼不经意露出的笑容记录了下来。

周周把照片转发给了陆子羽，在微信上留言说："我在外面吃饭，你看遇到了谁。"

收到短信的时候，陆子羽正在看公司设计部发来的游戏设计。

新游戏在陆子羽的坚持下，主打养成和社交功能，或者说，是直接指向恋爱养成功能。游戏里没有虚拟的NPC，而是玩家和玩家之间的交流。通过大数据的筛选，游戏会为进入的玩家直接推荐有共同特性、爱好的玩家，目的就是打造一种全新的社交方式，进而改变游戏宅现实当中难以找到合适伴侣的现状。

陆子羽甚至连游戏宣传的口号都已经设计好了：你不是一个人在打怪升级。

陆子羽的好心情，被周周发来的照片打击得支离破碎，他想到了周周之前的回复，曼曼拒绝了自己让周周代为提出的要求。他原本以为是矜持和羞涩，觉得自己该更有一些耐心。现在这个想法被彻底地扼杀，他简直不敢相信自己的眼睛，尤其是和曼曼靠得很近的那个男人，竟然是自己一直以来的死对头方舟。

她怎么和方舟认识的？

两个人为什么看上去那么亲密？

她接近自己，是不是和方舟有什么关系？

如果她跟方舟很早之前就熟悉，甚至是情侣的话，那么她不可能不知道自己和方舟的关系有多么恶劣和紧张。

陆子羽感到胸口有些发闷，接着心跳急促得让他有些喘不上气来，隐隐有些痛感。他起身，像只被困的小兽一样，在房间里转来转去，考虑着自己接下来该怎么做，却始终想不出一个完美解决的答案。

或许在陆子羽的心里，他不想去面对，或者怕质问会让曼曼觉得伤心。这种惶然无措的状态,对陆子羽来说是之前根本没有出现过的,平时遇到所有的事情,他基本上都会很快地做出一个决断。

陆子羽没有意识到,他的恋爱脑又开始运转了。

陆子羽拿起手机,想给曼曼一个视频申请,却又无力地放下。

周周的微信又发了过来:"你想怎么做?要不要我帮你质问她?"

陆子羽颓然地靠着墙坐下,盯着手机的屏幕呆了一会儿,然后回复周周:"不要,我自己的事情,自己解决。"

周周没有再继续说什么,她冷笑着看了看曼曼和方舟,站起来离开。

出门的时候,感到压在自己心里那块沉甸甸的石头终于算是落了地,她相信陆子羽会做出判断,他只是在激情和冲动下,没有在面对曼曼的时候发挥自己的睿智。只要有人给出一个线索,那么他自然能够抽丝剥茧地把一切分离归类,厘得清清楚楚。

只是周周想不到,在她回到自己的出租屋美美地洗个澡睡了后,陆子羽失眠了,睁着眼睛毫无睡意,各种乱七八糟的想法如一场不停歇的暴风一样,肆无忌惮地冲击着他的内心。

4

一直以来,周周都以为陆子羽属于那种拿得起、放得下,即便遭遇了什么困难,都能冷静面对很快走出的男人。

事实上她忽略了一件事,那就是没有一个人能冷静和淡定到真的面对在乎的人时,还能保持清醒和理智的。

所谓清醒、理智,不过是因为面对的事和人,形不成真正的冲击罢了。

陆子羽陷入了一种非正常的正常状态当中。说他非正常,是因为他和过去的自己截然不同;说他正常,他的表现就像所有失恋且被背叛的人一样,做着自我的放逐,宣泄,甚至有一丝对自己的质疑。

接连几天，陆子羽都没再去碰过电脑，甚至连家里都不想待着。

他刻意地逃避着和曼曼的所有联系，哪怕丁点联系的事物，却在大多数时间，都会不经意地想起那个女孩。

这让陆子羽觉得自己锥心地痛，他应对的方式就是躲开，躲开整个世界。手机关机，和所有人失联，到每一个能找到的酒吧去，像个狼狈的失败者一样，喝得醉醺醺的。

实际上陆子羽不会喝酒，也喝不了酒，所以他很快就能把自己灌醉，甚至吐得一塌糊涂。

这个时候，他喜欢蜷缩在一个黑暗的角落里，发呆，或者偶尔自嘲地笑笑，拼命想把这段时间以来的遭遇以及曼曼从自己的脑子里甩出去。

当周周费尽力气，终于瞎猫遇到死耗子一样找到他的时候，他已经在一个日式的居酒屋里喝到了烂醉。

周周看着冲自己傻笑的陆子羽，气不打一处来，冷声要他跟自己一起回去。可是陆子羽软瘫得像泥巴一样，赖着不走。周周失望之余，心里的怒火被哗地浇上了一桶油，熊熊燃烧得更加剧烈。

再三尝试无果的周周，咬着牙给了陆子羽一个耳光，用的力气对得起那声脆响。陆子羽却若无其事地、呆呆地像不知道发生了什么一样，只是看着周周笑，笑，周周眼圈都发了红。

周周觉得，继续这样下去，陆子羽就彻底被毁掉了。

不知道陆子羽拥有一个恋爱脑的她不明白，为什么陆子羽会在一段并不长久，而且在游戏里发生的感情里沦陷到一塌糊涂。

她明白，这件事必须有一个结果。她决定，给曼曼打一个电话，要曼曼过来，直接摊牌。哪怕陆子羽以后会恨自己，对周周来说，她觉得以后怎样已经无所谓了。

收到周周电话的曼曼，飞快地来到了这家居酒屋。

几天来她也处于一种特别焦灼的状态中，作为心理咨询师，她明白自己的心态一定是出了问题。可是，医不自治，她不知道怎么能够让自己平静。

这种心焦，完全来自陆子羽的突然失踪。游戏里留言无数，却得不到回应；24小时挂机，设置了好友登录提醒，却迟迟不见丑男的账号上线；发微信没有回应，打电话提示关机。

曼曼不知道陆子羽到底在做什么，为什么会忽然出现这样的情况。

处于暧昧和恋爱状态中的人，最显著的特点就是胡思乱想。她甚至已经脑补陆子羽是不是外出的时候不小心出了什么事情，遭遇了意外，有没有受伤或者生命的危险。

好几次，曼曼都在困倦得不行的状态下，被蒙眬的梦境惊醒。

在梦里，她看到陆子羽被裹得像个木乃伊一样，躺在病床上，医生对自己说，"我们已经尽力了"。

尽管周周的电话没在自己的通讯录里，一向拒接陌生电话的曼曼还是接听了。她担心这是谁通知自己陆子羽的消息，哪怕有万分之一的希望，她也不想错过。

曼曼进到居酒屋的小包间里，先看到的是横眉立目的周周，然后整个人都被坐在地上发呆的陆子羽吸引去了眼神。

陆子羽看到她，竟然还抬起手跟她打了一个招呼，只不过明显情绪上有了起伏。

"他疯了，快没救了。"周周抱臂敌视地看着曼曼，"现在你们目的达到了？你到底想做什么？想要什么！"她的声音愤怒而尖锐，整个人像一头发怒的狮子。

"我们？"曼曼一脸莫名其妙地看着周周，伸出手指指向陆子羽，"我和谁？和他？"

周周冷笑一声，打开手机相册递到了曼曼的面前。

曼曼看了一眼，眉头皱了起来："你跟踪我？"

"是。"

"陆子羽的意思？"曼曼的声音开始变冷。

"不，是我的意思，我一直觉得你和陆子羽之间的关系太过巧合。作为经纪人，我需要为他着想，避免他吃亏上当。"

"我不知道怎么跟你解释，也不想跟你解释。"曼曼大声地冲着周周说，"你凭什么怀疑我？"

"事实已经证明了，不是吗？"周周根本不示弱，气势汹汹地反击，并靠近曼曼，直视她的眼神。

"别吵了。"陆子羽从榻榻米上站了起来，摇摇晃晃地走到两个人中间。

他黑亮的眼睛看着曼曼："我想知道为什么，你能不能告诉我？"

曼曼根本没有理会陆子羽，甚至吝啬看他一眼，只是盯着周周说："方舟是我的书迷，你相信也好，不相信也罢。我跟陆子羽在游戏里认识的时候，我还不知道丑男就是陆子羽。"

"你们的感情进度挺迅速啊，你就这么轻易会爱上一个男人？"周周不示弱地提出了自己的质疑。

"后来才知道，他是我中学的同学。"曼曼忽然爆发了，快速地说，"中学的时候我是插班生，单亲家庭，自卑，不爱说话。但我在那个时候就喜欢陆子羽，只不过我因为自卑，没有表白。现在又阴差阳错地遇到了，我不想再错过，有错吗？有错吗！"

她彻底地丢开了顾虑，一口气地把心里话说了出来，眼泪不争气地流了下来。她心里有危机感，觉得自己可能会失去和陆子羽重逢后的一切。

尽管结果未知，可是她想再做一次努力，哪怕这是最后一次。哪怕陆子羽根本不相信。

周周愣了下，侧过脸看下陆子羽，陆子羽的表情也在脸上凝固了。

周周开口问："陆子羽，她是你的中学同学？"那眼神里带着质疑，似乎在审问陆子羽，让他说真话。

陆子羽没有回应，他被曼曼刚才的话惊呆了。一直以来，他都认为曼曼是自己暗暗喜欢的那个女孩。

但，两个人在中学没有过太多的交集。曼曼似乎根本不在意身边的人，也不愿意别人走进她的世界。

他万万没想到，自己暗暗喜欢的女孩也暗暗地喜欢着自己。而两个相互有好感的人，就那样错过。

曼曼不再跟周周解释什么，而是直接打开手机，证明给周周看。同学群，陆子羽添加自己的另外一个微信，两个人的聊天记录，以及，在曼曼手机里，隐藏文件夹里的照片。像素很低，明显是过去老手机拍摄的照片，是中学时代的陆子羽，有坐在教室里的侧脸，有陆子羽在操场上打篮球的照片，有班上活动时陆子羽发言的照片。

陆子羽轻轻地推开周周，看着曼曼的手机。

他忽然主动地伸出双手，紧紧地抱住了曼曼。

曼曼身体僵硬了下，却没有拒绝，反手抱住了陆子羽，紧紧地抱住，那力度表明，她想从此抱住，而不再失去。

周周忽然觉得自己像个电灯泡，拉开门走了出去。

陆子羽和曼曼拥抱着，根本不在意门被拉开，两个人会被外面的顾客看到。这一会他们心里是满足的，只有彼此，却像已经抓住了整个世界。

江湖　小札

1

苏辞说：陷入爱情的你，又骄傲又卑微。

我将羽血令收入纳戒，自顾自地念叨了一句：若是"烽火戏诸侯"的CD时间再短一些，我便能助他成功斩杀黑龙了。

苏辞一扇过去，差点就切断电源。

我回头幽幽地说：有的人，穷尽一生也不敢说出那句话。而有的人，只需遇到的时候跟着心走。

2

接连下了好几天的雨，我也就一连在床上躺了好几天。

冷的哦，连心都像结了冰一样，电热毯开到最高温度，依旧暖不了。

那人说：你还是要多出门一下。

我说：下雨。

那人又说：偶尔雨停了你就去狮子山发呆去吧，总待在屋里对身体不好。

我说：出门会黑，不想动。

那人便不再说话。

我看着对话框上方不停地显示着"对方正在输入"，然而，终究没有收到那人的下一句。

其实，你只消说一句：我在楼下。

我便会说：我想你了。

两个人的距离说远不远说近不近时，距离就是心头的一根刺了。

3

逍遥静静地裸着上身，提着打狗棒站在那里。

夜，凉凉的。

我伸手去摸逍遥的脸，也是凉凉的。

你怎么回事？

逍遥一点都没变，永远那么清冷，只是这一次的清冷更让人寒到彻骨。

薇凉，难道你还不懂，我已散尽千金只为换你一世相伴江湖？

没有问他原因，我默默地生了一堆火，两人静坐一夜，只喝闷酒，不谈心事。

天微微亮时，有人偷袭，我怒将那人投入火中，火势更旺。

趁逍遥还在熟睡，我悄然离去。

逍遥，对不起。纵然和尚永不还俗，我桃花朵朵也只能因他而醉。

他虽不曾纳我，却也不曾离我。

这世间，哪有太多两情相悦，大多是一厢情愿罢了。

只不过有人可以日久生情，有人只沉迷一见钟情。

4

夜里的时候,电话突然响了。

那人说:你在干吗?

我一边策马奔腾在各个地图上挖宝,一边漫不经心地说:发呆。

他"哦"了一下,半晌又问:除了发呆呢?

我想了想,退了游戏说:打游戏。

他又"哦"了一下,自言自语一句:你现在战力都比我高很多,好友似乎也越发多了,最近也不怎么和我说话。

我冷笑:当初若不是你,我会玩吗?这样也好,我便迷恋其中,空不出来时间折磨你了。

他叹了一口气,有些焦急地说:我不是这个意思。

良久,他说了一句:我刚才在你楼下。

等不及我回一句,他便说:你睡吧,我和朋友吃夜宵去了。

挂了电话,我的眼泪簌簌落下。

我,终究没有机会对他说一句:我想你了。

5

明天,家园系统就开了。

嗯。

我可以,住你家吗?

第十二章
请不要在我的爱情里说话

爱情需要指点吗？也许这是个根本没有标准答案的问题。每个人的身边都会有关心你的人，会带着一种审视的目光，去看待你所爱的人，去看待你所拥有的爱情。他们发自内心地关心，对处于爱情中的人来说，可能是勘破迷雾的慧眼，走向幸福的助力。也可能是爱情路上的阻碍，是督促你做出错误决定的迷障。

可以确定的是，即便有人给你指点，甚至指指点点，最重要的也是陷入爱情的人本心到底如何。它，才是最终决定一段感情是否能得以延续的最核心的因素。

——题记

1

世界上有许多事会出人意料，就如陆子羽和曼曼两个人戳破了一层纸后，并没有像别人想象的那样变得更加黏黏糊糊，如同被嚼过的麦芽糖。

陆子羽已经进入了一个特别专注而固执的状态，他交给自己的任务是在电视剧开拍前，必须完成新游戏的设计和内测，最好是能完成公测。

这样他就可以完成自己现在最大的心愿，用最快的时间和曼曼在自己开发的游戏里，补给对方一场完美的婚礼。

除了每天固定地在晚上的时间段上线游戏一个多小时外，他整个人几乎搬到了公司的工作室里居住，不断地和公司的同事们一起加班。这让公司里的员工痛并快乐着。

痛是因为在陆子羽的要求下，大家都搬来了行军床，不得不彻底地贯彻以公司为家这句口号，吃喝拉撒几乎都要在公司里。而快乐是因为，陆子羽不像过去那样只做神龙见首不见尾的甩手掌柜。

这是在公司刚成立不久，开发上一款游戏之后，陆子羽第一次这么深度地参与到工作中来。

对一家企业的员工来说，既讨厌老板没事在公司内部转来转去，每天死盯着大伙，又希望老板能够在公司里，带领大家去做一些开拓。这种矛盾心理是大多数职场人共存的心态。

至少，陆子羽现在的干劲让大家重新感觉到了有奔头，公司有前景。

不懂浪漫的陆子羽，为了曼曼同时开启了一些烂俗的行为。他知道自己忙于工作，会疏忽了和对方的交流，所以，连续订了一个月的鲜花，每天一种搭配，每天一句话，一张贺卡。

周周跟陆子羽有过一次深入的交流，她提醒陆子羽距电视剧正式开拍不远，陆子羽应该拿出一些精力来，做好开拍的准备。

陆子羽格外自信，可以说膨胀地对周周说："我已经找到了那种感觉，放心，这次开拍后，我的表演一定能够让导演满意。"

周周看出来了，已经做出决定的陆子羽是九头牛也拉不回来了，只能大撒把，任凭他自作主张。以她坚持要陆子羽每天抽时间读一读剧本，熟悉下故事情节，找找情绪和台词。她可不想情绪上到位的陆子羽，在拍摄现场因为台词不过关，而只能念12345，然后后期配音，这会让陆子羽在圈内的名声遭到破坏性的打击。

可怜的周周就像个唠叨又惹人烦的老母亲，每天都要打电话抽查一下陆子羽看没看剧本，看了哪一集的内容，像个考官一样提问陆子羽，这集主要是什么剧情，心血来潮还会让陆子羽挑着背一些对白。

忙碌而充实的陆子羽很快乐，觉得生活又回到了过去的轨道，并且自己被赐予了一段美妙的缘分。

不像陆子羽所担心的那样，曼曼根本没有因他忙碌起来而显得疏远自己，或者因没能把太多时间给自己而产生什么负面情绪。

反之，曼曼特别享受现在的相处，她一向都是比较素淡的女人，认为两个人彼此心中惦记着对方就好，何况，曼曼本身也有事要忙。

自从上次告诉陆子羽他是自己中学时代的暗恋后，曼曼收获的最大惊喜就是陆子羽竟然告诉自己，中学时代他对自己也有好感，因为对自身恋爱脑的恐惧，一直压抑着不敢对她表白。

这给曼曼带来了信心的同时，也带来了如泉涌一样的灵感。和之前创作其他作品的状态完全不同，她似乎一下就找到了妙笔生花的感觉。

从开始写下第一行字"夜。内，卧室"后，答应苏辞的剧本写得飞快，一幕幕场景画面，像已经成形的影片一样，在曼曼脑海里一幅幅地呈现出来。而她需要做的就是记录，记录，然后略加润色。

大纲，梗概，分场，一气呵成。

曼曼对自己离奇的高效率状态惊喜不已，却又不敢有任何放松。

虽然没有把苏辞找自己写剧本，自己要把和陆子羽的故事在大银幕上展现出来的事告知陆子羽，但自己心里还是有一根绷紧的弦，她想在陆子羽完成游戏之前，最晚在他完成游戏的同时完成剧本的创作，当成送给陆子羽和自己的惊喜。

许久没看到曼曼的陈靖远有些六神无主,好在,苏辞给了他到位的宽慰。苏辞的效率也很高,拿着曼曼给的分场和大纲,已经送审了,因为不是什么敏感题材,过审和立项只是时间的问题。

她来找曼曼的目的,一是看下剧本的进度,二是跟曼曼确定下演员的人选,对苏辞来说,等到剧本差不多完成,这个项目就可以启动前期的宣传了。

如果有演员可以参与其中,那么可以对电影做一次到位的预热。

"你认识陆子羽吧?"苏辞开口对曼曼说的第一句话是询问她和陆子羽的关系,"我看了网上一些新闻,你在他的发布会上出现过。"

曼曼迟疑了下,决定还是不暴露自己跟陆子羽之间真实的关系。她担心,陆子羽如果出演这部电影,很可能会有人非议他是靠和自己的关系才拿下的角色。

男人,肯定都是自尊的,尤其是陆子羽这样的男人。

"算认识吧。"曼曼故作轻松地说,"游戏里的朋友,我也是不久前才知道,他就是游戏里的丑男。"

苏辞眼睛亮了起来,她没想到这么巧。

长于宣介的她脑子里马上冒出了这部电影前期预热时候的核心点,在首个阶段,可以放出陆子羽出演主角的消息,并且说陆子羽和编剧的渊源,这样一定能够吸引眼球。何况之前有陆子羽和曼曼在发布会上的新闻打底,至今还有人猜测曼曼和陆子羽到底是什么关系,这就保持了热点的延续性和持久性。

"你觉得他出演主角怎么样?"打定主意的苏辞故意问曼曼,"你之前提过,在演员上你要有建议和决定的权利。"

"尽管陆子羽不算是成熟的演员,但我觉得自己演自己,一定是更有感情,更能入戏的吧。"曼曼双手捧着下巴,装出一副漫不经心的样子回答苏辞,"反正在我看来,可能有很多人比他更资深,但这个戏没人比他更合适。"

"女主角你有什么考虑吗?"苏辞用探询的眼光看着曼曼。

"呃。"曼曼愣了愣,不知道怎么回答,当初提出要求,只不过是想帮陆子羽一把,拿到角色,弥补自己内心对他的亏欠。至于其他演员,曼曼根本没想过到底让谁来演,她对这些本身并没有太大的兴趣。

她想了想,鬼使神差地冒出了一句话:"只要不是顾天蓝,都行。"

2

和曼曼谈完之后,苏辞就开始稳扎稳打地推进自己的预热计划。她让导演牵线,和陆子羽的经纪人周周联系上,说出了自己的想法。周周觉得天上掉馅饼一样,就出现了这样巨大的一个惊喜。

要知道,作为一个网上有流量的新人,能在电视剧担纲主角就让周周觉得幸运眷顾了自己和陆子羽,毕竟进入圈内的起点是电视剧的男主就已经属于奇迹。一般来说,顶级网红转型之路,基本上是从参加综艺节目起步,偶尔在某些影视中客串一两个可有可无、有几句台词的角色就可以大吹一波。接下来基本上是接一些男二、女二之类的小成本网剧。除非表现特别逆天,才可能在几年之后拿到正规电视剧的主角邀约。

毕竟,影视圈也是存在鄙视链的。老戏骨们看不起流量偶像小鲜肉,流量偶像小鲜肉看不起网红。并且很多艺人在电视剧行业做了十多年,甚至拿过奖,想要成功转型院线电影的大银幕也不容易,尤其是作为主演,这是一件太多电视剧演员一辈子没有达成的成就。

这种美事,真是让周周睡着了都能笑醒。

可是,很快,周周就乐不起来了。

苏辞除了跟周周谈妥了陆子羽出演电影的事情外,还花了一些人脉和钱的代价,找媒体记者给曼曼做了一些专访,并让她参加了几档访谈节目。曼曼被包装成了当红的网络写手,正职是深谙他人心理的心理咨询大师。

苏辞觉得,心理学是个非常到位的人设点,强化这些点,会让人在一干编剧里,很容易地就记住曼曼这个新人。

接下来,苏辞做的事情,就是通过专访讲出了曼曼和陆子羽在游戏里的故事,同时宣布陆子羽理所当然地加盟了这部电影。

不巧的是,曼曼在网上崭露头角,有些名气的时候,一些自媒体发出了曼曼和陆子羽绯闻的消息,配图是在居酒屋的包间内,曼曼和陆子羽忘情地拥抱着,看上去特别亲密。

这条消息很快被各大媒体转载,也冲上了微博热搜。

于是,陆子羽再度实现了霸屏,而充满恶意的揣测和八卦新闻很快出现了。

舆论的风向从来不根据人的意志而转移,尤其是在这个人人都可以做记者、人人都可以发声的年代。

网上甚嚣尘上的是对陆子羽人品的质疑,过去嚷着陆子羽卖脸靠顾天蓝进入娱乐圈的一干人等,现在都在坚持陆子羽为了成电影演员,又靠脸蛋去说服,或者说睡服了一个电影编剧。

沉寂了一段时间的顾天蓝,在微博上发送了一张自己面容惨淡,蜷缩在卧室墙角阴影中的照片,并且配上了一段含混不清的文字:人生若只如初见,只是个奢望。有些人只是你的游戏伙伴,从未想过陪伴你走完全程。

这给网上的舆论加了一把火,似乎确定了网上一些人的说法。

周周知道对方是在火上浇油,但又无计可施。毕竟,人家再伤春悲秋,也没指名道姓地说陆子羽什么,想告对方诽谤都没有理由,更没有理由让顾天蓝删除微博,不要乘着歪风邪气兴风作浪。

工作中的陆子羽,在办公室见到了来势汹汹的周周。

周周不客气地质问陆子羽:"你确定你那个中学同学,是个单纯、善良、没有心机的女孩？"

一脸茫然的陆子羽根本不知道发生了什么事情，埋头工作当中的他，除了和曼曼偶尔微信联系外，几乎和手机绝缘。

"怎么了？"陆子羽不解地说，"有事你就快说，我这儿一会儿还有个会呢。游戏的大框架搭起来了，我玩了下，要跟开发部和技术部开会调整一些细节。"

周周把事情说了出来，陆子羽还是一副无所谓的表情："记者吗？乱讲又不是第一次了，我觉得这件事比之前顾天蓝作妖的那些事要简单吧。"

"你到底有没有脑子？"周周用恨铁不成钢的语气冲着陆子羽开了连珠炮，"那个曼曼怎么就忽然想起了写剧本？剧本怎么就忽然被苏辞看中？然后你和她的消息怎么就满天飞？她在网上做宣传，为什么说出来你和她在游戏里的故事？这些她问过你吗？问过吗？换句话说，考虑过你的感受吗？"

陆子羽摇摇头："我觉得这不重要啊。写小说写得好，有人找她写剧本也是正常的。至于宣传上说的那些事，我和她在游戏里的误会，这是事实啊。事实有什么不能说的？"

"陆子羽，请你动动你聪明的脑子。"周周咬牙切齿地表达着不满，"首先，按照你们之间的关系，如果真的是恋爱，那么这种事她一定会跟你来商量下，尊重你的意见。其次，你和她在居酒屋里拥抱的照片，是谁拍的？到底怎么泄漏出去的？这种事很明显是有你不知道的东西在，你忘记了当初顾天蓝和你亲热的照片，就是顾天蓝一手操控的吗？"

"你什么意思？说清楚些，我有点反应不过来。"陆子羽嘴上这么说，心里却也是一动，他被周周最后的几句话说得忽然冒出了个可怕的念头，难道说曼曼也像顾天蓝那样，利用自己在炒作？但曼曼完全不用啊。如果她需要的话，可以提前跟自己商量，自己一定会答应她，甚至配合她的。现在这样什么都不说，忽然冒出了那种照片，难道说，她根本不在意我，或者是，不是真的对我有感情？

看着陆子羽的表情凝重起来，周周知道他已经想到了自己说的那些话的意思。周周的神情缓和下来，斟酌了下，开口告诫陆子羽："我不想干涉你的感情生活，可娱乐圈就是一个特别复杂的地方。我刚入行的时候，就有带我的前辈告诉我，在这个行业里，有些人对你笑不是因为喜欢你，有些人对你好，也许只是在某个阶段。你既不能冷冰冰地面对所有人，把自己隔离出来不融入这个人人戴着面具的行业，也不能浑身是刺，把自己变成一个孤家寡人。一个成熟的圈内人，是能够笑着去面对所有人而不去动内心的感情的。这个圈子里的人没有什么朋友，更没有什么爱人，有的只是利益。所以谁动心，谁就输掉，谁疏忽，谁就可能成为垫脚石和失败者。"

"我不相信。"陆子羽下意识地攥紧了拳头，"我不相信她那样的女孩，会这么有心机和城府，会来伤害我。"

"那现在的事情怎么解释？"周周看了陆子羽一眼，发现他的眼神有些空洞。她知道继续谈下去，就会形成对他的逼迫和更大的压力，决定留给陆子羽一个属于自己的时间和空间去考虑这件事情。"我饿了，我下去吃口饭。这件事我们回头慢慢地聊。"

有些失魂落魄的陆子羽，彻底地陷入了自我的世界，根本没有听到周周在跟自己说什么。他只看到了周周嘴唇的开合，然后拉开办公室的门走了出去。

重新一屁股坐到椅子上的陆子羽，看着电脑上的游戏界面，觉得寡淡而无味。他下意识地拿起了笔，在之前准备开会，写上了要调整细节的本子上，胡乱地写着自己和曼曼的名字。

"她一定是有什么苦衷的。"许久，陆子羽咧嘴，惨淡地笑了笑，这么安慰自己。虽然这句话自己都不太相信，不过，他也做出了决定，那就是约曼曼出来，把这件事谈个清楚。

他不希望，自己和曼曼之间会有隔阂，有不同的心思。

如果是误会，那么就解除误会；如果不是误会，他起码也要得到一个答案。

上天似乎根本不给陆子羽这个机会，打电话，曼曼迟迟没有接听。

陆子羽无奈，想发条微信，结果发现之前鼓起的勇气一点点地消退，他有些不敢正视自己刚才的决定了。

3

曼曼揉着太阳穴，一副头疼的样子，从演播室走了出来。

苏辞安排了一系列采访，这次是在电视台一档文艺访谈的节目中做嘉宾。相比于之前的不适应，现在的曼曼觉得自己已经变成了复读机，大多数采访中，都是重复一些过去说过的事情，不过是换个说法，或者描述的角度。

这种日子让她觉得乏味、枯燥且疲惫。她还是喜欢那种自己独处在家里，做一个宅女，自己想就写写东西，懒惰的时候就和陆子羽通话，或者玩玩游戏的生活。

一连串紧锣密鼓的采访之后，曼曼有些心疼陆子羽。这是恋爱中人常见的一种状态，总是不由自主地想把任何事情和对方产生联系。

她想，陆子羽作为一个艺人，基本上除了拍戏之外，可能长期要面对这种接受采访、不断宣传的折磨，就觉得陆子羽一定是像自己一样，心里对这种日子产生了无限的苦闷。

苏辞这个时候很好地发挥了经纪人的角色，甚至兼职成了曼曼的助理。她把曼曼的包和手机递给了曼曼，细声说："刚才有你的电话。"

"是陆子羽。"曼曼看了眼手机，对苏辞说，然后就想回拨过去。

"先别忙，我们找个地方坐坐。"苏辞阻止了曼曼的动作，硬拉着她上了电梯，去了顶层电视台的咖啡厅。

苏辞心里窝着一团火，估计没有谁比她更关心这个时间段里，舆论对曼曼的评价了。

虽然曼曼的名气不足以成为热搜的主角，但因陆子羽的关系，也被网友们熟知并固定了人设。

苏辞觉得，陆子羽和他的经纪人就是在搞事情，在自己和对方谈完在电影项目上的合作后，马上就有陆子羽和曼曼在居酒屋拥抱的照片和新闻流传出来。

这绝对不是无心之失，毕竟那个时候曼曼还不值得媒体关注。并且在居酒屋那样比较私密的包间里，如果不愿意的话，怎么有可能被别人拍到。

又是娱乐圈里这种老套，但有效的手法，故意安排人来传绯闻。

虽然当时对方并不知道曼曼会入圈做编剧，可是苏辞总觉得之前陆子羽的团队就有计划，现在看到自己在帮曼曼做宣传，这个计划可以变得更加具备热搜体质，可以更多地玩些花样。

何况，苏辞怀疑，之前陆子羽团队就知道曼曼已经签约的事情。

她和曼曼接触了几次之后，就知道眼前这个女孩虽然心思细腻，但是简单、单纯。

尤其是，她知道曼曼之前因为在游戏里的事情，对陆子羽心怀歉意。这也是苏辞眼里，曼曼在陆子羽发布会上出现的主要原因。

她没询问过曼曼，却断定，发布会上的一幕，是陆子羽团队在知道曼曼是游戏里的那个人后，利用她愧疚的心理做好的安排。

曼曼被苏辞按在沙发上，看着苏辞忽然变得很严肃的脸，心里有些打鼓。她回忆了下刚才接受采访的时候，自己是不是说错了话，或者出现了什么不当的失误。

苏辞要了两杯咖啡、几样小蛋糕，然后对曼曼说："你觉得陆子羽这个人怎么样？"

这个问题瞬间引起了曼曼的警觉，她第一个想法就是，苏辞可能要换掉陆子羽这个主演。这让她心里涌出了一丝慌乱。

"挺好的呀。"曼曼干巴巴地回答道。

"那换个问法,你到底有多了解这个人呢?作为游戏里的网友。"苏辞在说到网友两个字的时候,故意加重了语气。

"有什么事情吗?"曼曼没有正面回答,而是反问苏辞。

"你最近几天忙着配合做宣传,没有时间上网看看新闻吧?"苏辞笑了笑,说,"如果我告诉你,你现在是一个横刀夺爱、没什么廉耻、光看脸蛋没有内涵的女人,你会怎么想?"

"这话从哪儿说呢?"曼曼摸了摸手机,还是没有打开,抑制住现在去看新闻的冲动。

"陆子羽现在在网上有个称号,"苏辞不紧不慢,说,"娱乐圈资深软饭男,天赋卖身不卖艺。"

"谁又在造谣!顾天蓝吗!"曼曼听到陆子羽又惹上了麻烦,头脑发热地冲动起来,声音很大,引得周围的人纷纷向她这里投来关注的眼神。

"淡定些,"苏辞搅拌着自己眼前的咖啡,低着头仿佛在自言自语,"顾天蓝的可能非常小,除非她能每天跟着陆子羽。这件事应该就是陆子羽,或者说他和他的经纪人的策划。"

"自己黑自己,他又不蠢,怎么会做这样的事情?"曼曼强辩说,虽然她很清楚,以苏辞的性格,如果没有抓到什么关键的点,是不会信口胡说的。

"你前段时间和陆子羽约会过?"苏辞抬头忽然问道,"在一家日式的居酒屋,你们两个网友还深情拥抱了一下,对吗?"

曼曼无语了,她怀疑地看了下苏辞,这件事除了自己和陆子羽以及陆子羽的那个经纪人,应该没有其他人知道。

那个时候自己还是个小透明,陆子羽又不是跟自己一起去的居酒屋,出门的时候,陆子羽帽子、墨镜、全副武装,怎么可能被别人发现呢?

"不要用那种眼神看着我,我会难过的。"苏辞难得开次玩笑,"我又不是什么大侦探。这件事不光我知道,网上很多人都知道了,连你们的照片都被传得满网飞。是不是觉得不可思议?我同样也觉得不可思议。那么这件事就很值得推敲了。"

"为什么会这样？"曼曼不知道说什么才好，她并不笨，闻琴音而知雅意，苏辞这番话的意思，她猜也能猜出个七七八八。

"其实你们并不熟，你对陆子羽也没有多少了解。"苏辞平静地说，"一个愿意进入娱乐圈的人，总是希望自己能多被关注，多拿到一些机会的。除非是你当时找人拍了照片，否则这八成就是陆子羽他们安排的。"

"可那个时候，他并不知道我要做编剧啊，写的剧本还想让他来演。"

"这谁又能说得清楚呢？就算不知道，可能他们也有其他打算吧。不过适逢其会，在发现你入圈之后，他们才改变计划，找人把这张照片发了出来，产生对他们来说更好的效果。"

"陆子羽图什么？被非议吗？现在他的名声并不好。"曼曼马上抛出了一个理由，既是想得到一个答案，又是想说服自己。

"可能性有很多啊。"苏辞叹口气，她发现眼前这个女人和陆子羽的纠缠似乎比自己想象的深得多，似乎有沦陷的可能，"陆子羽是网红出身，他们一般都信奉美名、臭名都是名，只要有流量，有关注，那就意味着拥有了一切。退一步来讲，他就算在乎自己的名声，肯定也想好了收场的办法。何况，现在这个情况下，他如果不收场，我也总是要想办法来澄清的。"

曼曼有些无力地垂下了头，她鼻子有些发酸，却不想让苏辞看到自己难过，或者想要流泪的样子。

4

周周觉得，陆子羽一定是疯了。在打电话没得到曼曼的回复后，他就停留在了一种神不守舍、焦躁不安的状态。

周周再三地敲打陆子羽，当一个过去几乎秒回电话，或者每天都会发微信，和在游戏里聊天的人，忽然变得犹如人间蒸发一样消失，那只能说明她心虚，不敢面对你，又或者是达成了自己想要达成的目的。

对此，陆子羽不反对，不质疑，不否定，可是也不醒悟。他就像一脚踩进了沼泽的人，似乎放弃了挣扎，等着沼泽把自己吞没。

周周今天来陆子羽公司，目的就是要让陆子羽做出一个最终决定，走出现在的这种困境。

如果陆子羽不能做到，那么他就彻底被毁掉了。一想到这里，周周都会心痛，并对那个叫曼曼的心机婊深恶痛绝。

陆子羽奇怪地没有把自己锁在办公室里，而是在公司里忙碌。这让周周诧异之余，又萌生了许多担心。她知道光凭陆子羽，是不足以从打击里迅速恢复的，尤其是恢复到现在若无其事，好像什么都没发生的样子。

"蜡烛点清楚数量了吗？"陆子羽询问办公室主任，得到了满意的回答，"那么花呢？是不是能保证是新鲜、不会枯萎的？"

办公室主任点点头，做了一个OK的手势。

"市政那边联系过了没有？审批得怎么样？"

"放心吧老大，我办事你放心。我用公司庆典的名义，提交了申请。恰好有同学在那边上班，所以今晚在指定时间燃放烟花没有任何问题。"

陆子羽深吸了一口气，看到了在一边发呆的周周。他笑了笑，拉着周周进了会议室，反手关上门："我决定了。"

"想通了？"周周的大眼睛里闪烁着喜悦的光。

"嗯，想通了。"陆子羽点点头，情绪有些激动地说，"我今晚要向曼曼求婚！就今晚！"

这句话像晴天霹雳一样，瞬间撕裂了周周主管思维能力的大脑。她气得哆嗦着指着陆子羽："你是不是压力太大，疯了？！"

"没有啊。"陆子羽笑容满面，"这是我想了好久才做出的决定。我不知道她是不是在利用我，也没证据证明那些事都是她做的，何况我也并不相信。不管事情到底是怎样，我觉得求婚都是个特别好的方法。"

"简直不可理喻，你的脑洞开得太大了。"周周靠在椅子上，无力地挥挥手,"你到底想怎样?"

"既是求婚,又是订婚。如果她今天不答应我,那么我觉得这算是我给自己的一个交代,从此以后可以不纠缠,不联系。"陆子羽虽然还在笑着,可是谁都能从他的笑容里看到一丝苦涩,"这种结果也可以证明你对她的看法,也算不错,是吧?如果她答应了,那还有什么问题?证明我们俩是真爱,网上那些乱七八糟的话不攻自破。我相信有人可能不会相信我们俩的订婚是真的,但总体上来讲,会有效果的。"

"别找理由了。"周周觉得自己鼻子有些发酸,"实际上你就是个傻瓜。你就不该去恋爱,因为你一旦动心,自己根本就走不出来。你现在这么做,就是想孤注一掷,破釜沉舟。我敢打赌,你陆子羽就算被拒绝,接下来仍然会想办法接近她。"

"是!你说得都对!"陆子羽被戳穿后,暴躁起来。他根本没有考虑过那些新闻和传言,想的就是能公开地和曼曼确定关系,又因为自己内心的不安想得到一个形式上的承诺。他想过被拒绝,但觉得曼曼不会彻底跟自己撕破脸,他想过,如果一次不行,那么就两次、三次。反正对于这个女孩,自己不想放手。

傻吗?或许很傻。可又能如何?自己还是控制不住自己的内心啊。人活着很多时候,面对很多事情会不得已地选择妥协和苟且,但也有些事情是认定了就要坚持的啊。

"对不起,我想任性一次。"陆子羽喃喃地说,像是在提前跟周周道歉,又像是在宽慰自己。

一切准备有条不紊,夜色也很快降临。

周周的心像被夜色一点点地吞没,她越发不想看到陆子羽求婚的场面。周周找了个身体不舒服的理由,匆忙地从陆子羽的公司离开。

而陆子羽的得力手下们,已经开始按照他的安排,把准备好的东西向着曼曼住的小区拉了过去。

根本不知道陆子羽会做出这样决定的曼曼,这个时候坐在苏辞的车上。

苏辞约她去参加一次宴会,和一位找上门来表示愿意投资电影的客户见面。苏辞本来可以拒绝客户要见编剧的要求,本身来说,编剧是很少会出现在应酬的场合的。

可是,她有自己的盘算,那就是让曼曼多出来走动走动,避免一个人的时候会胡思乱想。

曼曼的情绪不高,她也处于一种说不出的伤感状态。对于陆子羽,她几乎回避想到这个名字,却又总是会想到这个名字,然后脑海里出现他笑着的样子。

和苏辞谈过之后,曼曼用很大的毅力,支撑着让自己没有再跟陆子羽联系。这有她自矜的因素,更多的是曼曼不敢去面对一个可能的结果。哪怕她无数次地告诉自己,陆子羽是苏辞口中那样的人的机会微乎其微。

有些风险,真的让人不敢去做任何尝试。

然后,曼曼就在饭局上看到了方舟,那个一直说着陆子羽坏话、纠缠着自己的热情书友。

她感到厌恶,想要离开,却又不得不顾及苏辞的感受。

认识以来,苏辞对自己的真心对待,曼曼可以感受得到。她不想因为自己,再为苏辞带来什么困扰。

好在方舟没有表现出之前那种咄咄逼人、极富进攻性的纠缠,而是就事论事,谈起了电影。

苏辞似乎看出曼曼的情绪不高,也没了什么谈性,简短地敲定了合作事宜和投资额度后,她拿起酒瓶倒了三杯酒,干脆利落地喝下去,表示对方舟的感谢。

她没有想到,自己喝酒的时候方舟却没有端起酒杯,只是嘻嘻哈哈地说自己开车来的,喝酒不太方便。

这让苏辞有些不满,觉得方舟有些不通人情。

带着郁闷的酒局不欢而散,方舟殷勤地主动表示要送她和曼曼回家。

苏辞拒绝后叫了代驾。虽然曼曼很不情愿，但是由于苏辞先她一步，在她拒绝之前，表示了对方舟送曼曼回去的感谢，她只好领了这份情。

车上氛围特别尴尬，曼曼避开了副驾，自己坐在了车后。

无论方舟怎么想引起话题，曼曼都拿着手机，装出一副忙着回复微信的样子。

陆子羽几乎要绝望了，他在曼曼住的楼下用蜡烛摆满的心已经快燃烧殆尽。灿烂的烟花早已经散在了夜空中，他花了很长时间和很大精力，用礼物搞定了小区的物业和邻居，不顾形象地手持大喇叭，喊到声嘶力竭，围观的人都已经被感动得热血沸腾，情绪激烈了。

曼曼家的窗，却没有丝毫动静。

"或许，她真的是在利用我吧。"陆子羽拽开了正装西服的纽扣，把领带松了松，那种窒息的感觉却挥之不去。"为什么呢？她为什么要这么做？"他垂头丧气地把喇叭丢在一边，无力地就地坐了下来。

风，忽然变得很冷。

一辆车驶来，在单元门口处停下。

方舟跳下车，颇为绅士地打开了车门。曼曼从车里走了下来，看到有不少人聚集，心里颇为奇怪，不知道小区到底发生了什么事情。

陈靖远从人群里挤出来，眼尖地看到了曼曼，黑着脸走过来打了个招呼，情绪明显不高。

"发生什么事了？"曼曼问陈靖远。

"你能不知道？"陈靖远带着情绪反问了一句。

"我出去了，我怎么知道？"

"有人跟你求婚哪，你能不知道吗！"陈靖远觉得憋了一股气，大声地喊了出来，有些失态。

坐在地上的陆子羽，隐约听到了陈靖远的喊声，迅速站起来，双手扒开人群走了出去。

他将要出现的笑容在脸上凝固，因为他看到了曼曼，也看到了站在曼曼身边的方舟。他觉得,似乎一切都有了个完美的答案。

曼曼看着陆子羽,迟疑了下,想迎过去。

没想到陆子羽一转身,飞快地向着小区外跑了出去,根本不顾曼曼在后面声嘶力竭地喊着自己的名字。

故　小札

1

冬湖旅舍的位置有些偏僻，略显冷清，只是每天晚上十点多的时候，才会从四面八方拥来一群冒险者聚集。

当然，只是短暂地从这里进入另一个地方而已。

是的，冬湖旅舍不是一个留宿的屋子，而是一个打开另一扇门的入口。

就好像，陆子羽并不是我真正的恋人，他只是打开湛蓝变成曼曼的一个理由。

2

有人有一次怪模怪样地说了一句：想来，你现在是觉得陆子羽好上我千倍万倍了。

按说，他会吃醋，我本应是开心的。

可，并没有。

我问他：你可知，我为湛蓝时，陆子羽内敛沉稳，不失为最佳合作之人。我为曼曼时，陆子羽细心体贴，不失为最佳恋人。你心无湛蓝，目无曼曼，自始至终，我于你，算是何人？

他，到底都不知道，陆子羽就是他啊。

这是我最开始讲的那个凤哥凤嫂的另一个位面。

3

那一夜,我恨透了自己是湛蓝。

4

回了襄阳城,去了忘忧谷,在临安买了一百坛女儿红。

一个人在夜郎废墟守着篝火喝得酩酊大醉。

那里,没有湛蓝。

只有曼曼。

那时,还没有燕山古墓的风哥,也就是现在和曾经的陆子羽。

5

凌晨四点的时候,苏辞催命地打电话,我假装睡意蒙眬。

她说:"你可别装了,我知道你近来失眠,我就想问你,你的古墓小札到底如何了?这陆子羽,到底你是怎么想的?"

"苏辞,我怕这是挖坑埋了自己。落笔是落了,结稿遥遥无期啊。"

"要不,你彻底忘了自己是湛蓝,我放你三年曼曼的身份。"

"看来,现在的我们,都难说人话了……"

我哭笑不得,正打算和她掰扯这身份之说。

苏辞突然就断了线。

十多分钟后,她发来一条微信。

"谁是谁都不重要,场景中最自在的才是最重要的。你总在强调,人生从来都是场景烟火,那么,沉浸于哪个场景又如何要成为选择?随缘随心,就好。"

无妨,不如,固防。

6

听说,乌鲁镇出了桩失踪事件,陆子羽不在,我只好只身前往。

所幸,并不是很复杂,顺了村民七嘴八舌的信息,很快搞清楚原因。

只能说,男人啊,大猪蹄子太多了。

能将狼女错当枕边娇娃,白白送了性命。

7

天色渐亮,困意袭来。

看了一下行程,只有不到两个小时的可睡时间。

叹了口气,还是决定眯一会儿。

告诉苏辞:容我再去掐一把他的命盘。

8

黑城堡之役的号角已吹响。

我想,等到第四把神器到手,不如,抽空去和陆子羽补办一场婚宴吧。

第十三章

糟糕，是心动的感觉

也许你可以不相信所谓的缘分，让你与她/他在茫茫人海中相遇；也许你可以觉得哪怕心动，结局是擦肩可能大于携手；也许有人讲究门当户对，性格相投或者互补；也许有人质疑，心动不过是瞬间的冲动，很难做到天长地久，只若初见。

你一定要相信，在亿万人中相遇是缘，缘由天定。彼此的本心与在乎才是分，决定着两个人最终的结局。一旦彼此之间，能够遭遇挫折，面对误解、愤怒、怨怼、不满，最终都敌不过内心里那道影子的清晰深刻。

那么祝福你们，有缘人，有分人，就会攒足一辈子的缘分！

——题记

1

周周上火了，满嘴都是燎泡，再也不从包里掏出波板糖减压了，因为她清楚地知道，这个习惯从陆子羽失踪的那一刻就变成了彻头彻尾的无用功。

这个没良心的艺人，在受到刺激后，终于还是选择了逃避。不知道是想逃避现实，还是想要逃避自己的内心。

陆子羽只给周周特别潦草地留下了一封手写的道歉信。他说自己需要冷静一下，不知道要多久。他抱歉地说，自己可能要浪费周周的努力和周周的梦想。他说也许这些无法弥补，自己只能把周周先变成自己游戏公司的顾问，从经济上给予她一些补偿。

导演预留给陆子羽寻找情绪的时间已经不多，在陆子羽消失的两天后，组里就下了一周后开工的通告单。并且导演要求陆子羽去参加开拍前的录前会，这让周周根本无计可施。

思考了再三，周周还是不想就这样浪费这种机会。她几乎发动了自己能够发动的所有人，想方设法地通过各种方式，去调查陆子羽到底去了哪里。

虽然最终看到陆子羽买了飞往云南的机票，航班也非常清楚，可是云南那么大，怎么可能海底捞针一样找到一个想刻意隐藏起来自己的人？

无奈的周周对导演撒了谎，说路上堵车，故意错过了碰头会的时间。等她出现在导演面前的时候，一向笑容可掬的导演真的黑了脸，对于一个把事业看得比什么都重要的人来说，不但迟到，而且并没看到陆子羽，这就是比天还大的事情。

"陆子羽失踪了。"周周无奈地告诉了导演这个消息。

"我只知道，他耽误了工作，并且没有任何正当的理由。"导演黑着脸表了态，"我需要他按时出现在开拍的仪式上，并找一个说服我的借口。否则我会跟制片方和投资人商量，换掉他。其实你很清楚，我给了他最大的容忍和继续参演的机会。本来在试拍他出现问题时,就应该换掉他。"

"出了这种事我也不想的。"周周迟疑了下,还是替陆子羽做了掩饰,"我觉得他情绪不对,完全就是因为顾天蓝。他之前跟我抱怨过顾天蓝一直拿他恶意炒作,前几天想到马上要开拍搭戏,就压力很大,整个人都在一个不对劲的状态。"

"这是工作!"导演心头的火山爆发了:"你们这是想耍大牌吗?还是觉得自己红了要搞条件?这种无厘头的话也说得出口。有没有一点职业精神?我之前一直觉得陆子羽的态度跟一些流量小鲜肉不同,这是我给他机会的理由。可是他呢,他让我失望了!"

导演气呼呼地拿出烟斗,叼在嘴里,平静了一下心情,尽量用淡然的语气通知周周:"别说是顾天蓝,就是杀父夺妻的仇人跟他搭戏,既然之前他都答应了,那么现在一开机,他也得表现出如漆似胶的感情来。这,才叫专业。算了,我不想跟你说太多了。我只能告诉你,我会向制片方和投资人建议,换一个主角。至于你们,等待消息吧。"

看着转身关门、把自己拒之门外的导演,周周觉得浑身的力气一下被抽空。她靠着墙,大口大口地呼吸着,像一条上岸许久的鱼,努力地支撑着为自己续命。

在等待一个有预感可能不好的结局时,每分每秒都是煎熬。

周周几乎可以想象,最后的结果会是什么。没有人会去等待一个可以替代的演员,每一天的拖延都可能导致更多的制作经费和开销。陆子羽不但会失去这次机会,并且很可能要按照合同给予剧组巨额赔付。

自己当初找到陆子羽,毛遂自荐做经纪人的时候,以为找到了一个可靠的合作伙伴,没想到,自己还是败给了陆子羽的恋爱脑,败给了那个叫曼曼的女人。

周周脑子里如今只想做一件事,那就是找到曼曼,完全抛开自己的形象,像个泼妇一样吵闹一场。

她觉得这是自己最好的发泄,如果我因你而失去一切,白白努力,那么你凭什么可以过得开心?

事实上,当周周气势汹汹,甚至做好了动手伤人被拘留几天的准备,毫不客气地拍开了曼曼的家门时,还是吓了一跳。

眼前的曼曼像个病了许久的病号,透着一种绝望的苍白。

她已经三天水米没进,在游戏中、网上、班级群里,四处疯狂打探陆子羽的消息,拜托自己的书友,发了陆子羽的照片,想要得到陆子羽的踪迹和回信。

那晚,曼曼没有追上快速离开的陆子羽,哪怕她跑掉了鞋子,光着的脚被扎破,血流了一地。

陆子羽的求婚让她忽然觉得,苏辞可能误会了陆子羽对自己的感情,这绝不像一个以阴谋为目的的游戏。

可一切都晚了,她站在路边哭喊着也没能让开车离去的陆子羽停留片刻。那辆车消失在夜色里的时候,曼曼心中生出了一种沉重的恐惧。她耳边奇怪地无限地循环着那首老歌里的副歌里的一句——有些人,一旦错过就不在。

她揪住还没来得及离开的方舟,让他帮自己去寻找陆子羽。

方舟冷笑着拒绝了,说自己明天还有事情,需要早起。

她要陈靖远带自己去寻找陆子羽,可是陆子羽既没回公司,也没有回家。

曼曼只能祈祷,陆子羽会冷静下来,会给自己解释的机会。一切都会过去。但一切都没过去,这个坎儿变成了深渊一般的沟壑,完全隔绝了她和陆子羽之间的关联。

曼曼无神地看着周周,周周内心里告诫自己:"别心软,她应该被呵斥和指责。"

实际上,周周还是心软了。她很清楚,眼前这个自己以为利用陆子羽来成名的女孩,现在并非处于一种阴谋得逞后的兴奋状态,而真的是失去了恋人之后那种生无可恋、无可留恋的状态。

"陆子羽的戏要黄了。"周周最终只是告诉了曼曼陆子羽将要遭遇什么,"可能还要按违约赔款。这件事导演已经向制片人和资方提出了申请。我还想做最后的努力,我希望你能尽量想办法,找到陆子羽,或者说,找到陆子羽后,也许只有你能让他愿意回来面对一切。"

2

因为陆子羽,曼曼表现出了她在单亲家庭长大培养出的性格里隐藏着的执拗和坚强。

她觉得,自己必须站出来为陆子羽做点事情,无论最后自己和他会是个什么样的结果。

陈靖远劝曼曼说,陆子羽不太像个成熟的男人,在事情没有弄明白之前,就愤怒地离开,根本没有解决问题的能力,也欠缺对于曼曼的信任。

曼曼和陈靖远大吵了一场,她给不出说服对方的理由,只是警告陈靖远,自己不想听到任何关于陆子羽的坏话。

曼曼和周周深入地谈了一次,周周平复了心情后,原原本本地把大半的责任揽到了自己的身上。她告诉曼曼,自己是因为职业习惯,对陆子羽说了自己对曼曼的质疑,本来她以为陆子羽会选择放手,或者继续和曼曼虚与委蛇,没想到陆子羽选择了用求婚和订婚的方式,想要得到一个证明。

这让曼曼很快梳理清楚了一切,她不因此厌恶和责怪陆子羽,反而觉得是自己伤害了对方。

一直以来,自己都犹豫着,不够坚定地和陆子羽保持着交往,一边心里想着能和他走到一起,一边又不敢做出什么承诺和举动性的尝试。这种出于内心不安的保守,才会让陆子羽在遇到事情的时候对自己产生怀疑。

她对周周说:"其实,一直都怪我,没有敢直接去面对和他的感情。"

曼曼约了苏辞,言辞很犀利地提出了让苏辞保留陆子羽电视剧主角的要求。她给出的理由有些蛮横,但似乎又有些道理。

曼曼盯着苏辞说:"如果不是你告诉我陆子羽可能在利用我,我不会因为犹豫而失去和他的联系。我们有沟通的话,那么可能不会走到现在的地步。包括那天和方舟的见面,我并不想让他送我回家,你却替我答应了对方的要求。"

话不中听,苏辞首次发现曼曼的锋芒,在涉及她真的关心和在乎的人时,她不再是那个提到故事情节眉飞色舞,平素里淡定,不太爱说话的样子。

苏辞微微有些心疼曼曼:"这不是你的错,也不完全是我的错。我可能有所失误,可是终究一个巴掌拍不响。你想过没想过,这只能说明,陆子羽对你的信任就像一张纸一样薄,一戳,就原形毕露?"

"算我求你了,苏辞姐。"曼曼态度软了下来,默默地流出了眼泪,"这件事特别重要,比我的任何事情都要重要。"

苏辞考虑了大概三分钟,拿出了一个方案来:"我可以去跟投资方争取,说因为顾天蓝,陆子羽产生了心结。从流量和收视考虑,我建议放弃顾天蓝,留下陆子羽。但这终究只是暂时的方法,这么处理,你必须要快速地找到并说服陆子羽回来,否则一切努力都白费。能帮他的不是我,也不是你,而是他自己。"

"我不知道怎么找到他。我怀疑他根本不上网,也不再用手机。所以我根本没有解释以及找到他的机会。"曼曼失望了,她知道,自己不敢也不能答应苏辞的要求,让苏辞去帮自己冒这个险。

"不过还是谢谢你。苏辞姐。"曼曼站起来,准备离开,却并不知道自己要到哪里去。

"你等下。"苏辞叫住了曼曼,"你有没有关于陆子羽的任何消息?"

"他的经纪人告诉我,查到了他买过机票去了云南。但具体他会在哪里,谁也不知道。"

"也许我有个办法可以试下。"苏辞抛出了一个让曼曼振奋一些的想法,"我有个朋友的影视剧现在正在全国做宣传,用了许多城市的大屏和移动屏。我可以要求他们帮忙,在宣传后面加上一小段你想对陆子羽说的话的视频,时间不会太长。"

"我想试试。"曼曼坚定地说,"哪怕有一点希望,我也不想就这么放弃。"

"那你答应我一个要求。"苏辞看着曼曼,说出了自己刚刚脑子里成形的想法,"如果真的像我们所想的那样,陆子羽回来,并能出演这部电视剧,那么我会换掉顾天蓝,让你来和陆子羽搭戏。"

"我恐怕不行吧。"曼曼迟疑地表示,她从来没有想过自己要走到台前,"这会影响到收视的。"

"我相信你们俩的感情,会比较自然地顺利完成过渡的,并且能演出真挚的感情来。"苏辞心里为自己这个大胆的想法点赞,"不过,你们俩要把你们之间的事再配合地进行热度的宣传,这样会让电视剧预热得更到位。接下来,你做编剧、他做主演的电影也会因此被关注,综合算下来我还是比较有信心的。"

在这个时候,苏辞显示出了自己与众不同的胆魄。这才是她作为金牌制作人的根本,她敢于去做新的尝试,尽量把控一切,却不怕偶尔的失败。她不想循规蹈矩,所以才能让她出品的影视上打上鲜明的标签。

"那我答应了。"曼曼终于接受,她跟苏辞说了声抱歉,然后走到一边打电话给周周,说出了跟苏辞刚商量好的事情。

周周很是惊讶,她更确定了曼曼对陆子羽的感情。在电话里,周周说:"无论最后的结果如何,我都要谢谢你。也祝你和陆子羽将来能够走到一起,真的幸福。"

挂掉电话的周周浑身轻松,变得释然起来。这个时候回过头去想想这段时间发生的事情,周周忽然发现,当她对陆子羽说出曼曼是在利用他的时候，其实并非全是理智的分析，而是内心里还有对陆子羽和曼曼关系的羡慕。这种羡慕有点酸，潜意识里，周周并不想让陆子羽和曼曼处于这种关系中。

"你着相了，周周。"她自嘲地打趣了自己一句，然后决定放下，放下自己心里对陆子羽朦胧的好感。这一切都结束了，自己就当留下一个没有别人知道的秘密吧。

想了想，周周又给曼曼发了条短信息过去："我想你在拍对陆子羽说的话时，应该算我一个。毕竟，我给你们之间制造过误会和障碍，我来澄清可能会让效果更好。"

曼曼没来得及看这条短信，因为这个时候，她已经走在了去找方舟的路上。

方舟万万没想到，自己成了一个笑话。曼曼是来告诉他，自己拒绝以后跟他有任何联系。

方舟还想在陆子羽身上做些文章，提醒曼曼要谨慎地选择，千万不要上当。

曼曼用一段话堵住了方舟剩下的言辞，她说："实际上我本来不想告诉你，你这个人我非常不喜欢。因为你做事不择手段，也从来没有想过别人的感受。在书友见面会的时候，你对我说了假话。你怎么可能和陆子羽是中学同学，他怎么可能在中学的时候就劣迹斑斑？你不知道，实际上我和陆子羽十多年前就认识，我，和他一个班。我就坐在他前面两排的位置。"

方舟张张嘴，哑口无言。看着他绞尽脑汁想着如何回应，曼曼忽然想，自己和陆子羽那天拥抱的照片，以及后面的新闻，是不是方舟所为？毕竟，他是极有可能跟踪自己的；毕竟，那天周周负气离开后，门被拉开没有关上。而以方舟的一贯作风，不是不可能拍照并且花钱找人在网上传播诋毁。他一直都是陆子羽的敌人。

正因为这个消息的出现，才让苏辞和周周开始脑补，也就是说，方舟极可能就是罪魁祸首。

"你去过那家居酒屋。"曼曼声音冰冷地说,"那天其实我看到你了,但不想再追究这件事情,我们各自安好,从此路人。"

方舟狐疑地看着曼曼,不知道她是不是故意这么说,想要试探自己。

曼曼高昂着头,骄傲地离开,在门口回头盯着方舟说:"我有证据的,只不过我不想伤害一个书友。"

3

陆子羽像个野人一样,从西双版纳的热带雨林里走了出来。

他最初的想法是不去面对任何事情,不去做任何选择,只要逃离到一个让别人不容易找到自己的地方。

他飞到了云南,买了顶帐篷,然后一个人深入雨林中去。他觉得自己应该能找到《瓦尔登湖》畔梭罗那种独居、思考的状态,帮自己理清楚以后该如何去做,可是西双版纳雨林中嚣张的蚊子和各种虫类并不答应。

在潮湿闷热的帐篷里度过了几天,陆子羽心里却一直平静不下来。他这才相信,静心这件事实际上你在什么地方,周围是否喧闹根本不是关键的因素。重要的是人本身的心态。

进入雨林时所带的泡面之类的速食早就耗尽,陆子羽像个笨拙的猴子一样,在雨林里寻找一些掉落的水果。这些生理上遭遇的困境,和他内心里不能平静的波澜相比并不是难以承担的因素。

他只是不断地去琢磨、推敲,曼曼对自己到底是怎样的感情。自己在和她的相处中,又扮演了一个什么样的角色。

他时而觉得,周周过度敏感,做出的猜测不足以取信,可是想到曼曼站在方舟车前,两个人看上去就像约会归家一样的场景,就不得不告诉自己不要心存幻想。

他搭了一辆开起来玻璃咣当咣当作响的老旧中巴来到了景洪的市中心。他需要洗个澡,然后购买一些日常的生活用品。

至于雨林,陆子羽不想再去了,毕竟不能让自己冷静思考,那个地方就变得毫无价值。

他改变了想法,想在景洪租一间民房,然后就这么待着,一直待到自己打定主意为止。

然后,在公交车上,陆子羽抬头看到了曼曼寻找自己的视频。

视频里,有曼曼,有周周,也有苏辞。她们简短地说明了之前的猜测和误会,想告诉陆子羽现在曼曼的状态。

曼曼话很少,比较沉默,只是在视频的最后,好像用尽了力气对陆子羽说:"你只要回来,我们就订婚,我不用你表白和追求。因为在十多年前,我就奢望过能和你在一起。你欠我游戏里的一场婚礼,而我欠你一份现实里的勇敢和坚定。不管多久,不管以后会怎样,我都会等着你!"

这个视频的背景陆子羽非常眼熟,就是在他的家中。周周对着镜头说,曼曼已经搬进了陆子羽的家里等他回来,因此和妈妈发生了矛盾,但曼曼前所未有地坚持。

周周说:"如果你不回来,她可能什么都没有了,连亲情现在都开始出现裂痕了。"

陆子羽的鼻子有些发酸,眼泪忍不住掉了下来。他擦了下眼睛,却越擦眼泪越多。

陆子羽在心中计较着自己到底该如何去做,怀疑这是周周为了让他回去拍摄电视剧,找到曼曼他们刻意用的苦肉计。一直到公交车到了终点站,司机诧异地看着陆子羽,把他赶下了车。

陆子羽坐在路边,看着路上的车来车往,发现自己在这件事情上变得根本没有个准主意。

他想,大概是因为太在乎吧,所以才不是过去的自己。那么,既然这么在乎，就应该给自己一次机会。

接到了失踪多日的陆子羽打来的电话，周周已经飞快地订好了飞往云南的机票。

曼曼本来想要一起前往，苏辞却告诉曼曼，投资方同意换陆子羽电视剧里的搭档，但导演提出要见一见曼曼，现场试下戏，还要给曼曼做个定妆。

曼曼无奈，只能放弃了过去和陆子羽见面的机会。她在去见导演的路上，一直不安地询问苏辞："我不去陆子羽会不会乱想，会不会再改变主意？不会再出什么事情吧？"

"看你紧张的样，魂儿都被陆子羽勾跑了吧。"苏辞打趣着曼曼，"你也就今天明天有事，周周过去后，如果陆子羽不愿意回来，那么就让周周盯紧她。我给你买后天第一个航班的机票，然后你去接这个小心眼的男人回家，不就行了吗？"

"好吧，我尽量表现得好些，最好今天就能让导演做出决定。"曼曼说，"那么明天我就可以飞过去和陆子羽见面。"

"就这么迫不及待？"苏辞故意问曼曼，"我觉得陆子羽跑不掉的。他能主动回电话过来，就是因为他还在乎你。"

"对，我就是这么迫不及待。"曼曼笑了，笑容特别欢快，像雨中的阳光一样，充满了感染力，似乎世界都在她笑容里明朗起来，"我已经因为自己的犹豫和胆怯等得太久了，有些等不及了呢。"

曼曼的电话忽然响了，她看了眼电话："是周周，她这会儿应该快登机了吧？"

接听了电话后，曼曼急促地告诉苏辞："去医院吧，计划要改下了。周周开车太快出了车祸，骨折。"

"屋漏偏逢连夜雨，我们现在一起去医院看下周周，然后你订今天的机票去云南，导演那边我去解释。"苏辞果断地安排说，"你一定记住，不要辜负你和我们的努力，一定要把陆子羽带回来。"

周周虚弱地躺在医院的床上,看到苏辞和曼曼,勉强地笑笑,不过剧烈的疼痛让她笑出了哭一样的味道。

"周周姐,你安心养病。我一会儿就去把陆子羽抓回来。"曼曼握住周周的手,安慰她说。

"不用了。"周周说,"我刚才给陆子羽打了个电话。幸亏我这个艺人还有些良心,他知道了我出车祸的消息,自己已经买机票往回赶了。不过先说好,他这次玩失踪惹出这么多麻烦,大家都不要去接他,让他自己回来。看他有脸没脸出现在我们面前。"

曼曼坚持要在医院陪床,让苏辞过去跟导演协商推迟试戏。

晚上十点多,陆子羽一脸风尘,满脸焦灼的表情,走进了周周住的病房。

"周周,你怎么样?"陆子羽进门就着急地询问周周的病情。

"死不了。"周周没好气地答应了一声,"我没事,曼曼一直在这里守着我,晚饭都没吃,你快跟她一起出去吃个饭吧。"

"叫外卖吧。"陆子羽搬个凳子在周周床前坐下,对着曼曼歉意地笑了笑:"我那天不该怀疑你。"

"滚,滚,滚!"周周忽然狂暴起来,"让你们出去你们就出去。我是病号,心情不好,不想看到你们在我这儿秀恩爱。"

尽管陆子羽不想离开,可是曼曼捕捉到周周让自己和陆子羽有个独处空间,把话说开的想法,她主动抓住了陆子羽的手,紧紧地握着,拉着陆子羽离开了周周的病房。

"我——"陆子羽想着措辞,准备跟曼曼说些什么

"跟我走,我今天还约了一个人。"曼曼阻止了陆子羽继续说下去,拉着他,到医院门口上了出租车。

方舟忐忑不安地在杨梅竹餐厅踱步。陈靖远冷眼看着方舟,不时做出赶苍蝇的动作,刻意地表现出轰方舟出去的想法。

曼曼拉着陆子羽,快步地从外面进来,走到方舟面前。

曼曼抬起手，给了方舟一个响亮的耳光。方舟愣了下，抬手想去推搡曼曼。

陈靖远从后面拽住方舟的衣裳，用力把他拽了个趔趄："敢在我餐厅动手，我是不是对你太客气了？"

方舟挣脱了陈靖远的手，不服气地指着曼曼说："你什么意思？"

曼曼上次说掌握了自己搞风搞水的证据，现在应该是想跟自己撕破脸了。

方舟很清楚，那件事就是自己跟着曼曼，碰巧看到后马上策划的一个诋毁陆子羽、破坏他名声、从而想让曼曼疏远他的局。

"什么意思你心里清楚。"尽管不知道曼曼和方舟之间到底发生了什么，可是刚才那一个耳光，让陆子羽整个心里所有的负担和累赘被彻底地洗去。

他向前侧身挡在曼曼的身前："你做过什么，你自己不知道吗？"

方舟指了指陆子羽，又指指曼曼，做出了威胁的表情。

曼曼忽然绕到前面转过身，一把抱住了陆子羽，然后踮起脚吻在了陆子羽的唇上。

措手不及的陆子羽觉得那温软的唇让自己彻底沉迷进去，忘记了愤怒的方舟，投入而深情地和曼曼深吻起来。两个人深吻的画面，似乎要一直到天荒地老。

4

人生往往是一个低潮，接着一个高潮。乌云散去的时候，就是晴天，暴雨骤停，才能迎来彩虹。

导演很不开心，一直对苏辞的决定私下腹诽，觉得用两个没有经验的新演员出演男女主角，不知道拍摄起来会多拖进度。

开机仪式结束后，导演决定第一场戏先拍陆子羽和曼曼的吻戏，作为一种试水。

之前和顾天蓝搭戏浑身僵硬、没有表情的陆子羽，这次非但主动，并且像老戏骨一样，眼睛的戏十足。

在监视器里，导演清楚地看到，陆子羽半闭着眼，得天独厚的长睫毛，让他的眼睛看上去特别漂亮。

他的眼神传递着丰富的消息，有陶醉，有痴迷，有深情，不用过多的台词和语言，就能充分表达他对女人的爱意。

那是一种几乎刻到了骨子里的爱，是可遇不可求的真实但梦幻的表演。

也在拍摄现场的苏辞，要摄像马上把这段素材传给后期，先做一个短视频的剪辑，与开机的新闻一起配发。

她亲自写了一篇长文，就等待着陆子羽和曼曼对手戏的东风。

在这篇新闻里，苏辞很真实地写清楚了曼曼和陆子羽的关系，以及过去互相暗恋不敢开口，导致差点错过和诸多的误会。

在文章的最后，她点睛说，这是一次现实里注定纠缠一生的情侣的处女首演。他们在片中以及现实里，都告诉了所有渴望爱情的人一件事，那就是爱，就要大胆地说出来，爱，需要两个人勇敢地去面对。

因为陆子羽和曼曼非常在状态，所以拍摄的进度超出了导演的想象。

日子一天天地度过，组里的陆子羽和曼曼成了大家开玩笑的主要对象。

两个人除了拍戏之外，更是无时无刻不在一起。那种相处模式下，两个人给人的印象彻底被颠覆。

一向高冷的陆子羽变成了话痨，跟在曼曼身边，嘘寒问暖，殷勤备至。而素来淡定的曼曼也变得热情如火，在和陆子羽相处时变得异常主动，总是忍不住和陆子羽亲密。

周周出院了，坐着轮椅来探班，推着周周过来的是苏辞。

两个人已经在来的路上商量好了一个计划，那就是由陆子羽的游戏公司，以及苏辞的新电影宣发公司，联合做一次大型的新闻发布会。

陆子羽公司开发的新游戏，以及曼曼的电影剧本准备拍摄的新电影，有个共同的名字，这是两个人扛住了公司员工和苏辞的压力，强烈要求，做出了无数妥协和条件换来的。

发布会的核心人物是陆子羽和曼曼，两个人都有几个不同的角色。曼曼既是陆子羽新游戏邀请的第一个，也是唯一一个终身玩家，游戏剧本的策划者，也是新电影的编剧。而陆子羽，身兼新游戏制作公司 CEO，以及新电影的男主角。

最重要的是，陆子羽在发布会上，表示自己将对之前在《临时客栈》游戏里公会的玩家们提出邀请，免费送上新游戏的贵宾账号。

他看着身边站着的曼曼，深情地对媒体记者说："我欠她一场游戏里的婚礼。而她要求，只有在游戏里的婚礼完成后，才会答应在现实中和我订婚。我有些迫不及待了，所以，我要抓紧时间，完成我的任务。"

曼曼幸福地看着陆子羽，满眼都是他的样子。当记者提问，她现在有什么感受的时候，曼曼说出了陆子羽新游戏的名字，也是自己的心里话。

这个游戏就是用他们共同的内心独白取的名字："糟糕，我心动了"。

新游开服，因为之前曼曼和陆子羽的绯闻，和最近的一连串动作，尤其是电视剧拍摄花絮持续上热搜，很多人被两个人表现出来的感情所打动，圈粉无数，注册和在线用户都实现了飞涨。

陆子羽第一时间和曼曼一起登录了游戏。

曼曼的游戏名字变成了"羽之曼。"

陆子羽也抛弃了之前丑男的固定用名，改成了"曼之羽"。作为游戏制作公司的老板，陆子羽动用了小小的特权走了个后门，在两个人的称号栏上，永远地标注了恋人的关系。

婚礼是在游戏中特意设计的一个幽静、空灵的山谷中进行的，华丽而古朴的华堂，漫天飞舞的都是跳动着的红心。

"羽之曼"牵着"曼之羽"的手,乘着一只彩凤,在众多玩家的见证下,降落在谷中。在婚礼环节设计上,陆子羽完全借鉴了中国古代婚礼的一些风俗,比如现在已经没有人在现实里会做的十里红妆、合卺酒,以及结发的仪式。

当陆子羽操控着游戏人物,放下酒杯,用小巧的银质剪刀,剪下自己的一束头发,与曼曼剪下的青丝系成一个同心结的样子时,在游戏里的周周和苏辞在世界屏上不断地刷着公告:订婚,在现实里也要一场盛大的订婚仪式。

陆子羽的手离开了键盘,和曼曼心有灵犀地关机。

陆子羽忽然横着抱起了曼曼,像抱一个娇贵的公主,在书房里快乐地转起了圈。等陆子羽停下这个撒欢的动作,两个人彼此凝视,越凑越近。

"我们什么时候订婚?你想要一个什么样的订婚仪式?"陆子紧握住眼前女孩的手,问道。

"我忽然不想订婚了。"曼曼故作刁蛮地表态说。

"喂,曼曼同学,你不能这样啊。我们说好的事情,你不能得到了满足,就临时变卦。亏我中学的时候就一直把你搁在心上。"

"哼,我就不想订婚了。想想中学时候你都没跟我说过什么话,我就来气。你为什么拖了这么多年才又出现在我的生活里?"

"男女平等啊,你暗恋我,你怎么不告诉我呢?哪怕委婉一点。"

"我是骗你的,我那个时候就是一心学习,怎么可能暗恋你呢?你可别臭美。"

"行,行,行,是我暗恋你,我追求你。那么,请亲爱的曼曼女士答应和我订婚的要求,好吗?"

"不,就不!"曼曼把手从陆子羽的手里强行抽了出来,"我真的改主意了。"

陆子羽苦着脸:"你之前不是这样的人啊,你到底想让我怎么样?"

"我们直接领结婚证,结婚不好吗?"曼曼笑得像只小狐狸,微微皱着鼻子,得意地对陆子羽说。

陆子羽笑了,重新把曼曼抱在怀里:"其实,我觉得你的想法不错,我坚决服从领导的安排。"

"你怎么这么乖?"曼曼出神地仰头看着陆子羽的脸,轻声得说,"糟糕,我心动了!"

终 后记

1

鳗鱼夫妇的故事终于结束了,我和你的故事才刚刚开始。

有人问,为什么故事里的游戏名字叫《临时客栈》,从未听说过这样一个游戏啊。

因为,这本就是一个虚拟的游戏,这也是我最初想写的故事。

对于一个城市而言,每个人都是过客,来时不惧,去时不忧。对于一个人来说,同样。毕竟,人人都是临时客栈。

人生如此,游戏如此。

这不是一个只有游戏玩家才能看得懂的故事,如果你玩过游戏,你会懂得比别人多那么一点,一点点,嗯,就一点点。

2

在曼曼的世界里,有没有陆子羽这样一个人,有。

但,陆子羽不是曼曼一个人的,因为每个人都有属于自己的陆子羽。

苏辞说:我一直觉得陆子羽欠你一个解释。

我笑:都是江湖儿女,哪有什么纸短情长,他这不是还了一个最好的江湖给我吗?

苏辞不解:"临时客栈吗?可这本就是你的江湖人生。"

"不,苏辞,我的江湖太过单薄,自始至终只有自己。而陆子羽给的江湖里，有他，有你，有我，有纣王，有和沐夫妇，有赵云兄弟，有小舞姐妹，还有盾墙、掌柜、宝宝、屋企罗等等开荒团的一众人。陆子羽想对我说的大约就是，即便临时客栈，也总有人会一生驻守。"

3
我们始终都不会理解对方的感情，却舍得彼此交付。

最后，告诉你们一个秘密，曼曼就是湛蓝，湛蓝就是我，而我，就是你。

几日共游戏，唯一味相思而已。

（全文完）

图书在版编目（CIP）数据

练习爱 / 夏果果著 . — 北京：北京联合出版公司，2021.9
　　ISBN 978-7-5596-5388-8

　　Ⅰ.①练… Ⅱ.①练… Ⅲ.①长篇小说—中国—当代 Ⅳ.① I247.5

中国版本图书馆 CIP 数据核字（2021）第 120431 号

练习爱

作　　者：夏果果
出 品 人：赵红仕
策划出品：一未文化
版权统筹：吴凤未
监　　制：魏　童
责任编辑：龚　将
封面设计：摩　奇
内文排版：麦莫瑞

北京联合出版公司出版
（北京市西城区德外大街 83 号楼 9 层　100088）
天津中印联印务有限公司印刷　新华书店经销
字数 230 千字　880 毫米 ×1230 毫米　1/32　8.5 印张
2021 年 9 月第 1 版　2021 年 9 月第 1 次印刷
ISBN 978-7-5596-5388-8
定价：59.80 元

版权所有，侵权必究
未经许可，不得以任何方式复制或抄袭本书部分或全部内容
本书若有质量问题，请与本公司图书销售中心联系调换。
电话：010-65868687　010-64258472-800